请把握好爱我的尺度

荔枝香近

著

【上册】

青岛出版社
QINGDAO PUBLISHING HOUSE

图书在版编目（CIP）数据

请把握好爱我的尺度/荔枝香近著. —青岛:青岛出版社,2021.6
ISBN 978-7-5552-9663-8

Ⅰ.①请… Ⅱ.①荔… Ⅲ.①长篇小说—中国—当代 Ⅳ.①I247.5

中国版本图书馆CIP数据核字（2020）第219626号

书　　名　请把握好爱我的尺度
作　　者　荔枝香近
出版发行　青岛出版社
社　　址　青岛市崂山区海尔路182号（266061）
本社网址　http://www.qdpub.com
邮购电话　18613853563　0532-68068091
责任编辑　李文峰
特约编辑　郭红霞
校　　对　刘　军
装帧设计　蒋　晴
照　　排　梁　霞
印　　刷　三河市良远印务有限公司
出版日期　2021年6月第1版　2021年6月第1次印刷
开　　本　32开（880mm×1230mm）
印　　张　16.5
字　　数　350千
书　　号　ISBN 978-7-5552-9663-8
定　　价　65.00元（全2册）

编校印装质量、盗版监督服务电话　4006532017　0532-68068050

［上册］ # 目　录

目　录［下册］

第一章　帮他挡酒

“啊啊啊……”

“冬果！你快下来！不要吓我们啊……”

“有什么事情不能解决，非要寻死才行？冬果，你下来，只要你下来，我们什么都依你，所有的事！你不想嫁入郑家就不嫁！”

站在高高的天台上的女生微微一笑，向天台外面纵身一跃。

在她的身体飞速坠落之时，画面突然静止。

“别跳！”韩辰绘猛地坐起。

她紧闭着双眼大口喘气，慢慢睁开眼，入目的是熟悉的装修摆设，一室的温暖。

她又开始做那个老掉牙的梦了。

韩辰绘在床上呆呆地静坐了几分钟，直到叮叮叮的铃声响起，她才掀开薄被，揉着眼睛接起了电话。

“喂喂喂！”对面是一道欢快的女声，戏谑地问，“您醒了吗？郑太太，我现在可以去您家吗？”

“别别别……”韩辰绘道，“别阴阳怪气地用‘您’这字，更别叫我郑太太。”

“行，那辰绘……”朱芷欣顿了顿，又说，“虽然我们认识十几年了，但我还是不得不说你妈真偏心，和你姐姐韩冬果比起来，你的名字不知所云。”

韩辰绘无话可说。

“我马上出门去你家，我们得早点儿到冬果的婚礼现场。”停顿了几秒钟，朱芷欣八卦道，“郑先生在家吗？”

韩辰绘道：“当然没。”

“我就知道！郑肴屿不怕这么漂亮的老婆红杏出墙？怪不得他这么年轻就这么有本事，果然是变态啊！”

韩辰绘突然笑了起来，轻描淡写地回了两个字：“是啊。”

“唉……”朱芷欣叹气。

韩辰绘不想再讨论关于郑肴屿的话题，道：“你快过来。”

梳妆台前，韩辰绘正在描眉画眼。

朱芷欣已经到了，沉默地注视着手持口红的韩辰绘——她肌肤雪白，柳眉弯弯，口红点涂在唇瓣上，清秀温柔中蕴含着风情万种。

朱芷欣嘻嘻笑了两声：“辰绘，别搭理网上的喷子，要演技有什么用，咱靠颜值行走江湖。”

韩辰绘真是不知道该说什么。

自两年前在大学门口被星探发掘，韩辰绘便入了娱乐圈，凭借惊艳众人的美貌，被公司安排参加了几档人气综艺和拍摄了一些一线时尚杂志，人气便节节攀升，又顺理成章地进入剧组拍戏。

可当她参演的电视剧问世之后，迎来的却是铺天盖地的谩骂，国内知名影评人曾在公开场合评价韩辰绘的演技为“又枯又黄的狗尾巴草”。

狗尾巴草就够卑微了，还要加个“又枯又黄”的定语……就更卑微了。

如今也只有戏份不重的小三、花瓶类的角色会找韩辰绘这个靠颜值吃饭的十八线明星来演。总而言之，就是她毫无演技，业务能力不行。

扎心，太扎心了。

韩辰绘对着镜子检查妆容，觉得无可挑剔之后，道：“咱们走吧。”

两个人于半个小时之后到达婚礼会场。

她们没有在装饰着玫瑰花的草坪上逗留，径直来到化妆室，见到了穿着洁白婚纱的韩冬果。

“冬果姐，新婚快乐！”

“辰绘，我刚才收到了你和肴屿送过来的礼物，是我喜欢的大师手笔，谢谢你们！”

韩辰绘微微挑了挑眉。

她根本没有准备过礼物，那么一定是出自郑肴屿之手——郑肴屿做事讲究滴水不漏，这种面面俱倒、周到得体的风格很好，不愧是他。

韩冬果是韩辰绘的姐姐，她们从一个娘胎里爬出来的，可样貌、性情等方面却大不相同。

一向逆来顺受的韩冬果为了不嫁入郑家，为了和冯至期厮守到老，甚至不惜跳楼轻生，如果不是警察及时在韩冬果跳下来之前就准备好了消防气垫，只怕她早已为爱香消玉殒。

在韩辰绘看来，韩冬果和冯至期之间简直是海枯石烂、至死不渝的真爱。

趁朱芷欣出去接电话的时候，韩冬果拉住韩辰绘的手：“辰绘，对不起，是姐姐对不起你，也对不起他……”

韩辰绘立刻打断了她的话，笑道：“别说‘对不起’，这三个字有时候看起来是礼貌，有时候却显得矫情，我这辈子看来就这样了，可你和我不同，你爱冯至期，他也爱你，你们会幸福的。”

转过身背对韩辰绘之时，韩冬果依然声音柔柔的，嘴角却冷冷地扯动：“你太谦虚了，我怎么能和你相比呢？至于冯至期和郑肴屿……算了，他们不能相提并论。”

韩辰绘微皱起眉看着韩冬果的背影。

一重又一重的玫瑰门，璀璨的灯光透过花枝和绿叶在红毯上交织成一片由光影组成的海洋，将这条通往婚姻的红毯点缀得美轮美奂。

同样美轮美奂的还有圣洁的婚纱、夺目的戒指和两句感天动地的“我愿意”。

韩辰绘目不转睛地注视着台上含羞带怯的韩冬果，手指下意识地抚摸着自己无名指上的戒指。

冰冷又坚硬的钻石，宛如她和他的婚姻。

他把她当成什么了？

今天是她姐姐的婚礼，他倒是提前把豪礼备好，哄得韩冬果和她们的父母喜上眉梢，人却从头到尾连个面也不露。

算了……韩辰绘无所谓地想，事实上她也没把他当成什么重要人物，两个人谁也不欠谁，勉强扯平了。

宣誓之后，婚礼流程按部就班地来到了宴会环节。

韩辰绘坐在她和韩冬果共同的朋友那桌。

大家一见到她就开始打趣："昨天晚上我点开片子，本来想看辰绘演得有多垃圾，可一口气看了三集之后，我眉头一皱，发现事情并不简单，难道这就是天使的外表，魔鬼的演技？"

"我也是！怎么办，我竟然觉得辰绘演得有点儿好，我是不是疯了？"

有人还嘴贱地回答："是的。"

"实不相瞒，开始的时候辰绘一阵花里胡哨、天花乱坠的表演，我竟然觉得没那么辣眼睛了，但人家申影后一出场，妈呀，专治各种花里胡哨，公开处刑韩辰绘。"

韩辰绘想说点什么，却又无法反驳，只能任由朋友们调侃她的演技。

婚礼结束，韩辰绘本来应该陪韩冬果和父母一起回去的，但她提前接到了经纪公司君视传媒的电话。

公司之前投资的，韩辰绘也参演了的都市情感剧收视率成功破三，君视的老板黄总嘴差点笑歪，大手一挥决定搞个小型庆功宴。

韩辰绘这个演技黑洞虽然招来了众多辱骂，但她好歹为剧撑起了一个小热度，也算立功，自然也要带上她。

星邦 STARBON 是和金莎世界齐名的高档会所，同样采取 VIP 会员制，非会员的顾客必须由会员带入。

"来来来，节节高升，走一个……"

大家连干了几杯，便在大包厢里四下坐开了。

导演和几个主演碰杯之后，端着酒杯走向角落里的韩辰绘——她身着素蓝长裙，腰间系着柔软的腰带，笔直修长的双腿若隐若现，勾人心魂。

他对韩辰绘的美色垂涎许久，坐到她身边后二话不说先干了一杯酒。

韩辰绘用眼角的余光瞥了一下导演，在喝酒这件事上，二十多年来她还从未拜过下风，她直接和导演你一杯我一杯地暗暗拼起酒来。

十几杯酒下肚，导演便知敌我深浅，苦笑着放下酒杯，转移注意力：“辰绘呀，古人云，男怕入错行，女怕嫁错郎，但其实女也怕入错行呀，你长得这么好看，要是去做平面模特儿早就名利双收了呀……”

韩辰绘当然听出了导演的言外之意。

之前在剧组的时候，这个导演也经常找她聊天，总是用奇奇怪怪的眼神看她，但每次只要一聊，不管开始是什么话题，最后都会万变不离其宗地绕到她的演技上，场面一度十分尴尬。

“嗯……”

还没等韩辰绘组织好应对导演的语言，只见导演附在她的耳边道：“你有打火机吗？”

韩辰绘皱着眉摇头，她又不抽烟，哪来的打火机？

“那你是怎么点燃我的心的？”

这情话真是土到姥姥家了！

韩辰绘看向那位满面油光的导演，只见他眯了眯眼，沉醉于自己“高超”的撩妹手段。

她尴尬地笑着推开导演，放出“尿遁大招”：“我去一下洗手间……”

韩辰绘冲到星邦 STARBON 的大门口，在夜风之中深呼吸了几分钟，才甩掉一身的鸡皮疙瘩。

如果不是老板黄总和其他高层也在场，韩辰绘真想直接走人。

韩辰绘强忍着尴尬沿着记忆中的路线回到包厢。

她不情愿地推开包厢的门——震耳欲聋的音乐，烟雾和酒气缭绕。

下一秒，两方同时愣住了。

韩辰绘睁大了眼睛，一脸蒙地依次从沙发上看了过去——从这些人的神态、气场和衣饰就可以知道这是一群公子哥儿，有几个她甚至有点儿眼熟。

当目光落向沙发另一侧的角落，韩辰绘的表情顿时僵硬了。

那男人隐在黑暗之中，若不是他指间那根忽明忽暗的烟，根本难以分清哪里是阴影，哪里是他。

几秒钟之后，他上身慢慢前倾，面容一点一点暴露在温暖的光线之中。那人身着与这里格格不入的白色衬衫，金丝边眼镜框下是一双细长微挑的眼睛，斯文精致的面容上嘴角微微上扬。

在韩辰绘看来，那更像是藐视而不是微笑，确切地说是礼貌的藐视。

她知道这样表达不太合理，但她就是觉得他根本不把眼前的一切放在眼里，但因为受过高等教育，他不会明确地表现出来。

就像他明明对韩冬果的婚礼不屑一顾，却依然准备了新婚豪礼，永远不失礼节。

郑肴屿一手持烟，一手轻轻敲击着摇骰子的金属器皿，抬眼望向韩辰绘，笑得暧昧又缱绻：“怎么，来查岗的？”

韩辰绘：“嗯……”

这个世界上最尴尬的事情不是来酒吧推错了包厢门，也不是来酒吧推错了包厢门发现里面坐着完全不熟的老公，而是……推错了完全不熟的老公的包厢门还被误会是来查岗的。

韩辰绘突如其来的到访相当于从天而降的一盆冷水，将包厢的热度尽数浇灭。

那些公子哥儿看了看戳在门口的韩辰绘，又不约而同地望向角落里的郑肴屿。

郑肴屿不是这里第一个结婚的，更不是唯一一个，对于他们这些人来说，商业联姻、契约婚姻什么的再正常不过了。

但结婚对象直接过来“查岗”，可是他们没经历过的。

一曲结束，无人起身，包厢里的气氛突然就变了。

郑肴屿从韩辰绘身上收回目光，慢悠悠地将香烟按灭在烟灰缸中，几秒钟之后又慢慢地抬起视线，丢下烟蒂的同时话里含笑：“既然来了，为什么不进来？”

韩辰绘本来想敷衍一下就溜之大吉的，她不是来查岗的，更不想管他在外面到底干什么。

不过既然郑肴屿放话了，她也绝不能败下阵来。

韩辰绘挺胸抬头，用手指梳理了一下刚才被风吹乱的长鬈发，脸上带着“老娘是全场最靓的仔”的表情走了进去，高跟鞋与地砖碰撞出清脆的哒哒声。

她用眼角的余光避开躺在地砖上的酒瓶，径直走到最里面的沙发处，大大方方地坐了下来，不过和郑肴屿保持了半米以上的距离。

郑肴屿先是从桌边拿起一个烟盒，顿了一下，又放下烟盒，顺手端起酒杯，靠向沙发，一口喝下去，酒杯中的酒只剩下三分之一。

他微微侧脸上下打量着韩辰绘：“坐那么远干什么？”

韩辰绘没有说话。

安静，整个包厢安静得令人尴尬。

当然，最尴尬的还数故作无事发生的韩辰绘。

她木木地抬起屁股，木木地往沙发里面挪了两下，又木木地坐下。

韩辰绘一坐近他身旁，郑肴屿便微扬眉梢：“你喝酒了？”

“是的，我喝酒了。”韩辰绘毫不畏惧地回答，又看了看郑肴屿手中的酒杯，正视他，明知故问地道，“你呢？”

郑肴屿意味深长地注视着韩辰绘。

坐在郑肴屿另一边的男人赶忙打圆场：“嗯，挺好的……”说完他就有点儿后悔，两个当事人都尴尬到南太平洋去了，到底哪里好了啊？他转念一想，立刻摇了摇骰子，“来来来，我们好不容易聚一下，继续吧，嫂子正好来督战。”

“这个好，这个好。”

“我说怎么差点事呢，歌怎么没了？继续放啊！”

震耳欲聋的音乐声席卷而来，众人终于从让人震惊的“查岗”中抽离，灵魂归位。

郑肴屿又看了身边的韩辰绘一眼，就自顾自地抽烟、喝酒、摇骰子，不再看她了。

韩辰绘终于松了一口气，这才有心力慢慢地打量这里。

虽然同处星邦STARBON，两处的“风景”却是天差地别，韩辰绘原来的包厢虽然灯红酒绿，满是脂粉香气，但和郑肴屿这里相比简直是小儿科，这里有各种各样的酒瓶、酒杯在各个角落东倒西歪地放着，扑克、骰子、筹码随处可见，烟盒、烟蒂、烟灰无处不在……

这里似乎充斥着一种极端甚至是报复性的短暂快乐，由酒精支配，野蛮生长，无所顾忌。

韩辰绘往郑肴屿的方向看去——五颜六色的光线穿过他的发丝、耳郭、眼镜框，在可视度不高的环境里，平日里精致斯文的他染上了一丝黑夜的神秘，一尘不染的白衬衫让他有一种游离在这种环境之外的感觉，她仿佛见到了他在家的样子……

停停停！韩辰绘尴尬地掐了下自己的脸。

不过很快她便调整过来，又面无表情地瞟向郑肴屿。

她只能看到他的左手，他的手指持烟搭在酒杯边沿，又长又白，骨节分明。

这个时候一束光线掠过他的左手，同时更加耀眼的光芒在他的无名指上闪烁。

钻石戒指。

结婚时她为他挑选的婚戒上是镶有碎钻的。

韩辰绘愣了下，郑肴屿平时有戴婚戒吗？

一年半的婚姻，她对他根本就没有关注过，大部分时间两人井水不犯河水，她一时之间竟然连他平时戴没戴戒指都回想不起来。

韩辰绘摸了摸自己空荡荡的无名指，除了回娘家、去婆家的时候她会特意戴上婚戒，平时她可从来都不戴。

“开！开！开！”

“喝！郑肴屿！”

在快节奏的背景音乐下，桌边的几个男人已经兴奋起来。

郑肴屿二话不说便将手中的酒一饮而尽。

“哈哈哈！真是风水轮流转，老婆一来督战你就吓得硬气不起来了啊，小郑太子爷，你也有今天？！”

郑肴屿但笑不语，直接干掉杯中刚倒满的酒。

“好！”众人起哄，“咱们继续！今天必须让郑肴屿爬着出去！”

郑肴屿就这样摇一次输一次，各种各样的酒一杯接一杯地下肚。

韩辰绘目瞪口呆地看着郑肴屿，光是看他举杯、落杯她都感觉有点儿眼花缭乱。

她服了，真服了，没有对比就没有伤害，她平时还觉得自己是海量，但现在看来，她大概是初出茅庐的小可爱……

不知道喝了多少杯之后，郑肴屿终于摆了摆手，将手中摇骰子的器皿和酒杯往外一推："让我缓一缓……"

"不行！"

"不许！"

"喝喝喝！"

韩辰绘突然想到一件事，她是被那个说土味情话的导演恶心得"尿遁"的，却没有和其他人尤其是公司老板告别，如果她就这样不回去了，未免太不礼貌，再怎么说也要去道个别。

"那个……"

韩辰绘刚发出声音，郑肴屿却根本没给韩辰绘继续说下去的机会，直接拦腰将她抱了过来……

韩辰绘嗯了一声，下一秒身子就落入了郑肴屿的臂弯之中，两个人的大腿侧面也紧紧地贴在了一起。

一杯酒落到了她面前，郑肴屿的声音自她耳边传来，又低又轻，在外人看来两人就是在耳鬓厮磨："来帮我挡几杯。"

如果是在平时，韩辰绘一定会踩他的脚或者掐他的腿，不满地说"我凭什么要帮你挡酒？给我什么好处？"但今天情况特殊，在郑肴屿的朋友们的局上，她不给他面子就和不给自己留脸面差不多。

韩辰绘只好硬着头皮端起郑肴屿的酒杯一饮而尽。

其他人怎么也没想到郑肴屿会不要脸到让女人来帮忙挡酒，不过再一想，这个女人又不是别人而是他的老婆，他让这个女人挡酒好像……好像……

虽然心里很不爽，但他们好像找不到什么反驳的理由。

"好啊，你们夫妻档一起上阵欺负人是吧？那你们二兑一！"

这意思是，别人需要喝一杯的量，韩辰绘就需要喝两杯。

这边韩辰绘刚在桌子下面给老板编辑完"逃跑"短信，那边郑肴屿他们就要开骰子了。

其他桌的朋友也围在这桌看戏。

"四个四！"

“六个四！”

“……”

轮到郑肴屿，他直接闭着眼睛乱叫：“十五个六！”

这意思是所有人的骰子加一起会有十五个六点以上。

韩辰绘倒吸了一口冷气。

荒唐！天大的荒唐！十五个六这样没谱的点数他都敢叫？

“开！”

“开！”

大家把装骰子的器皿打开，只见几个人加起来也只有九个六而已。

韩辰绘是见过郑肴屿在赌桌上大杀四方的，他不可能这样离谱，所以她的第一反应是——不好，郑肴屿被人“魂穿”了！

“你能行吗？”郑肴屿轻声问道，“如果你不想喝的话，我们就抵账吧，车钥匙随便抵给他们一个就行了。”

如果不是深知郑肴屿是一只老狐狸，韩辰绘都快要以为他是个体贴入微的老公了。

韩辰绘摆出处变不惊的表情：“我当然能行！”

话音一落，她便豪气干云地把杯中的酒一饮而尽。

韩辰绘眼睁睁地看着郑肴屿手中装骰子的器皿从未停歇过，开了又开……

她也喝了一杯又一杯。

越开越离谱，越喝越离谱。

韩辰绘外表强装镇定，内心早已抓耳挠腮，大脑高速运转，试图找到一个不那么离谱的方式把自己解救出来。

直到韩辰绘明确地感觉到自己开始晕了，她也没有找到合适的方式……

郑肴屿在挖坑陷害她，她不仅义无反顾地跳下去，还自己动手填上土。

她应该从一开始就假装不胜酒力的！

如果她刚才是初出茅庐的小可爱，那现在就是自投罗网的小蠢货。

韩辰绘红着脸蛋儿，眯着眼睛，转头瞪着罪魁祸首，一开口就喷了他一脸的酒嗝儿：“阁下是绝顶高手，”她晃晃悠悠地举起双手，左拳右掌对他行了个抱拳礼，“今日是在下败了！”

郑肴屿似笑非笑地看着韩辰绘，好像看她对他认输是一件多么赏心悦目的事。

“来来来，继续……”

郑肴屿将软得一塌糊涂的韩辰绘捞了起来：“不玩了，不喝了，我们要回家了，明天早晨我还有一个很重要的视频会议要开呢。”

“哎哟，屿哥，知道你是工作狂，但你也不能因为明天有晨会要开，就让嫂子帮你挡酒啊。”在场的看起来年纪最小的那位看了看韩辰绘，环视四周，咂了咂嘴，“把一个喝醉的人弄回家多费劲啊？”

“费劲？这明明是有情趣好不好？”旁边的人一本正经地说。

韩辰绘毕竟是海量，此时虽然头晕，但和不省人事还相去甚远。

她知道郑肴屿是怎么扶她走出星邦 STARBON 的，知道他们是坐哪辆车回家的，知道他们进门的时候，郑肴屿养的那只成精了的鹦鹉像个“暴躁老哥”一样用查酒驾的口吻怒喷她：“韩辰绘小兄弟干吗啊？别喝酒、别开车、别碰我，讨厌鬼……”

都说鹦鹉学舌，也不知道是谁教它管她叫“小兄弟”的。

她也知道自己是怎么被郑肴屿抱上楼、抱进浴缸，又抱上床的。

后面的事情似乎是顺理成章的。

在若隐若现的月光下，韩辰绘只能隐约看到郑肴屿身体各处美妙的轮廓和线条，可还不如在酒吧时她脑补的多。

郑肴屿上一次在家的时候，韩辰绘把他“拒之门外”，她已经想不起他们上一次在一起是什么时候了，也许是半个月前，也许是一个月前……

一切是那么陌生，一切又是那么熟悉。

月升月落，花谢花开。

阵阵微风吹过，花园里一朵淡红色的合欢花飘飘荡荡地落于卧室的窗前。

时间似乎来到了正午，厚重的窗帘密不透光，只有几缕光线如漏网之鱼般不屈不挠地从窗帘上方射进来，并不能用来判断外面的光线强弱。

“嗯……”韩辰绘发出细微的赖床之声。

她四肢懒懒地蹭动，想要翻一下身，却一动不能动——她被禁锢在一个温暖又强硬的怀抱里，脑袋连枕头都没沾到，只能浑浑噩噩地靠着别人的肩窝。

韩辰绘在对方怀中胡乱拱了拱，脚丫直接踹上对方的膝盖。

她一脚把郑肴屿给踹醒了。

“别乱动……”

她被抱得更紧了之后，寂静的卧室里只有呼吸声，并且是从韩辰绘的耳边传来的。

很好，韩辰绘对不只是她一个人赖床这件事非常满意——她当然不知道郑肴屿在几个小时之前就在书房开完了一个视频会议，现下已经是抱着她睡回笼觉了。

再加上宿醉，双重暴击让韩辰绘浑身上下又酸又乏，就像郑肴屿这个人给她留下的感觉。

虽然郑肴屿是名副其实的“小郑太子爷”，虽然他现在“会当凌绝顶，一览众山小”，但韩辰绘明白他是个为人处世斯文得体的人。

至少在外人看来是如此。

恰到好处的藐视、恰到好处的冷傲和恰到好处的强硬，同样还有恰到好处的礼节和恰到好处的尊重。

但不知道为什么，一旦两人在一起，他就会不讲道理地撕毁他亲手签订的“恰到好处”条约。

主动权，他要强势掌控绝对的主动权。

郑肴屿并不是一个会沉迷于此的男人，当然，在韩辰绘看来，是他的胃口太大，她只是其中不太起眼儿的一项。

人生幸福的事情之一就是睡到自然醒。

满足的韩辰绘在浴缸里足足泡了半个小时。

她从珠宝架上取了一对郑肴屿送给她的珍珠发卡，又在梳妆台前简单打理了自己的长鬈发。

郑肴屿回家的次数少、时间短，大部分时间都是韩辰绘一个人待在红叶名邸——他们婚房所在的别墅区，郑家的产业之一。

大概是为了补偿她，他总会给她买一些小礼物，或天价难求或大师手笔，总之是独一无二的。

韩辰绘回到床上舒服地躺了下来，随手拿起床头柜上的几个文件夹翻阅起来。

随着《水光之恋》的热播，在剧里扮演被千夫所指的小三的韩辰绘又反向爆红了一波，虽然是炮火所向，但毕竟也不是每个演员每天都会被骂上热搜。

韩辰绘顺其自然地揽到了一波流量，也顺势得到了几部影视剧的邀请——经过经纪公司筛选过后，现在她要自己来阅读剧本，去选择她喜欢的，并且适合她的。

虽然她的演技目前谈不上好，甚至可以说差，但她也是有事业心和上进心的。平时有空儿她会跟着公司里的表演老师学习，也会精心挑选剧本。

藏拙、不露怯——是韩辰绘如今挑选剧本的准则。

手机突然振动了一下，韩辰绘拿过来一看，是她的大学室友时珊珊发来的消息。

时珊珊长相清纯，但感情却十分不专一，韩辰绘当时吐槽她“换男朋友的速度比我们上吊的速度都快”，故而送她一爱称“坏女人”。

时珊珊：“韩辰绘你在干什么？你快看微博，我的妈呀，网友们太有才华了，我笑到满床打滚、满地打嗝儿！”

韩辰绘：“确实，我还看出来你差点断气。”

在时珊珊的强烈要求下，韩辰绘还是打开了微博。

#韩辰绘演技#

——熟悉的话题。

韩辰绘点进话题找虐。

“#韩辰绘演技#韩辰绘改变了观众的认知有没有！坏人=演技好、越坏=演技越好，几乎已经成了思维定式！如今韩辰绘横空出世，简直是坏人圈的泥石流！”

“#韩辰绘演技#我觉得韩辰绘很好很好！她演的小三才像小三，不是说她的演技，是只有长成这样当小三才有说服力，《水光之恋》，赞一个！”

韩辰绘的心头遭到重击！

虽然网友们确实挺搞笑的，但到处都在喷，谁扛得住啊？

正面夸赞她的，还要加一句“不是说她的演技”……

韩辰绘退出微博，重新打开微信。

韩辰绘：“坏女人，我知道你是为了报复我在毕业晚会上没有给你签名。”

时珊珊：“真不是！看着我真诚的双眼！我用我男朋友发誓！”

韩辰绘：“告辞！”

韩辰绘叹了口气，没心情再看眼前这些剧本了，她将剧本放到一边，下了床。

她站到窗边，外面夕阳将落未落，朱红色的晚霞布满天空，就像天与地，在无法触摸的远方汇成一线。

韩辰绘望了一会儿天空，便转移了视线。

全京城也找不出比红叶名邸更奢侈的别墅区——占着全国最好的地段之一，却将绝大部分的面积贡献给了房子以外的东西。

在成片的翠绿树丛的掩映之下，一个男人悄然入镜，那些韩辰绘每天都会面对的草地、花坛、泳池、喷泉、露台突然都有了生动的表情，似乎在诉说一个古老的爱情故事。

郑肴屿穿着浅灰色家居服，伫立在一棵茂盛的樱桃树前。他伸出手，从树枝上摘下一颗樱桃，喂给他肩膀上的大鹦鹉。

那只鹦鹉全身布满了翠蓝色的羽毛，腹部和鸟喙周围淡淡的绒毛是杧果黄的，圆圆的小脑袋上有一撮神来之笔的小绿毛，长长的尾部在阳光下泛着渐变的光泽，鲜艳美丽。

一人一鸟，潇洒惬意。

鹦鹉高兴地扑棱着翅膀。

虽然那只鹦鹉是聒噪了一点，絮叨了一点，嘴毒了一点，但韩辰绘承认它还是美丽的。

这个世界上只凭外表就能配得上郑肴屿的生物寥寥无几，它无疑是其中之一。

韩辰绘交叉双臂站在窗台边，只是望着郑肴屿在夕阳下喂鹦鹉吃樱桃就看了十分钟。

岁月静好，她只能想到这四个字。

他们的婚姻缘起于一句父母之命，一场姐妹情深，一次赌气报复……起因有许多，却唯独没有感情。

她知道自己不爱他，她也知道对方不爱她。

两人能维持这样相敬如宾、岁月静好就很不错了，韩辰绘不会奢求太多，求也求不来，不如顺其自然。

对于她来说，现在已经是所有可能产生的结果中最美好的了。

韩家是正宗书香门第，根雕世家，她父亲作为国内首屈一指的根雕大师，一个作品拍个十几万、几十万元根本不是难事。

以她这样的家庭底蕴，两年前要在娱乐圈出道，全家上下，男女老少，甚至连他爷爷的那条大黄狗都来一起批斗她。

即便如此，韩家和郑家也是无论从什么方面都无法相提并论的。

郑家祖上就阔，可追溯几代人。

韩辰绘的公公郑万杰膝下有四子，前三个都是未正式娶妻之前生的，四十多岁才因商业联姻娶了正式的太太，所以只有郑肴屿根正苗红，大家这才称呼他“小郑太子爷”。

可他的年纪最小，就是三哥也比他大上十岁，等到他从 M 国某知名大学拿到双硕士学位的时候，郑家早不是他的天下了。

一朝天子一朝臣，自古以来如此。

但郑肴屿硬是凭借着过人的胆识和天赋，以在 M 国时自己创办的基金会为根基，对郑家大刀阔斧地革新，扭转乾坤。

在商场驰骋了二十几年的大哥、二哥只好甘拜下风，毕竟四十几岁的年纪了还玩不过二十几岁的弟弟。

总而言之，郑家资产难以估算，内部复杂，派系繁多。

韩辰绘的曾祖父与郑肴屿的曾祖父是有过命之交的老战友，以郑家当时的势力，郑老爷子本可以不上战场的，但他有一腔报效祖国的热血。

两位老爷子在战火纷飞中为后代定下了姻亲。

不巧两家连着两代人都只有男孩子，直到韩辰绘和郑肴屿这代，才分别有了男孩和女孩。

韩家有韩冬果、韩辰绘两姐妹，郑家有四兄弟以及其他旁系的几位兄弟。

郑爷爷和韩爷爷就按照年纪为韩冬果和郑家订下了婚约。

后来，韩冬果在二十岁生日那天得知此事，她因挚爱冯至期，说什么都不愿意嫁入郑家，甚至不惜以跳楼相逼。

再后来，便换成韩辰绘。

她对这段婚姻不抱任何希望。

按她的想法，郑家的大哥、二哥年纪太大，而四弟郑肴屿虽然与她年纪相仿，但……郑肴屿是什么身份，名正言顺的“小郑太子爷”，郑家是吃饱了撑的才会让掌舵的太子爷来和她结婚？

太子爷不是不能商业联姻，而是不能和她这样的……

他就算不找个门当户对的，也要找相差无几的。

那么郑万杰之子就只剩下郑家的三哥郑宏义。

郑宏义在十岁的时候出过一场严重的车祸，虽然没有危及生命，但却落下了残疾。

韩辰绘当时已经“佛系”了，觉得郑宏义就郑宏义吧，或者是其他什么旁系的都可以，再怎么说也是郑家的人，至少一辈子锦衣玉食、高枕无忧，她也不算太吃亏。对，她这就是这么调侃自己的。

直到那天韩辰绘亲眼见到“父母之命”的对象开着特制款劳斯莱斯姗姗来迟，她才知道郑家根本不是吃饱了撑的的问题，而是吃太饱撑死的问题……

韩辰绘晚饭是和郑肴屿一起吃的。

两个人默默地吃饭，没有交谈，就听那只鹦鹉站在一把空椅子上絮絮叨叨了半个小时。

韩辰绘忍了又忍才没有直接和它对喷起来。

冷静，冷静，咱是高等生物，怎么能和一只鸟斤斤计较呢？

晚上韩辰绘继续研读剧本。郑肴屿今天没有出去商务应酬，而是斜躺在卧室的沙发上翻看公司的文件。

夫妻二人都沉默着，各自沉浸在工作中。

其实关于工作这一块，韩辰绘是最佩服郑肴屿的，他的枕边只有她，所以她是世界上最了解他的努力和付出的人，他长年累月地在各个国家间飞来飞去，无数次在凌晨踏上飞机。

有时韩辰绘看到郑肴屿在书房里开各种各样的会议，她也会想，现在她的演技不好，被各路网友嘲笑，她必须得多多磨炼自己的演技，假以时日，一定会让人刮目相看。

韩辰绘睡前在浴缸里泡澡的时候，接到了妈妈孟晶的电话。

后天韩冬果新婚回门，她嘱咐韩辰绘一定要在韩冬果回门之前回到家，最好能带上郑肴屿。

最后一句话孟晶说得很没有底气，毕竟郑肴屿不是冯至期，他不是一个普通男人。她这个姑爷太有本事了，也太难摆弄了，他与韩辰绘结婚之后，除了逢年过节露个脸，其他时候人影都看不到。

自己家的姑爷，她在电视报纸上见到的次数远比见真人来得多，滑不滑稽？

韩辰绘琢磨一番，觉得自己一定要想一个好办法让郑肴屿答应后天陪她回娘家。

她洗完澡裹着浴袍出来，看都没看郑肴屿，飞快地钻进被窝。

事实上郑肴屿也没看她。

当他看完手头的一份文件，早已夜深人静。

郑肴屿站起身，将文件随手丢在了茶几上，活动着肩膀，望向床的方向。

韩辰绘只占了大床四分之一的面积，蜷成了一个可爱的圆形。

郑肴屿摘下眼镜，揉按眼角，走进浴室。

当他擦着湿漉漉的黑发走出来的时候，韩辰绘已经转向他——她依然躺成圆形，只在薄被的最上方露出一张小脸，眨巴着大眼睛讨好地看着他。

一年半的夫妻生活，韩辰绘一直大大方方、风风火火，像这样扭扭捏捏的时候屈指可数——一定是有要事相求。

郑肴屿顿了一下：“缺钱了？”

原谅他只能想到这个理由。

韩辰绘愤怒地龇牙：“你别把我看得那么扁好不好？我也有在努力工作！上一部剧的片酬已经下来了！我现在是小富婆！”

不是缺钱，那是……

“缺爱了？”

韩辰绘一口气差点没提上来。

健硕的身材在敞开的浴袍中若隐若现，秀色可餐，郑肴屿抖了抖手中的毛巾，随意搭在肩膀上，抬眼看向韩辰绘，话中含笑：“你缺爱我可帮不了忙，我好像给不了你爱。”

好，很好，不愧是你。韩辰绘微笑着用手掌侧面在床被的正中央画了一条深深的线。

小郑太子爷顿时傻了，自从上小学之后，他就再也没见过这个名为“三八线”的玩意儿了，再说也没人敢主动给他画啊。

他刚试着过线，立刻被老婆又白又嫩的大长腿踹了回去。

韩辰绘在被窝之中抱紧四肢，委屈地蜷成一个球。

夜色融融，窗前的兰花开了，在清新香气的熏染中，韩辰绘迷迷糊糊地入睡了。

郑肴屿静默地注视着天花板的纹路。

他慢慢地坐了起来，侧过脸——这个时候他才注意到，刚才他们两个光顾着“三八线”了，甚至没有拉上窗帘就睡了。

郑肴屿若有所思地看着韩辰绘。

月光洒在她的面容之上，像晶莹的珍珠，唯有“美”字可以形容。

作为一个……好吧，郑肴屿姑且称之为“演员”，韩辰绘显然是不及格中的不及格。

前阵子他去S市处理分公司的事情，听各个部门的主管失去灵魂的年度报告，最后他进行陈词，一年一度的会议宣告结束。

他走出会议室时，两个小秘书正在看最新播出的《水光之恋》。

郑肴屿竟然破天荒地在秘书室外站了一会儿。

S市这边的董事长秘书是新上任的，对郑肴屿的私人生活不甚了解，就知道“太子爷”已婚，但“太子妃”是谁就不知道了。

两个小秘书一边“摸鱼”，一边吐槽。

“韩辰绘这演的是什么啊？是哭还是笑呢？”

“你管她是哭还是笑，长得好看就行了。我刚才点进来，觉得她撒娇就演得不错，可塑之才。”

“那明明是发怒啊！你没听她都骂‘我恨你一辈子’了吗！”

“啊？这……这……原来是这样的吗……”

“哈哈哈哈，我的妈呀，快‘收了神通’吧，韩辰绘！”

郑肴屿面无表情地看着秘书室。

董事长秘书赶忙去敲秘书室的门：“这是上班时间，想看电视剧可以，立刻回家！”

等到他骂完小秘书们转过身，只见郑肴屿已经走远了。

关于韩辰绘的事业，在郑肴屿这里没有秘密，她演了什么剧、上了什么节目、拍了什么杂志，他都了如指掌，但他没有时间看，也没兴趣看。

如今他亲眼一见——且不说那部“脑残”偶像剧的剧情如何，看韩辰绘演的那个人物……嗯，能看出来她确实非常努力地在演了，但……可能缺少点儿天赋，或者经验。

但不知怎的，他下午开会的时候脑海中总是浮现出韩辰绘在《水光之恋》中的表演。

那个小秘书说的没错，韩辰绘就是一个神奇到只想让人求她“收了神通”的奇女子。

她能让她所有的表情、语调看起来、听起来都像是在撒娇，尤其是面对他的时候。

日常的她就很像撒娇了，委屈的时候像，奓毛的时候更像。

虽然把韩辰绘放出来演戏约等于放出生化武器，但她却能接到不少演小三的剧本，凭借的就是美貌。

不得不说她要是老老实实地做一个“静态”花瓶，那么即便是唐朝出土的花瓶，也不见得有她名贵。

而这样一个漂亮的花瓶，正睡在他身边。

“嗯……”韩辰绘哼唧了几声，从梦中转醒。

如水的月光里，郑肴屿在近在咫尺的距离看着她。

韩辰绘眯着眼睛，非常不满地挣扎起来，一只手在床被上摸索着，口中哼哼：“‘三八线’，我的‘三八线’……”

郑肴屿不理会她，更不会去理会什么“三八线”。

“三八线”没了，且又莫名其妙地成了郑肴屿口中的小羔羊，韩辰绘怒了：“你……你不要碰我！”

“辰绘，”郑肴屿贴着韩辰绘的脸，与她呼吸交融，“我要去 M 国了，航班是后天凌晨的。”

私人飞机也需要提前约定航班。

“……”韩辰绘一愣，眨了眨眼，“多久？”

“快则一个月，慢则两个月。”

韩辰绘乖乖地闭上了嘴巴。

虽然他们这段婚姻里充满了荒谬，但结婚证是真的，婚戒是真的，婚姻的事实也是真的。

从一开始她就知道她和郑肴屿不是过家家，是真的结婚，就算未来一片黑暗。

为什么要和自己作对呢？韩辰绘从来不是一个矫情的人。

太阳高悬，韩辰绘是被催命似的电话铃声吵醒的。

叮叮叮——

韩辰绘闭着眼睛在床头柜上摸索，凭借记忆在手机上胡乱划了一下，半死不活地“喂”了一声。

朱芷欣听出韩辰绘满满的睡意，惊呼：“我的老天爷！你在干什么？还睡觉呢？快起来看看几点了！妖物，快现出你的原形！”

韩辰绘懒洋洋地翻了个身，不甘示弱地和对方演了起来：“你说朕是妖物？大胆蟊贼，胆敢犯上作乱！”

朱芷欣一盆冷水泼下来，“就你那演技还在这儿演啥呢？”

韩辰绘懒懒地笑了一声，吐出舌尖，然后继续演：“如果阁下不服，请下英雄帖，我们二人在广大英雄豪杰面前决一死战。”

朱芷欣突然画风一变，嘿嘿笑起来：“我明白了，怪不得都下午了你还在睡觉，又怪不得被吵醒立刻和我演上两个回合……看来是郑先生回来了啊。冬果那边新婚，你比她牛，你是小别胜新婚！”

韩辰绘这才睁开眼，发现身旁空无一人。

她摸上去，床尚有余温，看来郑肴屿刚起床不久。

“算了，老娘不和你演了，没意思。过两天陪我去捉奸，我已经初步掌握了敌方的线索和犯罪事实！”

“哎……”还没等韩辰绘问出口到底是捉什么奸，朱芷欣那边已经挂断电话。

朱芷欣如今是单身，捉哪门子的奸？

韩辰绘虽然在娱乐圈没有太大名气，但怎么说也算是个公众人物。

朱芷欣平日里不拘小节，咋咋呼呼、疯疯癫癫，可身为知名娱乐公司新尚传媒的宣传总监，也是知道事情的利害关系的，竟然让她韩辰绘亲自出马陪着她去捉奸？

难道……“犯罪嫌疑人”之一是郑肴屿？

韩辰绘泡在浴缸里，看到水面上厚厚的泡沫，便用手心捧起，用力一吹，泡沫四处飞落。

韩辰绘的心情还是不错的，并没有太把朱芷欣的话放在心上。

一是江湖上谁不知道小郑太子爷抽烟喝酒，但绝对洁身自好。

二是她就没有把郑肴屿放在心上。

只有不放在心上，才会不在意对方的私生活。

什么他今天去了哪家酒吧，摸了哪个美女的手，与其关心这些，她还不如关心一下选什么样的剧本，万一她一夜暴红了呢？

在这样一段婚姻里，她能用三脚猫的演技扮演好“妻子”的角色，就已经超额完成任务了，不能指望她会投入什么感情，那样很过分。

尽管她很努力地演戏，但她目前根本不懂怎么样投入感情。

韩辰绘泡得满意了，又到化妆台上挑选了一条手工头巾，出自名设计师之手，全世界仅此一份，郑肴屿时不时就会送给她很多这样的礼物。

除了不能给她爱情和陪伴，郑肴屿算是一个比较合格的丈夫了。

韩辰绘突然自嘲地笑了起来。

这本来就不是一个命题，连爱情和陪伴都没有，能算是丈夫吗？

那不过是郑肴屿一贯的行事作风，讲究得体又不失礼节罢了，他做这些简直是信手拈来，如行云流水一般。

他身处的是什么世界，他的段位是她能比得上的？

事实上他可比她会演多了。

即便是在家里，韩辰绘也是一个不容挑剔的精致女孩儿，她认真地打扮完毕才下楼。

她往一楼客厅的方向扫了一眼，看到郑肴屿依然身着浅灰色家居服，斜倚在沙发上，沐浴在阳光中，整个人呈现一种很放松的状态，漫不经心地看着电视里的财经新闻，在他的右侧肩膀上站着一只美丽的大鹦鹉。

韩辰绘只站了几秒钟，便转进餐厅。

虽然现在不是吃饭时间，但她起来有一会儿了，家政人员早已准备好丰盛的饭菜。

韩辰绘只吃了小半碗饭便放下了碗筷。

客厅的电视里财经新闻主持人正在一本正经地播报：“……接下来关心一下股市，今天早晨……探底之后呈回升趋势……”

中间播放过渡音乐的时候，郑肴屿肩膀上的鹦鹉身体一动，一双乌黑的眼睛骨碌碌地转，又机灵又精明。

韩辰绘伸着懒腰走了过去，刚在沙发的另一侧站定，屁股还没沾到沙发，那只鹦鹉就开始了：“韩辰绘大姑，大姑，干吗啊，干吗啊，讨厌鬼，我杀了你——啦啦啦，啦啦啦，我是卖报的小‘杠精’……”

它唱起来了。

韩辰绘一脸阴沉地看向那只鸟，前几天管她叫“小兄弟”就已经很过分了，今天竟然管她叫“大姑”。

郑肴屿嘴角微挑，慢慢地摘下眼镜，一边擦拭一边说：“绿毛，”他似笑非笑地抬起眼，明明是在和鹦鹉说话，却故意看着韩辰绘，“你为什么管辰绘叫‘大姑’？”

韩辰绘指着鹦鹉，恐吓道：“姓绿的，识相的话你就给我好好组织一下语言。”

那只鹦鹉在郑肴屿的肩膀上左右晃了晃，直勾勾地看了韩辰绘三秒钟：“跟你有什么关系啊！我杀了你，大姑，讨厌鬼，这啥啊，这啥啊，我杀了你，吃点肉、吃点菜……”

“讨厌鬼”“干吗啊”“这啥啊”“我杀了你”是它的口头禅，大概是这几个词方便它日常絮叨，制造精神污染的同时又很有气势。

不过，它后面那句是韩辰绘从来没听过的。

郑肴屿戴上眼镜：“绿毛，为什么要让‘大姑’吃点肉、吃点菜？”

“老了，牙口不好，吃点肉、吃点菜……”

很好，是他的鸟，说话一套一套的。

韩辰绘怒气冲天，大眼睛瞪得圆圆的，看了郑肴屿一眼，并给了他一个挑衅的眼神，意思是我已经给你提前打招呼了，等会儿场面控制不住，过于血腥不是我的错！

鹦鹉开始碎嘴：“干吗啊？我杀了你，大姑，你瞅啥呢？”

昨天韩辰绘就一直听这鸟骂街，没有回嘴，但她早就有火了。

老虎不发威当她是 Hello Kitty（凯蒂猫）？连一只鸟都能骑她脑袋上拉鸟屎了，她的家庭地位呢？

韩辰绘站起身，三步并作两步地迈了过去，站到郑肴屿面前，叉着腰，和鹦鹉近距离对喷：“怎么了？我看看怎么了？你不让人看啊？我就看！怎么着？你过来杀我一个试试！”

谁知道那鹦鹉竟然扑棱起鲜艳的大翅膀，一对爪子在郑肴屿的肩膀上踢踏了两下：“我是你能看的吗！”

趁韩辰绘被怼得哑口无言之际，鹦鹉又扑棱着翅膀愉快地唱起来了：“我的热情，嘿！好像一把火，嘿！我的热情，嘿！好像一把火，嘿！火，嘿！嘿！”

除了它自己加的几个“嘿”，一个调子没跑，节目效果十足。

韩辰绘内心的小人在怒吼：韩辰绘你是要等到明年、后年再弄死这只鸟吗？你的手指是打结了吗？

韩辰绘火冒三丈。

郑肴屿上身微微前倾，伸手从沙发上拿起一块五香牛肉干，再握住韩辰绘的一只胳膊，往下一拉，将牛肉干塞进她嘴里：“乖，别生气了。”

韩辰绘刚要感动于郑肴屿终于把她当个人了，就听到他阴阳怪气地模仿那只鸟道：“牙口不好，吃点肉吧！”

韩辰绘用一脸“你活腻歪了吗”的表情瞪着眼前的郑肴屿。

她韩辰绘一世英名，竟然被一个臭男人用逗鸟的方式给逗了？

韩辰绘气呼呼的。

事实上她除了生气，也不能把郑肴屿怎么样。

两个人结婚满打满算有五百多天，可在一起的时间不多，要么相敬如宾，要么饮食男女，基本上属于“别提了，真不熟”的状态，但这不代表他们就没有磕磕绊绊，主要的问题来源就是郑肴屿心尖上的这只快成精的鹦鹉。

不知道为什么，那只鹦鹉从见到她的第一眼就开始奓毛，一直奓到现在，大概是已经通了灵性，一眼就能分辨出是哪个“小妖精”半路杀出，抢走了它的主人。

韩辰绘生来就不是软柿子，要吵便吵，不管对方是人还是鸟。

只要郑肴屿在家，一人一鸟战火更甚，自然而然要燃到他身上。

郑肴屿不管在商场上、赌场上，还是在谈判桌上、酒桌上，都是人狠话不多的类型，连对付自己的老婆也一视同仁，每当韩辰绘叉着腰像一只愤怒的小鸟，和郑肴屿吵得脸红脖子粗的时候，他都有办法治她。

“我不想和你吵架，不想听你和鸟吵架，更不想说废话，有什么问题等睡醒了再说。”这就是郑肴屿的夫妻相处之道，突出一个“简单粗暴”。

如果不想刚爬起来就又被扔回床上，韩辰绘就只能不情愿地指了指那只神气的鹦鹉。

郑肴屿又不会每天都在家，她一个身高 171 厘米的成年人想收拾一只鸟，岂不是易如反掌？真正的勇士是识时务者，来日再战。

被一只鸟骑在头上，韩辰绘越想越气，在微信里不吐不快。

她条理清晰、毫不添油加醋地讲述完今天和鸟吵架的盛况。

韩辰绘道：“你知道吗，我真的气死了！”

时珊珊道：“你这个炸药包竟然吵不过一只鸟？你还能更没用点吗？你也就平时骂骂我们这些善良的人！”

然后韩辰绘发过去一句：“坏女人！”

时珊珊帮她分析：“鹦鹉学舌啊，虽然它有几岁孩童的智商，但也不可能吵得过你，肯定是别人的问题——它的主人、驯鸟师，你二选一吧。”

韩辰绘道：“都有问题！”

时珊珊道：“所以你不是它的女主人啦？郑肴屿被开除了？你在梦里开除的吗？”

韩辰绘不想说话。

时珊珊又道：“哎，真不是我看不起你，你要是有能把郑肴屿开除的本事，也不会吵不过一只鸟了。”

她就知道这个世界对她充满了恶意！尤其是这个坏女人！

韩辰绘连发两句：“坏女人！坏女人！”

时珊珊道：“唉，被坏男人和坏小鸟欺负了，就只能拿坏女人撒气啦。”

她的周围难道除了她就没有第二个小可爱了吗？

郑肴屿明天就要启程去 M 国，专业驯鸟师史华晚上便来了红叶名邸。

让鹦鹉离开郑肴屿，它一千个、一万个不愿意，被装进豪华大笼子的时候，它刺耳地大叫起来：“打倒史华！”

别说韩辰绘，连史华都彻底傻眼了：真是一只宝藏鸟！

坏女人的选择题也有了答案，鹦鹉再成精也不可能知道史华的名字，一定是别人教过，或者干脆是史华自己教的，那些乱七八糟的口头禅八成都是跟史华学的……

韩辰绘终于可以吃一顿清静的晚饭。

她斯文地吃着，微微抬眼看了对面的郑肴屿六次，在看第七次的时候，终于忍不住轻声说：“我觉得你需要换一个驯鸟师了。”

“嗯。”郑肴屿漫不经心地应了一声。

晚饭过后，韩辰绘回到卧室，继续躺在床上读剧本。

她也不知道看了多久，更不知道是什么时候进入梦乡的，等到她迷迷糊糊地睁开眼，窗外夜色已深。

一个挺拔的背影站在黑暗里。

为了方便，他们居住的主卧室是和衣帽间打通的。

郑肴屿明显是在衣帽间前整理衣袖或是戴手表之类的。

韩辰绘微微仰起上身，懒懒地动了一下。

郑肴屿明显顿了下，道：“吵醒你了？”

“没有……”韩辰绘揉了揉眼睛，“你要走了吗？”

“嗯。”

他又要出差了。韩辰绘没有再说什么，甚至还闭上了眼睛。

“有事打我M国的电话。”

韩辰绘慢慢地点了点头，也不管郑肴屿在黑暗中能不能看到。

“缺钱了也给我打电话。”

韩辰绘又睁开眼，没睡醒的声音软软糯糯的，更像撒娇了：“都跟你说过啦，片酬下来了，我有钱的！”

其实她也知道“缺钱”是一个代指，如果真的只是字面意义上的缺钱，她都不用惊动婆家和娘家，找他的秘书就好。

以上的对话，在他们之间发生过几十次。郑肴屿每次超过三天不在家，就会公式化地交代这些已经交代过无数次的事情。

以往到“缺钱”这里对话就截止了，这一次他又加了一句：“也别再和绿毛吵架了。”

韩辰绘从鼻孔里哼了一声：“我懒得和一只鸟吵。”

“注意身体。”

他这是什么套路？难道是白天看到她和鹦鹉吵架的样子，加入了“关爱老婆成长协会”？

次日清晨，韩辰绘起得特别早。

今天是韩冬果回门的大日子，之前孟晶亲自打电话过来，让她早一点回去。

因为不是主角，她特意选了一条低调的裙子，连发卡都是没什么新意的日常款。

她戴上婚戒，从地下车库里选了一辆非限量款的车。

韩家在京城有几处房产，其中比较重要的一处是祖上传下来的四合院，位于市中心，是韩爷爷的常居地；一处是郊区几千平方米的大院，是韩家的根雕基地，父亲韩宗琦的常居地；一处是春风又绿小区里的复式住宅。

说来也魔幻，春风又绿和红叶名邸都是郑氏的产业。

不同的是红叶名邸是别墅区，而春风又绿是公寓小区，且前者属于郑万杰，后者则是郑肴屿的个人产业。

当初韩辰绘在春风又绿的物业处跑来跑去，装修的时候忙前忙后，和不少工作人员打得火热，谁又能想到，三年后的今天，她摇身一变，是春风又绿的老板娘了……

韩辰绘驱车来到春风又绿，戴着墨镜，拉风地登场。

从停车场到楼宇门口，短短的几百米，她招来了无数目光。

某种意义上，老天爷是公平的，韩辰绘的演技有多差，外貌就有多好。

坐电梯来到大门口，韩辰绘轻轻地叩门。

“来了……”来开门的人正是孟晶，一见到韩辰绘先是一愣，“这么早？”随即孟晶便往韩辰绘的身后张望，“怎么回事？就你一个人来？肴屿呢？”

就在这短短的五秒钟内，孟晶的表情完成了愣住、惊喜、好奇、失望、不满的五部曲，变脸之迅猛、精准，让演技黑洞韩辰绘不得不叹服。

“郑肴屿怎么没来？我不是特意打电话通知你，把他带过来的吗？”

孟晶的几个问句，让韩辰绘的好心情随之烟消云散。她淡淡地道：“郑肴屿是个大活人，不是我养的狗，不是我牵着他去哪儿他就会去哪儿的，他有生意，大半夜就离开家坐飞机去 M 国了。”

孟晶一脸失望，摇了摇头：“你现在长大了，能赚钱，又嫁了个那么大的靠山，自然不会把我的话放在心里了，希望你想想我们的养育和栽培之恩，如果你不生在韩家，你能嫁给郑肴屿吗？任凭你长得再美，你会有机会吗？”

“请您搞清楚前因后果，不是我想嫁给谁，而是韩冬果不想嫁给谁，这不都是您一手造成的吗，您如愿以偿了，为什么还要和我吵？就因为我没有把丈夫带回娘家做客？滑天下之大稽！”韩辰绘说完这句，便摘下墨镜，在玄关处自顾自地换鞋。

毕竟今天是韩冬果回门的大喜日子，爷爷和爸爸都在家，韩辰绘不想和孟晶吵得不欢而散，影响所有人的心情。

这就是韩冬果的婚礼时她躲着孟晶的原因了。

“谁来了？”韩宗琦从屋内走出来，见是韩辰绘，喜上眉梢，“辰绘！”

韩辰绘冲了过去：“爸爸！”

韩宗琦虽然步入中年，有了岁月的痕迹，可也不难看出他年轻之时迷倒万千少女的风度。

而且他是国内首屈一指的根雕大师，温文儒雅，放在武侠小说里那就是一代宗师。

关于韩宗琦和孟晶二人，韩辰绘真是左看右看上看下看都不像是一个世界的人。

韩辰绘坐在沙发上和韩爷爷的大黄狗玩。

上午十点，韩冬果和冯至期回门了。

“哎呀，冬果，至期！”

“快进来快进来，都准备好了……”

等他们走进客厅，韩辰绘便站起身，打了个招呼：“姐姐，姐夫。”

冯至期相貌堂堂，风度翩翩，放在校园里一定是个颇有人气的校草。

“小妹好。”冯至期礼貌且疏远地问候。

韩辰绘笑了笑。

等冯至期放下手中满满登登的礼物，韩冬果挽着韩宗琦走近：“爸，你看，至期知道你喜欢古玩字画，这些都是他给您准备的礼物。”

“是吗？让我看看。”

韩宗琦这辈子除了根雕，最喜欢的就是古玩字画。

新女婿送给老丈人的礼物，韩辰绘跟着凑热闹就扫兴了，她就又和大黄狗玩了起来。爷爷的大黄狗比郑肴屿的鹦鹉可爱一千倍！

韩宗琦观赏着手中的字画，赞不绝口：“不错！真不错！”

几分钟之后，韩冬果才面对独自与狗玩耍的韩辰绘。

“辰绘，今天是我新婚回门，就想图个阖家团圆，妈妈说会让你带妹夫也一起来，妹夫是一会儿过来吗？”

韩辰绘先甩给大黄狗一个玩具球，才抬起脸看向韩冬果：“他出国了，来不了。”

韩冬果仔细观察着韩辰绘的神情，轻声细语地道：“你们吵架了吗？他……他不喜欢你了吗？”

郑肴屿什么时候喜欢过她了？

就在这个时候，门铃突然响了起来。

第二章　如果我怀孕了

“谁啊？来了来了……”孟晶出去开门。

韩冬果剥了一颗荔枝，塞进冯至期口中。

冯至期体贴地牵起韩冬果的双手，边吃边笑。

韩辰绘觉得肉麻，转过脸，就见到大黄狗伸着舌头哈哈哈地吐气。

这只大黄狗韩爷爷已经养了七年，过去韩辰绘一直不喜欢它，也很少和它玩，不知道是不是因为郑肴屿的那只魔鬼鹦鹉，她竟然看大黄狗都觉得顺眼多了！

“来，我喂给你吃。”韩辰绘从茶几上的碟子里拿起火腿片，准确无误地丢进大黄狗大张的口中。

她一只手轻摸着大黄狗的脑袋，另一只手挡在嘴边，小声道：“我喂你，我们不要理那对儿秀恩爱的。”

不过韩冬果还是听到了，意味深长地笑道：“辰绘又在说笑了，你和妹夫比我们早结婚一年半呢，秀的恩爱不比我们多吗？”

韩辰绘如实回答：“我们从不秀恩爱。”

主要是没恩爱可秀。

“辰绘……”

韩冬果后面的话还没说出口，便被大门口处的一声惊呼给打断了。

韩辰绘和韩冬果、冯至期两口子对视了一下，三个人一起冲了出去。

大门口站了好几个人，除了韩宗琦和孟晶以及刚到的表妹一家三口，还有几个西装革履的男人。

“你们……”韩辰绘看那几个人有些眼熟。

“夫人好！”带头的那位开门见山，将手中捧着的一个大大的字画锦盒呈了上来。

所有人的目光都落在韩辰绘身上。

韩辰绘抿了抿唇角，始终不肯接。

当他们叫出“夫人”的一瞬间，韩辰绘就想起来了，这几个人是给郑肴屿办事的，曾经去过一次他们在红叶名邸的家。

韩辰绘眉头微皱，看了看韩冬果和冯至期，又看了看韩宗琦。韩冬果和冯至期带礼物回门是礼节，而郑肴屿这一出手，不是平白无故抢别人的风头吗?

“哇！雨雨（‘屿屿’谐音）姐夫又送东西了！快拆开看看！”说话的是表妹孟小桔，她是亲戚之中和韩辰绘关系最好的。

她妈妈立刻呵斥她：“什么‘雨雨姐夫’！没大没小的！”

孟小桔看了她妈一眼，又挽上韩辰绘的胳膊，怂恿道：“灰灰（‘绘绘’谐音）姐，快，安排上！”

让大家一直这么僵着也不算个事，韩辰绘微微叹了口气，看向韩宗琦：“爸，是肴屿送给你的，你去收吧。”

韩宗琦双手接过字画锦盒，道：“谢谢，辛苦了。”

送走了那几个来送礼的人，韩宗琦快步走进客厅，迫不及待地打开了字画锦盒。

一幅“雄赳赳、气昂昂”的骏马图。

“天啊！”韩宗琦满脸惊奇……好吧，其实是惊讶。

冯至期对古玩字画懂一些，当他见到这幅画时，脸上也有明显的表情变化。

他从小到大也见过不少名画了，可现在竟然有点儿怀疑人生。

这是徐悲鸿的《奔马图》，几年前在荣宝斋以两千多万港元落槌，而且这幅画的收藏价值远高于成交价，能私藏的人必然不简单。你有钱也要别人愿意卖给你才成，否则坐拥金山银山也别想买回家。

韩宗琦激动得手都抖了："我国画马的大师很多，但要论成就和影响力，近代大画家中只有徐悲鸿……"

韩宗琦将画轻轻地放在茶几上，一只手捧着侧面，一只手去拉韩辰绘的手，兴奋地拉着她靠近看："辰绘，你看这'奔马'的氛围感，大师果然是大师，你看多么传神，怪不得郭老赞曰：'豪情不让千钟酒，一骑能冲万仞关。'妙极！妙极啊！"

韩冬果咬了咬下唇，眼角的余光先是扫了眼韩宗琦手中的徐悲鸿的《奔马图》，又瞥向身旁的冯至期，却见冯至期也凑在前面观赏着《奔马图》，韩冬果紧咬的下唇便无法松开。

韩辰绘轻抚韩宗琦的手背，笑了笑："爸爸你能喜欢就好。"

"喜欢！我当然喜欢！"韩宗琦突然叹了一声，"肴屿有心了啊……"

韩辰绘保持着笑容。

她觉得韩宗琦所说根本不对，郑肴屿对她和韩家明显没走心过……

一上午，相比韩冬果和冯至期回门的大喜日子，更像是欣赏徐悲鸿的《奔马图》的大喜日子。

和家人们吃完午饭，韩辰绘带着孟小桔开车出门玩去了。

孟小桔的外形是典型的"孟家人"，个子不高，脸蛋儿肉嘟嘟的，特别喜欢做双手抱头的动作，和可达鸭表情包如出一辙，故而被称为"可达鸭"。

孟小桔在副驾驶位上又开始做可达鸭表情包的经典动作，道："你知道吗，灰灰姐，当姑父打开雨雨姐夫的礼物的时候，啊啊啊！"孟小桔突然发出一串土拨鼠一样的尖叫："今天也是为我'灰雨 CP（网络流行语，情侣档的意思）'打 call（网络流行语，加油的意思）尖叫的一天！"

韩辰绘的这位表妹年纪只比她小三岁，今年十九岁，但她们好像是完全不同的两代人。

韩辰绘是娱乐圈里一位业务能力低下、负面新闻缠身的十八线女星。

孟小桔表面上是京城名校的大三生，实际上就是个头脑发热、脑洞像黑洞那么大的追星少女。

当然孟小桔还有一个身份：郑肴屿和韩辰绘的头号 CP 粉。

每次一见到韩辰绘，孟小桔就“灰灰姐”“雨雨姐夫”地絮叨个不停，碎嘴程度和绿毛鹦鹉有一拼。

最让韩辰绘觉得离谱的是，有一天她带孟小桔去吃火锅，孟小桔竟然能对着滚滚热油感怀：“天灰就下雨，下雨就天灰……你们不仅颜值般配、性格般配，连名字都这么般配，这是什么神仙夫妻啊！”

韩辰绘都不知道说什么才好。

这人就是傻得十分离谱。

当时当事人之一韩辰绘一脸蒙地夹着肥牛片。

晚上韩辰绘还是在娘家吃的饭。

孟晶对韩辰绘的态度似乎缓和了一些，至少可以用不是吵架的语气和她对话了。

韩辰绘对孟晶倒没什么好说的。她早已习惯了孟晶对她横眉冷对。

韩冬果和冯至期今晚要留宿在韩家。

韩辰绘在春风又绿坐到七点多就先行离开了，她宁可回红叶名邸一个人住。

郑肴屿不在家，讨厌的鹦鹉在驯鸟房，她要多清静就有多清静。

晚上八点回到红叶名邸，韩辰绘洗澡、保养完毕就躺下了。

开始她是和公司的工作人员敲定工作上的事情，毕竟已经休息了好几天，后来就开始在微信上和朱芷欣、时珊珊、孟小桔这些好朋友吹牛、闲聊。

可不知怎的，她鬼使神差地点开了通讯录，手指滑动，直到见到了“郑肴屿”三个字才停了下来。

又不知怎的，她更加鬼使神差般地戳开了和郑肴屿的聊天对话框。

他们两个上一次在微信上发消息已经是十天前了。

韩辰绘下意识地按了截屏键。她真想把这张截图甩到孟小桔脸上，还神仙夫妻呢，这夫妻关系不能更差了好吗？他们可真是一对表面夫妻！

看在徐悲鸿的面子上……韩辰绘动了动手指，发送：“在吗？”

不知道郑肴屿现在在 M 国的哪里，也不知道他此时在干什么。

韩辰绘对着没有下文的聊天框看了三分钟，然后对方终于有反应了。

郑肴屿居然只发了一个问号。

好，非常好，不愧是郑肴屿，这个问号就是精髓。

韩辰绘小手一挥，用网友们辱骂她的词汇飞快地编辑着辱骂郑肴屿的话。

当她刚打好一句，手机便叮咚叮咚地响了起来。

“郑肴屿邀请你进行视频通话……”

韩辰绘立刻挂断，继续编辑文字。

“郑肴屿邀请你进行视频通话……”

韩辰绘想了想，不情愿地按下了绿色的接听键。

手机屏幕上立刻显示出郑肴屿的脸，他左耳上挂着耳机，五官一如既往地精致帅气得无可挑剔，微挑的眼角轻眯着，唇上叼着一根燃烧过半的香烟，却添加了几分很少在他身上见到的带着斯文的痞气。

“怎么了？有什么事吗？”

韩辰绘看着屏幕，亏她还在想他会不会正在睡觉！

他显然不在家，似乎也不在酒吧、赌场之类的场所，而是在一个露天的地方。

韩辰绘理直气壮地反问：“没事我就不能找你了吗？非要有事才行？”

郑肴屿吸了口烟，袅袅白雾溢出的时候微微一笑，道：“都可以，这些无关紧要。”

韩辰绘仔细听了几秒钟，从视频里传来了一些男人的声音，好像在玩什么，她问：“你在哪儿呢？”

“这里！”郑肴屿按了下屏幕，镜头翻转，直面层层山峰。

朝阳初升，暖红色的光芒温暖了他头顶的整片天空和脚下的整片山峦。

“我在旧金山，这里是以前我在斯坦福大学读书的时候买的一栋山顶别墅，空气不错。”

还没等韩辰绘开口说话，旁边突然冒出几个男人的声音，隔着千山万水仿佛都能闻到酒气，或中文或英文地叫嚷成一片。

“肴屿！你跑到一边干什么去了？”

“给谁打电话呢？还搞得神神秘秘的！快点把电话挂了！”

郑肴屿嗯了一声，又对视频中的韩辰绘说："等我两分钟，我先去打个牌。"

他的话音刚落，韩辰绘的手机屏幕里就出现了一个静止不动的画面——一半桌角一半地砖。

韩辰绘更气了，又想继续打字辱骂郑肴屿，可碍于是视频通话，她行动不便……

就在这个时刻，她突然灵机一动——反正他去打牌了，把手机和她丢到了一边，又听不到……

谁让他丢下她去打牌的！韩辰绘凑到话筒处，用轻微的音量开始骂：

"郑肴屿，你臭不要脸。

"郑肴屿，你是个浑球儿，知道吗，你就是个浑球儿。

"嘿嘿，你以为你逃去M国就没事了？你以为你小郑太子爷的名头多好使？还不是要乖乖地听我骂你，又不敢还口，嘻嘻嘻……"

手机屏幕的画面突然动了，韩辰绘立刻闭嘴，化身变脸怪，脸上露出和蔼可亲、贤良淑德的笑容。

她手机屏幕中的画面从半桌角半地砖变成了郑肴屿的帅气脸庞。

他又重新点了一根烟，似笑非笑地微挑眉梢："辰绘，对我有点儿意见？"

韩辰绘一脸乖巧，摇了摇头。

"真的吗？"

韩辰绘还是一脸乖巧，点了点头。

"告诉你一个消息。"郑肴屿微微一笑，将左耳上的耳机拿到镜头正前方，慢条斯理地说了一句话，"我一直没摘耳机的哦。"

韩辰绘差点表演一个当场去世。

她本以为"去酒吧推错老公的包厢门被误以为来查岗"已经是她人生中的一座不可逾越的尴尬高峰，万万没想到一山还有一山高。

视频对面依然吵吵闹闹的，除了男人们打牌、喝酒的声音，还隐隐约约有女人们的娇笑声。

女人……天啊，不会再被他误会是查岗吧！然后因为听到了女人的声音才辱骂他？

韩辰绘头疼，要真是这样，那误会可就大了……

郑肴屿当然知道韩辰绘的尴尬，如果现在有个地缝儿，她肯定第一个举手报名要钻进去。

但他就是故意不说话，也不挂断视频通话，唇上叼着香烟，一边抽烟一边似笑非笑地看着她。

“晚安。”韩辰绘想了老半天，觉得还是睡觉最简单粗暴、快捷有效。

挂断视频，韩辰绘立刻将手机丢了出去，抱紧薄被在床上左三圈右三圈地翻滚。她以后在他面前怕是没法做人了！

郑肴屿盯着已经黑掉的手机屏幕看了十几秒，直到不远处的一个朋友又开始喊他：“肴屿！你怎么又跑一边去打电话了？过来！又该你出牌了！”

郑肴屿这才放下手机，坐回牌桌。

拂晓微光，巨大露台的四周绿树繁茂。

只要郑肴屿在旧金山，朋友们一定会来他的这栋别墅，没有一家酒吧抵得过山顶别墅的绝佳视野，可以将绝佳风光尽收眼底。

旁边的一张长桌四周坐满了男男女女，一群人此行的目标就是喝光郑肴屿私藏的各类酒。虽然这个任务量过于巨大。

段恪打出去一张牌，端起酒杯抿了一口，问：“刚才你给谁打电话啊？”

他是郑肴屿的大学同学，毕业后没有回国，在 M 国白手起家也做出了一番事业，可对郑肴屿在国内发生的事情就不是很清楚了。

“还能是谁？”唐烜笑了起来，“肯定是他老婆又来查岗了呗。”

唐烜是上次在星邦 STARBON 的一员，他出了一张牌，斜眼看郑肴屿：“我就奇怪了，她怎么敢一次又一次地查你的岗？你竟然还搭理她，还让她查，看来你最近挺喜欢你的那个小媳妇儿的呗？”

郑肴屿唇上依然叼着香烟，听到唐烜的话，只是微微哼了一声，没有回答，顺手出了张牌。

“真的假的？肴屿的老婆是哪家的千金啊？我认识不？”段恪早就知道郑肴屿结婚了，但一直认为就是一个普通的商业联姻，毕竟在大学读书的时候他们几乎天天在一起，也没听郑肴屿说喜欢过哪个姑娘，再加上毕业后离得远，所以从来没打听过郑肴屿的另一半的事情，现在听到唐烜说“喜欢”，他还真有点儿吃惊，对那女人的来历好奇起来。

“你认识啥啊，更不是什么哪家的千金，之前的陈伊心倒真是千金，和肴屿也算是郎才女貌、门当户对，可惜咱们小郑太子爷没看上。我还以为他多么眼高于顶呢，结果闪婚了个不知名女星。”

“What（什么）？”听前面的介绍，段恪还没觉得什么，直到听到郑肴屿的老婆是“不知名女星”时，他都要晕了。

段恪又出了一张牌，伸出手拎了拎旁边郑肴屿的白衬衫的袖口：“hello（喂），你没事吧？”

郑肴屿将唇上的香烟夹到指间，目光自始至终都在自己的牌上：“我能有什么事？”

“别的也就算了，你们家竟然能容忍她在娱乐圈里打拼？不对，我应该换一种说法——在娱乐圈打拼的也能进你们家的大门了？”

“行了吧你们，在我面前装清高呢？”郑肴屿挑了挑眉，“你们这些常年混迹于花丛中的，娱乐圈那些出名的、不出名的女明星都被你们扒拉得差不多了，我也就找了一个好吧？轮不到你们批斗我。”

郑肴屿直接一个无差别攻击，让在场的朋友们直接炸了锅。

“我们是谈恋爱，你是直接当老婆，那能一样吗？”

“肴屿手段变态，看老婆的眼光也变态。”

“变态倒不至于，韩辰绘长得确实很漂亮，不知道你们怎么样，反正要是给我，我是不会拒绝的，不过当老婆嘛……”唐烜一针见血地道，“事实上你那小媳妇儿在娱乐圈里也不行啊，没作品又不出名，业务能力堪忧，角色都快成小三代言人了，又负面新闻缠身，形象这么差怎么行？你家不要面子的？要我说，肴屿，你要是真喜欢她，就干脆让她退圈别干了，专门在家当少奶奶得了，反正你家又不缺她赚的那仨瓜俩枣，否则日后就是隐患。我把话放在这儿，光你爷爷喜欢她没用，你父母迟早得让你俩离。”

“她又不是我笼子里养的鸟，就算是我的鸟，我也没有强迫它不许做什么、不许说什么，它每天心情爽了就开唱，心情不爽就开骂，天不怕地不怕，活得不知道比多少人类都轻松自由。”郑肴屿弹了下烟灰，微微一笑，“我这个人一向很讲道理的哦。”

他的最后一句话刚说完，在场的各位差点吐了。

“你讲个屁道理啊！还要不要脸了？”

天已大亮，鸟语花香，众人又喝了几杯，便陆续要离开了。

段恪拍了拍靠在身上的金发美女，她的容貌一等一地出挑，身材也够火辣。

“Stay here to serve Mr. Zheng,You'll be rewarded.（留在这里服务郑先生，服务好了有奖励。）”

那位金发小姐抿唇一笑，在众人的注视中大大方方地走到郑肴屿面前，端起酒杯，又软又媚地看着郑肴屿：“Mr. Zheng，cheers！（郑先生，干杯！）”

郑肴屿看了对方一眼，微微笑道：“Thank you.（谢谢）”但他并没有接过对方的酒杯，而是绕过她，抬手戳了戳段恪的胸膛：“兄弟，我结婚了。”

段恪一脸莫名其妙：“是啊，你结婚了，所以呢？”

在场的男人们不说十个也有八个是已婚男士，郑肴屿又不是唯一一个。

唐烜放开在他身上娇笑的美女，笑道：“段恪，你的人你带走就好了，你还不知道他？肴屿本来就洁身自好的，现在结婚了就更‘片叶不沾身’了。”

清晨，旭日高照。

驯鸟师史华带着那只姓绿的鹦鹉出来放风，放着放着它就飞进了别墅里。

正如郑肴屿所说，他的鸟在这个家里有绝对的自由和权利，驯鸟师在它眼里约等于地位低下的奴隶，连当铲屎官都没资格。

韩辰绘宛如一条失去梦想的咸鱼，没有灵魂地起床、洗澡、换衣、吃饭、装扮。

她被那个想不起来的噩梦折磨了一晚上，坐在餐桌边，一口又一口地进食，双目空洞，对绿毛的骂街都充耳不闻。

最后连绿毛都意识到她的失常，骂了半个小时之后闭上了嘴，歪着脑袋不停地眨眼。

“我吃好了。”韩辰绘拿起车钥匙，站起身。

家政人员礼貌地微笑，道：“夫人慢走。”

直到韩辰绘驱车到达公司的地下车库，才满血复活。

一走进公司大厅，韩辰绘就见到她的经纪人 Anemone。

“你怎么才到啊？我都等你十分钟了。”对方忍不住抱怨她。

Anemone 是君视传媒的金牌经纪人，手下超一线大牌明星无数，会带韩辰绘纯属一个意外。韩辰绘刚被星探发掘之时，全公司上下都看好她，毕竟颜值高，她未来的路子就算不是实力派，也会是风靡一时的偶像派。

君视传媒直接把韩辰绘安排给金牌经纪人 Anemone，可见对她的重视程度。

然而谁都没想到，韩辰绘最终走了“奇葩派”，有如此惊世骇俗的演技，简直是见所未见，闻所未闻。

最神奇的是，其他演员要是演技像她那么差，早就没戏演了。主要是观众不买账，但韩辰绘就是一个将奇葩进行到底的奇女子，演技明明尴尬到天际，只要她出场，就会被网友骂上热搜，可如此尴尬到天际的演技……大家偏偏看得停不下来。

现在的观众大概都有受虐倾向、猎奇心理……

《水光之恋》之后，韩辰绘都快要从十八线进阶到十五线了。

“Nene 姐，我下次早点儿，不然把这么漂亮的美人气坏了可怎么办呀？”

“行了，就数你嘴甜，以后也不用早，别迟到就好了。”

虽然韩辰绘没有获得预期中的成绩，并在娱乐圈以演技前无古人的尴尬和“小三代言人”的形象反向出名，但 Anemone 依然很喜欢韩辰绘，尽可能地给她争取资源，毕竟……又美又甜的人谁不喜欢呢?

“今天不只有我们君视的人，还有通艺的，张润晨应该也在。如果没有点名让你回答，你什么都不要说，看我的眼色行事，知道吗？”

“知道。”

一听到通艺传媒和张润晨，韩辰绘快晕了。

这位张润晨是一个一线流量小生，粉丝之疯魔程度让人叹为观止，之前韩辰绘参加综艺的时候差点掉下楼梯摔倒，而张润晨只是有绅士风度地扶了她一下，她的祖宗十八代就被那些老婆粉、女友粉和妈粉给骂了个遍。各路媒体也看热闹不嫌事大，没完没了地炒作。

最近《水光之恋》热播，网上盛传韩辰绘和男主角苏想的绯闻，虽然还是被粉丝骂，但苏想的粉丝数量和张润晨相比，连“弟弟级别”都没到。

Anemone 带着韩辰绘进入君视传媒第一会议室。

韩辰绘落座的时候，感觉到一道目光，她微微抬起眼，猝不及防地对上了对面的帅哥。

她微笑着和张润晨点了点头，算是打过招呼了。

会议的过程是轻松愉快的，娱乐行业和传统行业不同，所有从业人员都走在时尚和八卦新闻的前端，行事风格是非常新潮的，开会的时候大家都随便坐，说说笑笑地就把会开完了，甚至期间玩一下手机也没关系，很少把氛围搞得非常紧张。

《水光之恋》的播出已经进入尾声了，君视彻底名利双收了一把，又捧红了好几个小明星，通艺自然坐不住了想来分一杯羹。

就在这长达四个小时的会议中，大家讨论出了下一部剧的整体思路——由君视和通艺合作出品，主要演员起用两家公司的艺人，剧名暂定为《火光之恋》。

听到剧名的时候，韩辰绘差点笑喷出来。

之前的《水光之恋》就已经“槽点”满满了，现在又搞出来个《火光之恋》，且不管是谁敲定的，她就想知道是哪位神仙想出来的，还《火光之恋》呢，怎么不干脆叫《火光之灾》？

男主角是张润晨，女主角是《水光之恋》的女主角申影后申莹莹。

而韩辰绘顺理成章地领了戏份儿中等的女五号——一个试图破坏男女主角感情的小三。

毫无意外，毫无惊喜。

会议结束，韩辰绘和黄总、Anemone 等人礼貌地交谈了几句，便告辞要离开了。

“韩辰绘。”张润晨在会议室门口轻轻地叫了一声。

韩辰绘转过身，见是张润晨，便笑了下，道：“你好，好久不见了。”

张润晨想提醒她并没有好久不见，只是四个月而已，但没有说出口，只是笑了笑，道："是啊，好久不见了，你最近过得好吗？"

韩辰绘笑眼弯弯，道："还好，就是每天被骂，比较惨，不过呢，习惯了也就好了。"

"上次……"张润晨想为上次韩辰绘被他的粉丝骂的事情道个歉，可当他看到韩辰绘的笑脸，立刻改变了主意，礼貌地伸出一只手，"合作愉快。"

韩辰绘伸出手来和对方轻轻一握，道："嗯，合作愉快。"

办公室里尚未散去的几人开始了八卦之旅。

"奇怪了，你们说韩辰绘也就是个女 n 号，张润晨为什么要主动过去说合作愉快啊？"

"对啊，就算是要合作，也是和女一号申莹莹吧？"

"难道是申莹莹的格调太高了？"

"得了吧，现在这个流量时代，格调当不了饭吃，不然三金影后为什么来演偶像剧？还不就是因为赚流量、赚粉丝，还赚钱！"

"张润晨和韩辰绘这对 CP 我粉！"

"天啊！我之前也粉过，就是张润晨的粉丝最疯魔的时候，我劝自己善良！"

"哈哈哈，看来粉'双 chen'这个 CP 的姐妹很多嘛！他们马上又要合作了，粉起来！"

"觉得般配的姐妹们，可以把'般配'喊出来了！"

"般配！"

"般配！！"

"般配！！！"

"般配个屁！！！"孟小桔将手机摔了出去，在咖啡厅里拍案而起，大吼了一声。

旁边戴着墨镜的韩辰绘吓了一跳，拽了拽孟小桔的胳膊，小声道："公众场合，你喊什么？"

"我喊……我能不喊吗！"孟小桔又开始做可达鸭的经典表情，"网上有一帮傻子在说你和张润晨般配，我真是忍不住想骂他们，饿虎扑食吗，见到什么毒 CP 都能粉？你俩般配个屁呀！哪里般配了？你和雨雨姐夫才是最般配的！谁敢反对就把谁拖出去枪毙了！”

韩辰绘心想她这个傻表妹又开始了……

“我我我……”朱芷欣弱弱地举起手，“其实我觉得相比郑肴屿，辰绘和张润晨更般配……”

孟小桔再次拍案而起：“灰灰姐和雨雨姐夫怎么不般配了！”

“很简单啊，你看韩辰绘是个小明星，张润晨是个大明星，这就已经有点儿碰瓷了，而郑肴屿呢，长得有多帅大家有目共睹，又多金又帅气又厚黑又爱玩，这样的男人是魔鬼啊，我的老天爷啊，这谁顶得住啊？”

可达鸭呆呆地眨了眨眼：“好强大的理由，我竟然无法反驳！”

韩辰绘吹了吹咖啡上的泡沫：“是啊，我们本来就不般配，凑合过呗。”

“不许！”可达鸭突然发飙，伸出手直接捂住韩辰绘的嘴巴，“不许说不般配！不许你这样说自己！你们是最般配的！听清楚了没，你和雨雨姐夫才是最般配的！”

可达鸭继续捂着韩辰绘的嘴，像个小喇叭般继续说：“我想到反驳的理由了！霸道大总裁和美女小明星，你们就是‘霸总文’的标配好不好？无数作者为你们配好了对儿，亿万读者为你们痴、为你们狂、为你们尖叫、为你们哐哐撞大墙！我的‘灰雨 CP’是世界上最般配的神仙夫妻！反对者就是和我们亿万‘霸总文’读者作对！”

“别‘霸总文’了！”朱芷欣一脸鄙视，“还以为是小时候读的言情口袋书呢？上来先是一顿你追我赶，然后甜甜甜、宠宠宠就完事儿了？你知道现在的‘霸总文’都是什么魔鬼吗？”

说着，朱芷欣阴阳怪气地讲述起来：“她蒙上一双眼眸，他戴上一副面具，他们在黑屋里极致缠绵。他冷酷地告诉她，这只是在进行一场交易游戏……他浅笑，走近她，扣住她的肩膀，膝盖用力地撞上她微微隆起的小腹……”

韩辰绘和孟小桔一脸不可思议地看着朱芷欣。

朱芷欣一副大佬的模样，道：“你们就应该听我这个宣传总监的话，我可是每天都要和文字、图片打交道的，什么魔鬼都逃不出我的法眼。”

晚上，韩辰绘、朱芷欣和孟小桔二人在外面吃了泰国菜。

她一直想问朱芷欣之前说的“捉奸”是什么意思，但又怕万一真和郑肴屿有关，好像她多在乎他的私生活似的……

虽然她在乎自己老公的私生活于情于理都没有问题，可事实上她真的不关心啊。

晚上回到红叶名邸，韩辰绘日常泡澡保养完毕，便在床上躺下来了。

韩辰绘无聊地刷着电视剧，脑海中却不停地闪现着孟小桔和朱芷欣的话。

标配……她和郑肴屿就是朱芷欣说的那些剧情的标配吗？

她……她光是想想都头皮发麻、浑身酸疼……

于是韩辰绘又成功地做了一晚上的噩梦。

夜凉如水，韩辰绘是生生哭醒的。

她抱着被子哭哭啼啼的，过了一分钟，气哼哼地拿起手机，戳开与郑肴屿的对话框，打了几百字辱骂他的话，但突然回想起前两天的事故。

事实上他也没做错什么，真是“人在家中坐，黑锅天上来”。

于是韩辰绘“体贴”地把骂人的话全部删除，只发了一个问句：“如果我怀孕了，你会让我打掉孩子吗？”

郑肴屿现在一定醒着，会看到微信。

韩辰绘从床头柜上抽了几张纸，抽泣着擦掉眼泪。

几分钟之后，黑暗的卧室里，手机屏幕突然亮了起来。

叮咚——来微信了。

韩辰绘赶紧拿起手机。

“不会。”

韩辰绘笑了起来，悬着的心脏落位，拍了拍胸口，正酝酿夸郑肴屿的话，然而他又开始不当人了。

叮咚——又一条微信来了。

“我一直有做措施哦。”

只有很少的时候韩辰绘会觉得自己真是个善良贤惠的好妻子，例如现在，她竟然没有把郑肴屿这个臭男人拉黑，而是让他安安静静地躺在微信好友列表里，真是说不出的贤惠呢。

之后的大半个月时间，韩辰绘都没有再主动联系郑肴屿，当然郑肴屿也没有联系过她。

他这一次去M国本来就是为了谈生意。

在斯坦福大学读书期间，郑肴屿在旧金山注册了一家基金会，凭借自身的超强嗅觉，高薪挖掘了一批才华横溢的操盘手，与股市发生了美妙的化学反应。

只是那些轰轰烈烈的大单、小单都发生在国外，国内真正了解郑肴屿的基金会的人不多，包括郑家内部的一些人。

所以郑肴屿归国回到郑家后，又从“郑总”变回了“郑太子”，一个旁人看在你老子的面子上才产生的称呼，与你本人的能力无任何一丝关联。

好在很快郑肴屿就让所有人见识到了他的雷霆手段，对于郑家来说，他已经是不可或缺、至关重要的一个人，只是国内的人还是习惯称呼他为“小郑太子爷”罢了。

郑肴屿从来没有放弃过自己在M国的基金会和其他生意，也从来没有想过要放弃，所以每年至少有三个月的时间要留在M国亲自处理生意上的事情。

韩辰绘早就习惯了这样的生活，觉得她和郑肴屿之间就应该井水不犯河水，各自美丽，互不叨扰。

韩辰绘最近参演的偶像剧《火光之灾》……哦不，是《火光之恋》，将在近期进行试镜。

当然只有少部分角色需要几位演员来轮流试镜，像韩辰绘这样被比喻成狗尾巴草的“特型演员”，是不需要试镜的，毕竟整个娱乐圈要论演小三，没有几个人能演过韩辰绘。又美又艳、又娇又作，除了演技尴尬到天际，其他方面堪称一绝。

但韩辰绘还是在第一时间到达了君视的一号录影棚，是去帮工作人员做试镜工作的。

毕竟她的咖位在君视不值一提，没有资格不去搞好同事关系，像申莹莹那种影后级别的，就从来不会出现在工作人员中间。

在朱芷欣带着编辑来君视采访的时候，韩辰绘神神秘秘地将朱芷欣拉到一边。

“芷欣，我问你，你上次说的捉奸到底是怎么回事啊？你管杀不管埋的？突然就没有下文了？”

“哎哟，”朱芷欣凑到韩辰绘耳边，双手分别挡住她嘴巴的两边，很怕旁边的人读出她的口型，然后道，“我上次和一个客户去金莎世界，见到一个小妖精，她戴着你家小郑太子爷的白玉手串。”

韩辰绘皱了皱眉。

白玉手串……郑肴屿确实有一条。

韩辰绘曾把玩过条那白玉手串，是一个古件，由十五颗白玉珠子穿成，各个珠子有各自的形状和要表达的情绪，每一颗都雕刻着小小的“zyy”，不仔细看根本分辨不出来，拿在手里圆润细腻，她还挺喜欢的。

不过她很少见郑肴屿戴那条手串，记忆中只有那么三五次。

最近的话……韩辰绘挠了挠头，认真地回想着，好像确实没怎么见过了？

“我是谁啊？我就是那八卦先锋队长，冲在捉奸的第一线！我利用我的职业便利以及专业话术，上去套了她的话！”

韩辰绘歪头看着朱芷欣。

“她明明得意扬扬，却故作娇羞地用手指抚摸着手串，娇滴滴地回答我，是别人送给她的。我回来就想带你去找她算账，可惜的是我第二次、第三次去金莎世界的时候就见不到她了。当时没有留下她的联系方式，真是可惜。”

韩辰绘扬了扬眉梢，但也只是扬了扬眉梢。

见韩辰绘如此淡定，朱芷欣就差上去使劲摇她，让她清醒一点了：“你怎么一点儿反应都没有？！嫌疑人的线索和犯罪事实以及证物都摆到你面前了！你怎么不端出正室的范儿去收拾那个小妖精？”

韩辰绘无所谓地耸了耸肩，道：“那是他的东西，又没有花我的钱，他喜欢送给谁就送给谁啊，我管得着吗？”

朱芷欣气得头疼：“你！你！你现在怎么变得‘佛系’了？这可不像你

啊！按照你以前的脾气和做事风格，不抄刀上去砍人？”

韩辰绘一副“佛系”的样子道：“你也说了，那是以前。”

“所以一个贺开晨就让你心如止水了？让你对你家小郑太子爷那么牛的男人都提不起兴致来？连他把刻着自己名字的手串在外面乱送给小妖精，你都无所谓了？”

郑肴屿是在离开的四十五天后的清晨回国的。

韩辰绘正坐在梳妆台前专心致志地装扮自己，拿着化妆刷化妆，卧室的门猝不及防地被人推开了。

她自面前巨大的梳妆镜看去——郑肴屿叼着香烟，将一堆大礼盒、小礼盒随意地丢在地板上，眯着眼睛，二话不说就开始扯自己的领带。

韩辰绘注视着镜子里的他：“回来了？”

“嗯。”郑肴屿将条纹领带丢在地板上，又开始解衬衫的纽扣。

韩辰绘根本不知道他想干什么。

郑肴屿脱完衣服便叼着香烟径直走入浴室。

这是个有毒的男人。

浴室里传来哗哗的流水声。

郑肴屿只用了五分钟，便洗了个澡。

当他裹着浴袍走出卧室的时候，韩辰绘正拿着口红，小心翼翼地点涂着自己的下唇。

郑肴屿走到韩辰绘身后，一只手搭在她的椅背上，另一只手撑在她的梳妆台边缘，用一个很霸道的姿势无声无息地将她圈在他的气场之中。

郑肴屿凑近韩辰绘，嗅了嗅，问：“你还会化妆呢？”

韩辰绘面无表情地抬起眼，对着镜子里的郑肴屿翻了个巨大的白眼。

他们结婚都多快两年了，虽然他在家的时间不多，但绝不可能没见过她化妆的样子，再说了，她如果不会化妆，过去他送给她的那些高定彩妆都是谁用的？

见韩辰绘合上了口红，郑肴屿似笑非笑地说：“我都没看出来你化了妆。”

“你素颜比化妆好看多了。”

“有化妆的时间不如睡觉。”

“你……”

韩辰绘捂住耳朵大叫道：“啊啊啊！不知道吹‘彩虹屁’的正确姿势你就不要吹！”

“怎么？”郑肴屿敲了敲韩辰绘的脑壳，“和我生气了？”

她又回想起一个半月之前的事情，连当时那种尴尬到恨不得去上吊的感觉都记得一清二楚。

“我……”韩辰绘蔫儿了几秒钟，突然又想起朱芷欣说过的那个戴着白玉手串的小妖精，顿时又理直气壮起来，现在明明是她更占理啊。她站起身，差点撞上郑肴屿的胸膛，大声道，“对！我就是和你生气！知道不，我还没打你呢！信不信我用小拳头捶你胸口？”

听到“小拳头捶你胸口”，郑肴屿直接笑出了声，哎哟，他这个蠢萌的老婆啊，也真够可爱的。

韩辰绘气呼呼地道：“你还笑！你笑什么笑！”

郑肴屿没有立刻回答她，只是微微一笑，转过身去，走到卧室门口，弯腰将地板上的大礼盒、小礼盒、不大不小中礼盒都拿进怀里，再抱到韩辰绘面前。

韩辰绘愣住了，呆呆地看了看那些礼盒，又抬眼看郑肴屿。

郑肴屿将那些礼盒一股脑儿地堆在韩辰绘的梳妆台上，并随意地拿起一个，拆掉最外面的包装，轻轻打开。

十五支口红在高档的黑丝绒上码得整整齐齐，纯金的外壳，闪光的钻石，不用打开看，韩辰绘就知道又是什么国际大牌的私人高定产品。

韩辰绘眨了眨眼——郑肴屿只要出门，永远不会忘了给她带礼物。

郑肴屿将那个礼盒随手堆在礼盒堆的最上方，道：“我不知道你喜欢什么颜色，不过我全都买就是了。”

韩辰绘正感动不已的时候，他又微微一笑，道：“虽然我还是觉得你素颜比化妆好看多了。”

在郑肴屿密集的吻落下来的时候，韩辰绘还没觉得有什么，可当对方将她拦腰抱上床的时候，她意识到事情的走向开始不对了……

“不……不要……”

韩辰绘刚刚穿好的衣服在郑肴屿的摧残下又乱成一团。

“我今天要去公司……有工作……”

在这件事上，韩辰绘的反对票基本无效。

她不停地推拒着，最后气哭了，开始口不择言：“你去M国混了一个半月，还没玩够吗？回家就开始折腾我？”

郑肴屿身躯一顿，微微拧眉：“谁告诉你我整天在外面玩？”

“还用别人说吗！”韩辰绘气得抬起大长腿就去踹他，“你自己做过什么心里没点儿数吗？别碰我！你别碰我！”

郑肴屿目光一寸寸地阴沉下来，仿佛要掀起狂风骤雨，压抑着低沉的声音道：“让你失望了，我做过什么还真的没有数。”

在郑肴屿去M国的这一个半月，韩辰绘也独守空房了一个半月。

其实当郑肴屿的吻朝她的脸颊、唇瓣、脖颈、锁骨上压来时，她虽然嘴上在骂，动作也在抗拒，可身体早就渐渐地脱离思维的掌控。

思维：身体你务必要和我统一战线！

身体：“塑料姐妹花”就此告辞！屿屿，我来了……

郑肴屿半躺半倚在床上，将指间的一根香烟抽完，侧过脸，看着乖乖地躺在自己身边已经抱成球的韩辰绘。

他伸出一只手，从后面轻轻地抱住她：“辰绘，我是不是用身体力行证明给你看了？”

郑肴屿微微皱眉，若有所思地看着韩辰绘。

韩辰绘根本没指望郑肴屿会给她一个解释，他本来就不是一个喜欢解释的人，事实上她也不需要他的解释，他玩了或者没玩，都不会影响她什么。因为郑肴屿和她本就不是一个世界的人，从小到大的成长环境，周围接触的人、事和物，造就了他们完全不同的三观。

从小她就和韩冬果、孟小桔这几个人幻想着以后的爱情，简直是几大脑洞美少女，成天白日做梦。

后来韩冬果为了冯至期，为了不嫁给他人，不惜跳楼以死相逼，再一次给韩辰绘刷新了三观。

可郑肴屿呢？在他们的世界里没有柴米油盐，没有缺斤少两，没有贫贱夫妻百事哀，只有滚滚红尘、物欲横流，连送礼物都不会提前去留心你平时喜欢什么颜色和种类，而是把所有的都买回来，总有你喜欢的、能用的，突出一个“走肾，不走心”。

就像上次她人生尴尬高峰之一的“耳机门”事件，那时他刚到M国，她就可以听到女人们的娇笑声。

韩辰绘认识几个郑肴屿的好友，那些人在生意上有多么成功，在私生活上就有多么一言难尽，要么是不结婚当单身贵族，身边的美女就没见过重样的，要么家里红旗不倒，在外彩旗飘飘，更过分的还有红旗乱倒的，说他们是花花公子都抬举了他们。

她不相信郑肴屿是个另类，更不相信要是有美女主动送上来，他会拒绝掉。

叮叮叮——电话响起。

韩辰绘迷迷糊糊地摸到手机，一看到来电显示，立刻坐了起来。

是Anemone，她的经纪人！

“喂？”声音一出口，便荡起了涟漪，她立刻闭上了嘴。

对方显然没留意到韩辰绘声音中的不同，直接破口大骂：“韩辰绘！你看看现在几点了！我昨天是不是对你千叮咛万嘱咐，不要迟到，不要迟到，不要迟到！通艺的工作人员已经带着张润晨过来了，张润晨的时间有多宝贵你不知道？让人家等了这么久，我们欠多大人情啊！你是要作死吧？”

“对不起、对不起，我、我……”韩辰绘一边像个狗腿子似的卑微地给Anemone道歉，一边又像个女王大人，骑在郑肴屿身上撕扯着他。

郑肴屿半躺着，似笑非笑地看着骑坐在自己小腹上疯狂爹毛的韩辰绘，让她殴打了十几秒之后，就伸手按住了她，微微仰起上身，在她的小脸前轻笑道：“看来你的精力还挺旺盛的？”

“谁！”Anemone机警起来，“谁在说话？我怎么听到有男人的声音？”

韩辰绘立刻小手一挥，挣脱了郑肴屿，并捂住了他的嘴巴。

韩辰绘尴尬地笑了两声，然后道：“没……没谁啊……”

“不可能！我明明听到男人的声音了！韩辰绘！你是不是和男人在一起呢？”

韩辰绘很心虚：“没……没啊……”

“你最好没有！”Anemone道，“你现在是事业上升期，而且你不知道自己是什么业务能力吗？想要维持热度，给你炒绯闻、炒 CP 是在所难免的，你要是搞出一个男人来，万一被曝光了，你还怎么混？粉丝‘反噬’可是非常可怕的，他们可以捧起你，也可以摔死你！这个道理你不懂吗？”

韩辰绘继续卑微地道：“懂懂懂……”

“好了，现在骂你也没用了，刚才张润晨的助理过来给我打了个手势，说他可以等你一会儿，所以你现在赶紧来公司！”

“好嘞。”

韩辰绘挂了电话之后，不停地拍着胸口，长吁了一口气，然后在郑肴屿终于获得了说话机会的时候，她并没有给他机会，而是拿起自己的枕头按到了他的脸上，并真的上演了一出“小拳头捶他”的戏码。

“怪你！怪你！都怪你！我都说了今天要去公司，有工作，你非缠着我不放，打你！打你！”

韩辰绘正捶着枕头，没注意到自己的腰肢落入了郑肴屿的掌中。

他一个用力，便抱着她在床上颠倒了过来。

“怪我？”郑肴屿压着韩辰绘，咬住她的下唇，笑得暧昧，“明明是你缠着我不放……”

韩辰绘终于坐到君视传媒办公室里了。

她着急出门，就没怎么化妆，但她用了最强力的遮瑕，将郑肴屿在她的脖颈、锁骨、肩膀上种下的“草莓印”给遮盖住。

“《火光之恋》暂定为七月中旬开机，大家还有四十多天的时间熟读剧本，各部门的预热宣传炒作可以开始安排了。”

“我觉得《水光之恋》大结局的东风千万不能错过，趁着莹莹和苏想这对 CP 热度最爆的时候，我们就要开始炒他们的新作。”

因为张润晨的加入，苏想这个《水光之恋》的大爆男一号，在《火光之恋》也只能屈居男二号。

“辰绘，你是全剧组最需要熟读剧本的，希望你回去能把剧本看透、吃透，跟上剧组其他演员的步伐，带给剧组新的力量！”

韩辰绘无语。

就是想说她拉低了剧组演技的平均值呗，还故意表达得这么励志。

“韩辰绘。”散会的时候，张润晨主动找到了韩辰绘。

韩辰绘正低头收拾开会资料，听到有人喊她的名字，随口嗯了一声。

张润晨站到韩辰绘身前，意味深长的目光落在她的领口处，犹豫了下，才轻声说：“我看到了……”

韩辰绘抬起脸。

“那里……”张润晨虚虚地指了下她领口的方向。

韩辰绘皱起眉，从手包里摸出随身携带的小镜子。

小小的、红红的印迹。

韩辰绘之前已经悉心检查过了，确定所有的吻痕都被遮瑕盖住了才敢出门的。可能是她动起来领口就慢慢地蹭掉了那一块的遮瑕吧。

韩辰绘面不改色地放下镜子，扬出宠辱不惊的微笑脸：“哦，早晨被我家狗给咬了，不碍事。”

“嗯，早晨被我养的鸟给啄了，不碍事。”就在韩辰绘把郑肴屿制造的吻痕称为被狗咬了的同时，郑肴屿也在一本正经地回答公司高层关于他胳膊上抓痕的来历。

公司高层：“能啄出这么长一条……郑董养的鸟……好厉害……”

郑肴屿翻了翻报告，冷漠着脸淡淡地道：“我养的鸟一向牙尖嘴利。”

细雨汇川是郑肴屿新注册成立的一家公司，目前主要是做能源业。

他本身是做股票、基金出身，毕业后回到郑家主要把控房地产资源。

郑家以郑万杰为首，就看不上娱乐行业，本来以郑家的实力，进军娱乐行业的话，不说吞并万里河山，也得坐拥半壁江山。

郑肴屿和郑万杰不同，其实他很看好娱乐业的发展前景，不过从结果来看也没什么不同，就是他也不想进军娱乐业。虽然他的老婆韩辰绘就是一名娱乐圈从业人员，但他依然认为娱乐行业里人心浮躁，行业泡沫过多。

除了房地产和娱乐业，郑肴屿最看好的就是能源业了，于是他筹备了细雨汇川。

第三章　谁捉谁的奸

郑氏夫妻二人组风驰电掣地来到了“十二夜”酒吧。

从地下停车场到正门，韩辰绘都一直冷着一张脸，一句话都没有和郑肴屿说。哼，她心情差着呢。

不管他们之间有没有感情，不管他究竟喜欢她与否，不管他把她当成什么，她终究是他的妻子。

这得是什么魔鬼转世、妖孽降临，才会带着自己明媒正娶的老婆来这种乌烟瘴气的鬼地方……

韩辰绘又忍不住想骂他一顿了！这个男人也太有毒了吧！

郑肴屿一走进酒吧，值班经理立刻带着几位侍者笑脸相迎：“郑总，好久不见。”

“唐烜他们在哪里？”

“郑总，唐总他们都来了，还是三楼的老地方，今天人很多，荣秘书家的荣少也带人过来，正好和唐总碰上了，就合一伙来玩了。郑总，我给您带路。”值班经理微微弯腰做了一个“请”的姿势，这个时候才注意到韩辰绘，先是一愣，然后保持着职业微笑。

“真没想到郑太太光临，您比电视上看起来还要美丽动人，怠慢之处请见谅。”

能在酒吧当上经理的人本事确实不小，不少圈内关系较远的也不知道郑肴屿的老婆是谁，可他却能在看到她的下一秒就叫出“郑太太”。

主要也是因为韩辰绘平日里实在没存在感。再看郑肴屿，结婚归结婚，该玩继续玩，要么跑去海外打理生意、开拓市场，动不动就搞出一个轰动圈子的大单来，要么在京城喝酒、抽烟、打牌，就没任何要收敛的迹象，所以横看竖看他那个老婆都不像是受宠的。

郑肴屿的朋友圈里有两个豪门千金，真正的人间富贵花，一个叫曲芽，一个叫白虹。

曲芽的老公是一个画家，家境虽然普通，但夫妻恩爱。曲芽的老公在她的朋友圈中算是比较有地位的，如果出现在同一个酒局，大家还会主动和他喝个酒，当然了，那也是看在曲芽和曲家的面子上。

而白虹正好相反，白虹和老公是商业联姻，男方和他们不是一个圈子，不过两人的家境相差不多。白虹和老公关系极差，于是白虹的老公在她的朋友圈中就没什么地位，大家见到白虹的老公能打一声招呼已经是很给白家和对方家庭的面子了。

三楼，丁香厅。当郑肴屿和韩辰绘到的时候，包厢里已经坐了很多人。

扑面而来的烟味、酒味和香水味的混合味道让韩辰绘皱了皱眉。

“哎哟，”坐在沙发上的男人们见到郑肴屿，站起身，“郑总姗姗来迟啊。”

韩辰绘认识其中以唐烜为首的几个人，都是郑肴屿平日里关系比较亲近的朋友，虽然他们全部被韩辰绘定义为了“狐朋狗友”。

另外几个是韩辰绘不认识的，他们径直走了过来，为首的那位和郑肴屿笑呵呵地握手：“好久不见了，小郑太子爷依然帅气啊。”

“说笑了，还没有恭喜荣伯父和荣少步步高升。”

韩辰绘抬起眼，大厅里昏暗，她只能看清那位荣少，他长得也算是眉清目秀，只是比郑肴屿差了十万八千里。

荣少已经注意到了跟在郑肴屿身后一声不吭的韩辰绘：“这位是——”他看了看韩辰绘，又看了看郑肴屿。

“天啊，太阳从哪边儿出来了？”荣少身旁的一个男人暧昧地笑了起来，“郑太子不是出了名的不带女人应酬的吗，怎么却自己带女人过来了？”

荣少目光在韩辰绘身上绕了两圈，微微一笑：“我明白了，郑太子不是不带女人，而是没遇到心仪的，那当然了，这样一对比，酒吧里的姑娘们自然是比不了的。”

郑肴屿意味深长地笑了一下。

“哎哎哎！”唐烜也走了过来，见到是韩辰绘，立刻打趣道，“呦，弟妹今天不查岗，直接来站岗了啊？”

不提“查岗”还好，一提“查岗”她就尴尬，于是只能尴尬地笑起来，道：“唐哥。”

“我真怕你下次就直接叫‘表哥’了，你就不能学学你家肴屿直接叫我唐烜？”

众人哈哈大笑，刚才紧张的气氛瞬间被缓解。

唐烜的这几句话说出来，智商再低的人都能明白是怎么一回事儿了，更别说是荣畏那些人精了。荣畏立刻哎哟了一声，道：“光顾着看人家姑娘漂亮了，都没想到会是郑太太，小弟给嫂子赔礼了。”

众人落座，进门时的小插曲算是揭过了。

韩辰绘跟着郑肴屿坐在第二桌的最旁边，最靠近门口的位置。

她刚坐下，屁股就完全深陷进去，她从未坐过如此松软的沙发，如果往后躺下去，感觉整个人都能陷进去。

有钱人是真的会享受，连沙发都这样舒服。

不过呢，这种沙发的坏处就是坐在上面有点儿不好控制自己的身体，她试着调整了几次都坐不稳当，最后就只能没什么仪态可言地半躺在那里。好在光线阴暗，也没什么人会注意她。

郑肴屿和旁边的唐烜、荣畏喝了几杯后，就给韩辰绘倒了一杯酒，塞进她手中。

韩辰绘舒服地半躺着，看了看他手中的酒，抬起眼：“干什么？”

“喝酒啊。”郑肴屿挑了挑眉，将唇间的香烟拿到指间，凑到韩辰绘耳边，故意压低声音道，“你看看他们，每个人都有小姐姐陪着喝酒，我身边就一个你，你不陪我喝几杯？”

韩辰绘摆出一副很装的表情，非常大爷样地接过酒杯一饮而尽。

在郑肴屿又要给她倒酒的时候，韩辰绘更加装地拍了拍郑肴屿的肩膀：

“你不是说带我来找漂亮小姐姐吗？人呢？快点，给我安排上。”

郑肴屿看了看韩辰绘，觉得在忽明忽暗的五彩灯光里，她那又装又骄傲的表情竟然有几分可爱。

他笑了一下，伸手按了按桌子上的铃。

几分钟之后，进来了三位小姐姐。

韩辰绘一脸花痴地笑：“好好好，小姐姐，你们真漂亮，身材好好。”

三个女人笑得又娇又媚，给韩辰绘倒上酒，一起举杯敬她：“怎么可能，我们和您一比就相形见绌了，您比我们美多了呢！”

这几个女人还肉麻兮兮地互相吹上彩虹屁了……

众人再看看旁边的郑肴屿，只见他面无表情地叼着烟，自顾自地往自己的酒杯里倒酒。

接下来的时间，就形成了一幅众人眼中诡异至极的画面——女人左拥右抱，左边一口葡萄，右边一口樱桃；男人一人独坐，只有香烟和啤酒。

这画面直接给那些花花公子看傻了，他们这么多年来出入世界各地，什么奇葩的场合都见过，但真没见过像郑肴屿和韩辰绘两口子这么奇葩到天际的啊！

韩辰绘舒舒服服地半躺在极其松软的沙发里，三位小姐姐一个喂她吃水果，一个为她端酒杯，另一个呢，就用娴熟的技巧给她按摩放松。

同时三个人还娇滴滴地和她聊天。

可能她们聊天的技巧是经过严格训练的，说什么会让客人舒服、开心，什么样的客人喜欢听什么样的话，甚至说话的频率、音量都非常专业，绝不会让你产生任何一点不耐烦，或者聒噪之感。

韩辰绘真想问问她们是在哪里培训的，然后回家安排那只又絮叨又嘴臭的鹦鹉好好去上一课，学习一下讨好的技术和说话的艺术。

韩辰绘舒服地半眯着眼睛，吃了一颗剥好的荔枝，又喝了一杯酒，酸痛的身体在小姐姐的妙手之下好转许多，就觉得她们的按摩说不出的舒服。

一开始的时候，韩辰绘还会用眼角的余光去瞄郑肴屿，后来她甚至没有注意到郑肴屿已经放下酒杯站起身，出去接了个电话，又去另一张桌上和荣畏那一行人摇了几回合的骰子，最后又和唐烜他们开始打牌了。

唐烜看向旁边正在看牌的郑肴屿：“我是真的闹不明白你和你的小媳妇

儿在玩什么把戏，这种场面真是见所未见，闻所未闻。”

郑肴屿用手指夹着香烟，认真地看了几秒钟，选了一张牌扔出去，漫不经心地说：“那你现在见到了。”

另一旁的李绍齐出了一张牌：“今天不只我们，荣畏那拨儿人也在，他们可是目睹了全程的，没几天‘郑肴屿的老婆当着他的面在酒吧里左拥右抱’这个信息量颇大的新闻怕是就要传得圈内人都知道了，韩辰绘倒是无所谓，反正没了你也没人知道她是谁，倒是你自己，肴屿，你也不怕丢人啊？”

郑肴屿抽了一口烟，动作干净利落，没有回答，神色也淡淡的，仿佛只是专注于“打牌”这项事业。

唐烜道：“要我说啊，与其想丢人的事，不如想想万一被你父母知道，怕是又要惹出什么事端了。”

郑肴屿抬起眼，看了唐烜一眼，道：“她是跟我来玩的，人也是我给她安排的，能有什么事端？”

唐烜耸了耸肩，打了一张牌出去。

“欲加之罪，何患无辞？你说没事就没事吧。我只是觉得要是放在我家肯定要出事的。”

欢乐的时光总是短暂的。表盘的时针指向下半夜两点半。

韩辰绘已经记不住自己喝掉了多少酒，她人生中第一次喝醉是上次在星邦 STARBON，被郑肴屿故意灌醉的，而此时此刻就是第二次。

“喝酒！小栀子你也喝！”韩辰绘自己干掉一杯酒，又哄身边那个穿短裙的小姐姐喝酒。

通过之前愉快的聊天，韩辰绘得知她的花名叫“小栀子”，另外两个分别叫“小百合”“蓝花楹”。

“我喝完啦，小绘绘还要再喝一杯……”小栀子熟练地开了一瓶新酒，并给韩辰绘倒满。

“好。”韩辰绘红扑扑的脸上充满醉态，笑嘻嘻地端起酒杯，声音软糯，别人听来根本就是在撒娇，“但是你们不许欺负我了……我喝完这一杯的话，小栀子和蓝花楹也要一人喝一杯才行哦……”

刚才荣畏他们想要换地方继续玩，已经关掉大厅里的音乐，两伙男人正站在牌桌前说话，将韩辰绘说的话尽收耳中。

韩辰绘重新端起酒杯，刚要喝的时候，胳膊就被人握在半空中，紧接着传来一道低沉又性感的男声：“别喝了，我们回家了。”

“不！不要！不要……”韩辰绘眯着眼睛挣扎起来，空出的那只手赶忙握住小栀子，“我要小姐姐，我要漂亮的小姐姐陪我喝酒……”

见挣扎不开，她“奶凶”地吼了一声：“放开我！再抓着我，我就打你屁股了！”

下一秒她就听到男人微微哼笑道：“可以，等回家，看我们谁打谁。”

等、等……等一下！韩辰绘猛地晃了晃脑袋，小心翼翼地看了看——那张又帅气又斯文的脸，可不正是郑肴屿！

韩辰绘秒㞞。

三个小姐姐已经站了起来，娇笑道：“如果您喜欢我们的话，可以下次再来啊，我们再陪小绘绘喝酒，好不好？”

“好！”韩辰绘握住小栀子的手，“一言为定哦！下次我会给你们带礼物来的！”

这句话还没说完，韩辰绘就被郑肴屿给抱了起来，他面无表情、大步流星地往外走。

“等我。”韩辰绘被郑肴屿抱在怀里，双臂从他的肩膀两侧伸向后方，五指张开，“我好想和你们再喝酒啊，你们一定要等我哦。”

那三个小姐姐也很喜欢韩辰绘——比起被有些男人动手动脚地揩油，她们倒是更喜欢陪韩辰绘这样长相美、性格好，还会尊重她们的女人。

她们跟在郑肴屿身后，轻轻地握住韩辰绘伸出来的小手：“会的，您放心吧，我们会等您的……”

不知情的还以为这屋里在排练“梁祝”“牛郎织女”或者是“蓝色生死恋”什么旷世绝恋呢，那三个小姐姐就是命运多舛的女主角，韩辰绘就是被恶势力强权镇压的男主角，那么郑肴屿的角色呢？郑肴屿的角色就是“棒打鸳鸯”的那根大棒，“横刀夺爱”的那把大刀！

那些花花公子是彻底开启了新世界的大门，本来他们以为“女人左拥右抱，男人独自喝酒”已经是巅峰了，万万没想到这出戏竟然还有续集……

他们现在只有一个发自内心、来自灵魂的拷问：郑肴屿和韩辰绘这两口子，究竟是从哪块石头里蹦出来的魔鬼夫妻啊？！

韩辰绘切身体会到了什么叫作“上一秒天堂，下一秒地狱”。

明明一个小时前她还左拥右抱，温香软玉抱满怀，只想醉死温柔乡，可现在竟沦为了卑微的“阶下囚”。

自从韩辰绘被郑肴屿抱出来，她的神志就是不清的，昏沉的醉意翻滚上涌，她只能记得她又被扛进车里，一路上她懒洋洋地靠在他怀里，难受地咂咂嘴，嫌弃对方：“你身上好硬啊……”

危险发言。

“我不舒服……”

又是危险发言。

“换个姿势……”

还是危险发言。

前方开车的司机简直无法形容自己的心情。这都下半夜三点了，还要观看他们“撒狗粮”，这谁能顶得住啊？他不求老板和老板娘能没事就给他涨工资，只求他们能对司机好点……

其实韩辰绘真的没有别的意思，她可以对天发誓！

之前在酒吧里，不仅坐的那张沙发软到让人觉得没长骨头似的，而且连后来陪她喝酒的三个漂亮小姐姐的身体都是软软的，这样惨烈的对比下，她觉得郑肴屿的胸膛和肩膀太硬，让她不舒服，想让对方换个姿势抱她，简直是横看、竖看、倒立看都找不出任何不对的地方！

郑肴屿抱着酒气熏天的韩辰绘，似乎对她刚才的评价较为满意：“嗯，看起来你还没有醉得失去对事物最基本的判断能力。”

以韩辰绘现在的脑袋，已经无法去思考郑肴屿这么长的一句话了。

她从“软乡”降级到“硬乡”，虽然不太舒服，但又不能说什么，只能慢慢地闭上眼睛，在梦中感受那短暂的温柔。

不知道过了多久，车子驶回了红叶名邸。

醉成一摊烂泥的韩辰绘被郑肴屿从车里扛出来，扛过花园，扛进别墅。

韩辰绘隐隐约约地听到有一道声音在骂她，那声音不像是人站在旁边说话，更像是从老旧的收音机里传出来的："韩辰绘小弟弟，又喝酒，别喝酒、别开车、别碰我……"

韩辰绘一听到这道声音就气不打一处来，她半睁开眼睛，口齿不太清，指着那只站在鸟架上的大鹦鹉："你叫谁小弟弟呢？谁碰你了？谁乐意碰你？！"

那只鹦鹉眨了眨眼，神气活现地开唱："你拍一，我拍一，韩辰绘是小弟弟；你拍二，我拍二，韩辰绘有点儿二；你拍三，我拍三，弟弟洗澡不擦干；你拍四，我拍四……"

韩辰绘奓毛，在郑肴屿的身上挣扎着要下去："我杀了你……"

绿毛圆眼一闭，抖了抖长长的尾巴："我杀了你，我杀了你，我杀了你……"

本来"我杀了你"这句话就是绿毛的口头禅之一，现在韩辰绘带头骂，它立刻开启复读机模式。

韩辰绘继续奓毛："你杀我一个试试！"

绿毛也跟着复读："你杀我一个试试！"

韩辰绘被气哭。

欺人太甚！

郑肴屿扛着韩辰绘，先是微微笑了下，又冷冷地看了那只鹦鹉一眼："大半夜的你不睡觉，废话挺多的啊？"

虽然韩辰绘在它眼中毫无地位可言，就是一个可以随意调侃辱骂的"小弟弟"，但郑肴屿却不同，大型鹦鹉是认主人的——咱可是一只有节操的鸟。

见郑肴屿来脾气了，绿毛立刻化身乖宝宝，飞回自己在客厅的窝里，不敢再发出哪怕一个音节。

醉酒的人本就容易情绪激烈、多愁善感，韩辰绘开始的时候确实是被气哭了，但她本身也不是一个眼泪多的人，到郑肴屿扛着她上楼，她其实就哭不出来了，不过她依然假哭着，一顿号啕，哭叫得那叫一个欢。

当被丢到床上的时候，韩辰绘立刻意识到事情的走向要开始不对了！

她一边假哭，一边眼观六路、耳听八方。

郑肴屿面无表情地站在床边，修长的手指插进领带结里，慢条斯理地将松散的领带扯开，用手指勾着那条领带，再将那条领带甩到韩辰绘身上。

不妙！大事不妙！求生欲告诉她，现在应该做点什么，说点什么讨他欢心，这样她还能少遭点罪。

韩辰绘立刻从床上翻身坐起来，假哭着扑进郑肴屿怀里，双臂环住对方的腰肢，自己的脸蛋儿则在对方的小腹上不停地蹭，故意伪造出哭哭啼啼的声音，那是要多可怜就有多可怜："老公，那只鸟……那只鸟总欺负我……你把它送走，送给别人……要不然你把它的毛给拔了，给我贴羽毛画……"

该死的绿毛，出来背锅！

只要我甩得快，锅就追不上我！

假哭不行的话……韩辰绘立刻用小手捂住嘴巴开始假吐。

呕了几声，她便颤颤巍巍地下了床，走进浴室。

一走进浴室，韩辰绘就头昏脑涨的。

她确实喝了不少酒，之前在车上的时候都快晕死过去了，只是回到家后被郑肴屿吓得酒醒了一半，但确实还是醉酒状态。

韩辰绘走到洗手台前，拧开水龙头，双手合并，用手掌接了水往自己脸上泼。

紧接着郑肴屿就走了进来。

他一只手搭在韩辰绘肩上，一只手放在她的额角，轻轻地为她揉着太阳穴："你是不是觉得自己的酒量已经很行了，可以一个人跟三个女人喝？"

一听到这里，韩辰绘就不乐意了，拧上水龙头，转过身来，面对着郑肴屿，小手一挥："人生难得几回醉，要喝一定喝到位！"

郑肴屿不说话看着她。

"兄弟喝酒不会累，喝多全当是陶醉！"

郑肴屿依旧看着她。

"青春献给小酒桌，醉生梦死就是喝！"

郑肴屿只是看着她。

水珠在灯光下闪着光，从韩辰绘脸上缓缓流下，她脸颊红扑扑的，表情却格外认真，小手一挥就是一个顺口溜。

郑肴屿就这样一直注视着韩辰绘，这个时刻的她，不仅可爱，似乎更加可口。

"你不喝我不喝……"

后面的话还没说完，韩辰绘就又被郑肴屿扛了起来。

"哎哎哎！不要不要……放过我……就放过我这一次……小郑太子爷，

我以后再也不敢了！我再也不装了！再也不说打你屁股了，呜呜呜……”

韩辰绘简直不知道这一晚上是怎么过来的。

郑肴屿可以说是一个非常记仇，且说到做到的男人了——他真的没有忘记他那句“等回家，看我们谁打谁”……

月落日升，日月交替之时，偌大的卧室里洒满了拂晓的微光。

第二天又浪费掉了，韩辰绘在床上睡醒，并歇过来，天色已黑。

头痛欲裂，她连饭都没吃，又直接睡了过去。

她睡得迷迷糊糊的，只觉得身边一直空着，看样子郑肴屿晚上没有回家。

韩辰绘素来不关心郑肴屿的私生活，其中就包括回不回家这个问题，再加上她现在对郑肴屿有气，就半梦半醒之时气哼哼地把他的枕头丢了出去。

听到咚的一声闷响，确认枕头已经掉到地板上，韩辰绘才满意地翻了个身，又睡了。

等到韩辰绘恢复了体力，可以活蹦乱跳地离开温暖的床，已经是第三天的清晨。

韩辰绘美滋滋地在被窝里伸了个大大的懒腰。

她足足睡够了二十个小时，睡到了自然醒。

清醒后的她好像突然意识到了一个问题，就是他们的“塑料夫妻”坐实了，突出一个“走肾，不走心”。

不过这对于韩辰绘来说也是一件好事。

不管她接了什么工作，合作的男演员是谁，或者公司为了炒作，把她和各种男演员的负面新闻炒得满天飞，甚至是和时珊珊她们出去玩——她从来不需要报备和解释。

她知道郑肴屿对她是走肾，他不会在乎的，事实上郑肴屿也确实从来没有过问一句。

就是这么真实，两人谁也不欠谁的，将“塑料情”进行到底。

中午吃完饭，韩辰绘就坐在二楼的画室。

阳光明媚，她的几幅作品四散在画室里，在阳光下看起来栩栩如生。

韩家是根雕世家，韩辰绘从小就看爷爷和爸爸做根雕，一个个活灵活现的根雕让人拍手称奇。

韩辰绘的童年基本上是和爷爷奶奶在一起，这大概也是她和妈妈孟晶关系那么差的原因之一吧。

韩冬果总是来爷爷家找她玩，每次韩冬果一来，韩爷爷就会教她们两个书法、绘画。

开始的时候韩辰绘和韩冬果学国画，每天画得最多的就是虾。

后来韩辰绘不爱画虾了，就缠着爷爷教她贴羽毛，那正是羽毛画。

后来韩辰绘就养成了习惯，大概每三个月就会贴出一幅作品来，要么送给朋友，要么挂在家里。

嫁给郑肴屿之后，她贴羽毛画的时间就很少了，但闲着没事，或者读剧本累了的时候，还是会来她的画室里贴羽毛画。

所以……前天她喝醉之后，跟郑肴屿说的都是鬼话，但有一句话却是她内心真实的想法——她是真的无数次想把那只大鹦鹉身上的毛给拔了，拿过来贴羽毛画。

毕竟那么美丽的羽毛，长它身上太可惜了。

叮咚——微信响了。

韩辰绘正坐在阳光里一点一点地贴羽毛画，闻声放下工具，拿起手机。

时珊珊："后天是我的生日，你有时间吗？陪我出来过生日呗？晚上吃完饭我们还可以一起出去玩，把朱芷欣也叫上吧，我男朋友是《新尚》的忠实读者，很崇拜她。"

韩辰绘："……你哪个男朋友？"

时珊珊："是个小护士，你没见过。"

最多十天前，时珊珊还和一个开发游戏的人蜜里调油，这转头就看上了一个小护士。

时珊珊："你要带着你老公吗？"

韩辰绘："……对我好点！"

在时珊珊的生日会之前，郑肴屿回了趟家。

韩辰绘正坐在梳妆台前，哼着小曲，打理着鬈发。

她身上穿着俏皮的小短裙，又长又密的睫毛，粉嫩的口红，又粉又嫩的腮红……

当郑肴屿推开卧室门的那一瞬间，韩辰绘人都傻住了。

他什么时候回来不好，怎么现在回来了？

见到这样“与众不同”的韩辰绘，郑肴屿先是停了下脚步，下一秒便走了进来，将手中一大束包装精美的鲜花随手丢到床上。

韩辰绘尴尬得脸都红了：“那个……你……你……”

她的影视形象虽然都是小三什么的，但她本人可不是啊！尤其是在郑肴屿面前，韩辰绘可是一直维持着自己的人设——她是来自继承传统文化的根雕世家，会根雕、会书法、会国画、会贴羽毛画，才气纵横的小仙女！

郑肴屿慢慢地坐在床边，双腿交叠，一只手斜撑着身体，一只手夹着香烟。

韩辰绘磕磕巴巴地道：“我……我……我……”

她太尴尬了！

郑肴屿吸了口烟，意味深长地看着她。

韩辰绘只觉得对方的目光像是画笔，在她暴露在外的每一寸肌肤上都留下痕迹……

郑肴屿伸手从床头柜上拿过一个烟灰缸，手指轻点，烟灰散落的同时，他冷着声音道：“说吧，你又做错了什么事？”

这个时候她觉得自己太紧张了！

韩辰绘脖子一梗：“我好着呢，我没捅娄子！”

郑肴屿微微一挑眉：“哦？是吗？”

然后韩辰绘眼睁睁地看着郑肴屿先是将香烟按灭在烟灰缸里，再慢慢地从床上的大花束里抽出一枝火红的玫瑰花。

他用手指捏着那枝玫瑰花，走到韩辰绘面前。

韩辰绘直直地看着他。

郑肴屿微微一笑，将玫瑰的花朵轻轻地放到她的锁骨之上，再慢慢地往下……

玫瑰花若即若离地擦过胸前的肌肤，又凉又痒，韩辰绘微微皱了皱眉。

最后郑肴屿将玫瑰花放在她身上，再将她打横抱起，目光在她身上流连了一番：“那你为什么要勾引我？”

小郑太子爷这是未喝先醉了？

韩辰绘真想往郑肴屿脑袋上泼一盆冷水，让他醒醒酒！虽然这样说不太好，而且她有很大的可能又会下不了床。

韩辰绘被郑肴屿抱到床上的下一秒，就身手矫捷地一个打滚从郑肴屿怀中逃脱，躲到床的另一侧。

在床上翻滚了两圈后，小短裙看起来还好——主要是都紧贴大腿根了，想更过分一点是不可能的。

小吊带就……那叫一个惨不忍睹！

韩辰绘急急忙忙地把自己的小吊带拉回原来的样子。

她上身端正，双膝并拢侧在一边，搞了一个“淑女坐”，如果不是身上的小短裙和小吊带出卖了她，她现在的表情和身段简直就是——贤妻良母。

“我……”韩辰绘乖巧脸，“今天是珊珊的生日，我们约好了要去给她过生日，她已经订好了位置，就在我们大学附近的烤肉店，一个小时后到。”

她话里的意思是：我没有勾引你，是要给朋友过生日去。

韩辰绘自己都有点儿佩服自己了，听听，这信息量十足的完美话术！滴水不漏啊！

郑肴屿深深地看了韩辰绘一眼，转身从床头上拿起烟盒，敲出一根香烟，叼在唇上的同时，声音微冷地问：“给朋友过生日需要穿成这个样子？不知道的还以为你要上去跳钢管舞。”

“是吗？”韩辰绘故作惊讶，低头看了看自己，再抬起脸，又纯真又无辜，“我还一直以为我穿得很正常呢，毕竟我从来没看过钢管舞，不知道她们都穿什么，看来小郑太子爷经常看啊。也是，我肯定不如小郑太子爷见多识广啦。”

这怎么听起来阴阳怪气的？

看到郑肴屿眉心微皱，明显被恶心到的表情，韩辰绘简直想跳起来给自己点个赞！她怎么就这么会说话呢！会说话就一定要多说点！

“珊珊也让我带你一起去呢，说有很多漂亮的小姐姐，你一整晚一整晚地不回家，这么喜欢在外面玩，一定会喜欢的。”

这是故意拿话挤对他呢。

“我没出去玩，”郑肴屿甩开打火机，点燃香烟，“这两天S市那边的分公司告急，我去处理紧急公务了。”

“哦，没关系的，”韩辰绘突然用小手捂住胸口，抽了抽鼻子，一副欲哭的模样，“我知道你赚钱养家很辛苦的，你就是出去玩了也没事，人是需要排解和消遣的，我很善解人意，不会怪你。”

这是哪里来的戏精？关键演技还这么辣眼睛！

“韩辰绘，”郑肴屿面无表情，“不会演你就不要演。”

难得她戏瘾大发，他一天不攻击她的演技是会死还是怎样？

韩辰绘大眼睛骨碌碌地转了转，飞快地从床上跳下来：“来不及了，马上就来不及了！我要赶去给珊珊过生日！”

郑肴屿把指间的香烟塞进唇间，大臂一挥，直接将韩辰绘揽进怀里：“哪儿跑！”

韩辰绘在对方怀中挣扎起来：“不行！我不能陪你！今天绝对不行！珊珊的生日，我不能迟到！也不能放鸽子！”

“时珊珊？”郑肴屿声音冷冷淡淡的，“你口中的坏女人？”

“对啊，就是坏女人，我的好朋友。”

郑肴屿当然知道坏女人是韩辰绘的好友。

事实上，在他们婚后不久，韩辰绘就带时珊珊来红叶名邸参观他们的婚房。

那天他正好在家，恰巧见过这个时珊珊。

虽然郑肴屿平时很少像他的朋友们那样流连花丛，但他见过的女人可多了，从商场到政坛，从职场到校园，从女强人到小白领，形形色色，应有尽有。

韩辰绘周围的同学、朋友、工作伙伴，他认识个八九不离十，虽然大部分没见过面，但也见过他们的资料。

而这位“坏女人”是为数不多可以给他留下印象的。

因为她真的很“坏”。

郑肴屿从来不管韩辰绘这些事情，她喜欢和谁交朋友都是她的自由。

韩辰绘已经是一个毕业、工作、结婚的成年人，她有自己的思考能力，就算有一天她真的被坏朋友给坑了，那也是她自己的选择，朋友是她自己交的，事情是她自己做的，感情是她自己付出的。

如果她求到他，那么他会帮她报复，如果她没有开口，那就与他无关。

不过……现在他必须得管。

“韩辰绘，我无法相信你穿成这样，只是为了给朋友过个生日。”

很好，不愧是你，永远是那个聪明到让人讨厌的家伙。

郑肴屿放开韩辰绘，径直走进衣帽间，只用了十几秒，就叼着香烟走了出来，手上还拎着一条皱巴巴的土红色麻布长裙。

那是她的土味表妹孟小桔送给她的礼物，她一次没穿，要不是看在是礼物的面子上，她早就扔了，真的土到爆炸。

“你想去给朋友过生日可以，先把衣服给我换了，就穿这件，否则后果自负。”

“哈哈哈……”

“韩辰绘你也太逗了吧！”

“都提前跟你说过了，穿得火辣点！你看看你穿的这是什么？你是要去调戏小男生，还是要去上学堂？”

韩辰绘一出现在众人的视线里，就惹来了无尽的嘲笑。

她气坏了，高高地噘着嘴巴，不说话，只烤肉。

明明她今天的装扮一定会艳压群芳的！却半路被郑肴屿截和，又被强权压制换掉了衣服，瞬间从辣妹变成了土妹！

“你吃饭戴墨镜干什么？”

“对啊，和我们吃饭戴墨镜装什么啊？”

“就算你戴再时尚的墨镜，也掩盖不了你的土味。”

“哈哈哈……”

朋友们又开始了新一轮的嘲笑。

开玩笑，她穿成这个鬼样子，还敢摘墨镜？

好歹最近《水光之恋》火爆，她就算再是个十八线明星，也稍微有一点知名度，万一被什么无良狗仔或者网友给拍了，她还活不活了？

大学附近的这家烤肉店，本是韩辰绘和朋友们的美好回忆，现在她只觉得味同嚼蜡，难以下咽。

一晚上她只吃了几块牛肉和几只虾子。

晚上十点，金莎世界。

相比于十二夜和星邦STARBON，金莎世界表面上看更像是清吧，二楼往上是包厢，一楼大厅有牌桌，也有酒桌。

年轻人很少去楼上的包厢，他们更喜欢在一楼的大厅里找个酒桌，喝喝小酒。

金莎世界是VIP制度，年轻人能弄到会员卡的不多，但也不算少了，真想来玩总有办法，朋友圈里一定有人是金莎世界的VIP，大部分是一个带十几个来玩。

不过像韩辰绘、时珊珊和朱芷欣这样一伙人里就拥有三个VIP的，是少之又少。

六个女生和时珊珊的小护士男友，一共七个人坐到了一个酒桌上。

朱芷欣端起酒杯，悄声说："韩辰绘！你真的丢脸死了！你到处看看，还有人像你这么土没？"

"闭嘴！"韩辰绘气急败坏，"不许叫我的名字！"

她真的好怕被别人听到，认出她来。

七个人刚喝了几杯，从韩辰绘身后传来一道女声："韩辰绘？"

是哪个挨千刀的叫她的名字！

她将酒杯往桌子上重重地一放，气哼哼地回过脸。

下一秒，她便站了起来。

对方脸上一副人畜无害、贤妻良母的笑容，可不正是郑肴屿的好友白虹？

对方既然叫她了，出于礼貌，她也要笑着回一声："白姐。"

"你自己来玩？"

"没，和朋友。"

两个人有一搭没一搭地刚说了两句，就有一个光鲜帅气，和韩辰绘一样戴着墨镜的男人走了过来，并自然而然地挽上了白虹的胳膊。

韩辰绘定眼一看，这男人她认识！正是《水光之恋》的男主角苏想啊！

“你……”

“你……”

韩辰绘和苏想从没想过会在此时此地、此场合中碰面，脸上都有点儿尴尬。

白虹见状，问苏想：“怎么？你们认识？”

韩辰绘微微挑了下眉。

竟然连他们共同参演了近日大火的剧《水光之恋》都不知道，看来白虹对苏想是没有上过心。

苏想赔笑了一下：“嗯，一家经纪公司的。”

白虹看了看韩辰绘，又看了看苏想，笑了笑，道：“韩小姐，你和朋友们玩吧，我也要和小想去楼上玩了。”

韩辰绘笑着点了点头。

之前白虹还一口一个“郑太太”“太子妃”地叫她，而现在却顺势改口“韩小姐”，只因白虹是个真正的人间富贵花，生在豪门，从小学会的第一件事就是察言观色，白虹一眼就看出来了韩辰绘和苏想之间的尴尬，也猜到了他们两个互相不知底细，想必苏想也不知道“郑太太”是谁了。

韩辰绘没有因为一个小小的插曲而影响心情。

过去她基本每个月都会和朱芷欣、时珊珊来金莎世界喝几杯。

这次除了时珊珊的小护士男友，后来又来了几个韩辰绘不认识的男生，个个儿样貌阳光，身材挺拔，介绍过后她知道那些都是时珊珊的朋友。

男生们笑呵呵的，一过来就主动坐下。

其中最帅的那个就坐在了韩辰绘旁边。

韩辰绘端起酒杯，转过脸，对他笑了一下。下一秒，她的笑容就僵在了脸上。

灯红酒绿的光线里，一个身穿白衬衫、指夹香烟，又清冷又斯文的男人，在十几米之外楼梯的拐角前，面无表情地注视着她。

她在心中疯狂地吐槽。

他怎么会出现在这里！

韩辰绘浑身僵硬，端着酒杯的手都有点儿微微颤抖。

“怎么了？”旁边的“小鲜肉”以为她出了什么状况，凑到她脸前仔细看了看，又摸了摸她的额头，贴心地问，“脸色怎么这么难看？身体不舒服吗？生病了吗？”

韩辰绘将酒杯小心翼翼地放到酒桌上。

这个时候朱芷欣她们也注意到了来人，也一下子愣住了。

韩辰绘紧紧地抿着唇，认命地闭上了眼睛——她完蛋了！

上次在十二夜酒吧，是他亲自带她去的，亲自给她点的小姐姐陪她喝酒，她就放开了玩，回去都被“教育”个半死！这次比上次更甚，漂亮的小姐姐换成了帅气的小哥哥，罪行怕是要再加十等！

人生中最悲剧的事情就是——你还没查你老公的岗，却被老公当场抓个现行。

“那个……”

“郑先生，我从来没想过有朝一日能和您喝杯酒……”

“对啊，我们能和您喝酒，三生有幸，三生有幸……”

……

韩辰绘像朵蔫了的花，垂着个脑袋。

她真的觉得丢脸死了，不仅她自己丢人，她的那些朋友也超级丢人——平时调侃郑肴屿一套一套的，如今见到本尊了，一个个紧张得舌头都打结。

看看她们说的那些话，什么“有朝一日”“三生有幸”，念台词呢？

不就是郑肴屿走了过来、坐了下来、喝了杯酒吗！有什么大不了的吗！他还能吃人不成？！

韩辰绘落泪。

朱芷欣招呼大家：“来来来，喝酒，我们一起敬郑先生。”

韩辰绘那只无处安放的小手偷偷摸摸地伸了出来，刚想悄悄地摸一摸酒杯，便被坐在旁边的郑肴屿给扼杀在摇篮里了。

郑肴屿先将韩辰绘的那只手按在了酒桌上，然后也不看她，脸上保持着冷漠、疏远又不失礼貌的微笑，直视着韩辰绘的那些朋友，没有端架子，直接大大方方地端起酒杯，和大家碰了一杯之后，爽快地一饮而尽。

等到郑肴屿放下空空如也的酒杯，他的手才慢慢地收拢，将她的手完全覆盖起来，包裹进掌心。

郑肴屿的动作虽然很细微，但那些眼尖的“老司机”还是第一时间发现了，她们没有说什么，只是唇边的笑容憋不住，对韩辰绘挤眉弄眼的。

可以，永远“恰到好处”，永远不失礼节，永远演技惊人——这才是郑肴屿嘛。

时珊珊又给郑肴屿倒了一杯酒，笑着瞟了眼坐在他身边、仿佛被扼住命运咽喉的韩辰绘，看热闹不嫌事大地问：“郑先生，你是听辰绘说今天是我的生日才来的吗？”

“坏女人，你滚啊！”朱芷欣笑骂了一声，“我们加一起都没有这个面子好不好，郑先生明明是为了辰绘才来的，对吧？”

韩辰绘抬起眼，委屈地看着他。

郑肴屿这个有毒的男人真的很会变脸。

在外面的时候，不管什么状况他都能处变不惊，看起来永远那么有风度，当他穿着衬衫、打着领带，高挺的鼻梁上架着金丝边眼镜，对不起，那真的是文质彬彬。

全世界大概只有她一个人知道这个男人在人后的形象，简直是魔鬼。

“是朋友叫我来打扑克，反正辰绘不在家，我就来了，没想到正好遇到了你们。”

听听，这回答多么得体，是她韩辰绘先出来玩，我一个人独守空闺，朋友们叫我来打牌，我才不情愿地过来。

韩辰绘气得嗓子冒烟。

三言两语就把她成功塑造为一个抛家弃夫的坏女人，而他自己则立了个居家好男人的人设。

韩辰绘微笑着，娇滴滴地靠向郑肴屿，附在他耳边。

在外人看来两个人的感情太好了，众目睽睽之下就开始耳鬓厮磨。

可只有他们两个人知道，韩辰绘是微笑着咬牙切齿地道：“小郑太子爷，你的脸皮还能更厚一点吗？”

听到韩辰绘在耳边的低语，郑肴屿也微笑起来，抬起夹着香烟的手，又温柔又爱怜地拂开她额间的碎发，轻描淡写地低声说：“等我们回家……”

她一听到“回家”，再次秒怂。

整个酒局大家喝得开心、尽兴，只有韩辰绘一个人可怜巴巴地在旁边干坐着。

她好几次都委屈地看着郑肴屿："能不能让我也喝一杯？"

郑肴屿熟练地吐了个烟圈，侧过脸，意味深长地反问："……你说呢？"

韩辰绘小声嘟囔："我说……我说能喝……"

郑肴屿微笑着道："好，你说能喝就喝吧……"

她再也不敢嘟囔了。

真不能怪她㞞，要是放在平时她才不怕郑肴屿，他敢这样强权镇压她，她早就揭竿而起了！

主要是这次她真的当场被抓个现行，从内而外、发自内心地㞞……

之前以为韩辰绘生病了的小男生，一脸莫名其妙地观察着韩辰绘和郑肴屿，最后终于忍不住凑到韩辰绘耳边问："他是你的男朋友吗？"

"我告诉你——"韩辰绘伸出那只空着的手，挡在嘴边，生怕被郑肴屿看到她的口型，"他是魔鬼。"

小男生再三确定韩辰绘说的确实是汉语，可自己怎么就听不懂她的话呢？

郑肴屿没有在她们这边坐太久。

他之前其实并没有说谎，他确实是应了白虹的邀约，来金莎世界打扑克的，只是中途偶遇韩辰绘在那儿撩小哥哥，就过来坐了坐。

他也不知道自己为什么会这样。

如果放在过去，他看到之后最多在心中默默地记上一笔，而不会主动做什么事，更不会过去让她知道他看到了。

可今天他见到韩辰绘面对小哥哥笑得花枝招展的，他就莫名地想让她发现他的存在，然后过去坐一下。

看到平日里像愤怒的小鸟的她，此时又乖又㞞地坐在他身边，明明很想喝酒又不敢探头，萌成一团的样子，他的心情就愈发明亮。

这大概就是男人的恶趣味。

郑肴屿离席去楼上之后，韩辰绘终于可以释放天性了！

她一口气先灌了三杯，然后开骂："你们不要被郑肴屿的表面给骗啦！

他真的太会演！这个人不出道可惜了！”

“哎，”朱芷欣一拍桌子，“辰绘，这么老半天你终于说了一句人话，郑先生长得也太帅了吧！尤其是近距离看本人，我都快要窒息了！是真的高贵冷艳，气质风骨比那些当红明星帅了不知道多少倍，他不出道确实可惜了！”

韩辰绘更气了：“我说他不出道可惜，是因为他是个变脸狂魔，你怎么还夸他长得帅，吹上彩虹屁了？”

朱芷欣满脸问号，真诚地发问：“怎么，我哪里说错了吗？郑肴屿不帅吗？”

“他帅个……”韩辰绘顿住了。

她的良心在质问她：韩辰绘，认真想想，那个“屁”字你有脸说出来吗？劝你善良，好好做个人吧！

“好吧，他是帅，那又怎么样？他就是变脸学院的优秀毕业学员！每天都在给我表演变脸！看着好像是正人君子，其实……”她总不能说其实他在床上又变态又疯狂吧，立刻改口，“他养的那只鸟，怪不得那么让人讨厌，就完美继承了它主人的性格，一路货色！”

朱芷欣笑了笑，道：“那郑肴屿挺厉害的，他养的女人也一路货色。”

“什么！”韩辰绘拍案而起。

“你今天穿得这么土，别嚷嚷，”时珊珊吃了一颗小护士剥好的荔枝，“这不是很好吗？韩辰绘，你自己就是个戏精，你还说别人？他和你多般配啊。”

“对啊，如果郑先生真如你所说，那你们就是某种意义上的天造地设啊。”

朱芷欣咂了咂嘴，道：“今天也就是你们俩的粉丝头儿孟小桔不在，否则小桔听了还不立刻命令你们两个锁死。”

“我现在也命令你们锁死。”时珊珊抿了一口酒，正义凛然地道，“每天听你叨叨郑肴屿，连我也觉得他是个魔鬼了，你们夫妻就别为祸人间了吧。有的时候我都佩服月老，究竟是怎么牵的姻缘线？竟然让你们两个结婚，简直是神来之笔，为民除害啊！”

她现在什么都不想做，就想“磨刀霍霍向猪羊”。

韩辰绘觉得自己今天实在走背运，一整天好像都在倒霉。

先是打扮精致地想要出来独领风骚，却被郑肴屿当场撞破，被逼着换了条土到掉渣的麻布长裙，被朋友们一路嘲笑，没脸见人。

刚想和帅气的小哥哥喝点小酒，改善一下心情，又被郑肴屿当场抓个现行，她只能㞞在他身边，被他钝刀子割肉，降智打击，仿佛能看到自己脑袋上跳起数字——智商 -2、智商 -2、智商 -2……

终于把郑肴屿这尊佛送走了，她刚要翻身做主人，又被朋友们联手围剿掉了……

唉……苦酒入喉心作痛。

不过有一句古话说得很对，风水轮流转。

就在韩辰绘抑郁得自己喝闷酒的时候，朱芷欣猛地拉她的胳膊："辰绘！"

韩辰绘双目无神地抬起眼。

"别喝了你，看那边，你快看那边。"

韩辰绘顺着朱芷欣指着的方向望去。

待她看清楚隔壁桌上一位清纯甜美的女人手中拿着的是什么，她一瞬间满血复活。

"我上次看到的就是她！你看看她手里的，我说得对不对？"

对！太对了！那可不正是郑肴屿的白玉手串？！

那条白玉手串是古件，每一颗白玉珠子都是不同的，独一无二，全世界仅此一条。

韩辰绘哼了一声，踏破铁鞋无觅处，得来全不费工夫。

韩辰绘得意地将一杯酒一饮而尽，这种反转打脸的感觉太爽了！

郑肴屿！你刚才欺负我的时候很得意哦！那咱们就看看今天到底是谁捉谁的奸！

第四章　辰绘装腔作势秀

金莎世界，一楼大厅。

就在韩辰绘和朱芷欣发现那条白玉手串，两个人开始“商讨”和“密谋”的时候，隔壁桌上的一伙年轻人也在讨论他们。

好在大厅的音乐声和人声都比较嘈杂，就算他们两桌相邻，中间只隔了几大盆绿植，却完全听不到对方讲的话。

“你们说刚才那个男人到底是不是郑肴屿啊？”

“小琴不是说是他吗？既然小琴说是，那肯定没错了。”

那个叫小琴的，正是把玩着白玉手串的女人。

“那刚才小郑太子爷是没看到小琴吗？”

“没看到不是很正常，这里可视度又不好。”

“你们说，那个女人是谁啊？”

“哪个女人？哪个女人？”

“还能是哪个？不就是刚才小郑太子爷旁边那个戴墨镜的土妹。”

“真的……本来她的墨镜还挺有设计感的，但那件衣服……无力吐槽，谁给她的勇气穿成这样来金莎世界的？”

“被我们小琴吊打……”

那个叫小琴的女生笑了笑，道：“好啦，你们不要这样说别人了，品位这种东西是天生的，后天是改不了的，品位差也不代表她不是好人啊，否则怎么可能得到郑肴屿的青睐呢？”

“……青睐？”小琴旁边的女生顿了几秒钟，无所谓地摊了摊手，“好吧，毕竟能和小郑太子爷喝杯酒，她也算是人生赢家了吧。”

“对啊！我都没和郑太子喝过酒呢！好气啊！上次老田带我去喝酒，说是唐总攒的局，我就问是哪个唐总，老田说是初糖的唐总，我一听，这是唐烜啊！他是郑肴屿的好朋友，我就以为会遇到郑太子呢，想着能和他喝杯酒就行了，结果到了那儿才发现他根本不在。”

“不在？”小琴不再把玩那条白玉手串，而是小心翼翼地戴到手腕处，“郑肴屿和唐烜关系那么好，两人又都喜欢在外面玩，如果不是有生意上的事抽不开身，他怎么可能不在？”

“听说是他老婆来查岗什么的，他就提前回家了吧。”

“竟然查他的岗……小郑太子爷的老婆是哪里来的神仙？又能名正言顺来查岗，又能睡到郑肴屿！我好气啊！酸死我了！”

“唉……”小琴对面的女人喝了口酒，“郑肴屿和唐烜到底不是一类人啊，说实话，唐烜挺没节操的……郑肴屿嘛，就……”她先是顿了下，然后媚笑起来，“好难！”

“也正是因为这样——”小琴挑了挑眉，尾音扬起，“郑肴屿才显得格外迷人啊，你们不觉得吗？如果他像唐烜那样，那他就不会像现在这样特别啦！”

“小琴说得没错，都说男人喜欢征服和挑战，其实女人又何尝不是呢？”小琴对面的女人笑道，“一个传说中不容易搞定的男人，却被我给搞定了，想想我就觉得爽！而且啊，看看郑肴屿那张斯文俊秀的脸，你们真的觉得他像外表看起来那样高贵冷艳吗？”

“别了吧，郑肴屿哪里冷艳了！你们到底见过他在酒吧里的样子没？”

小琴招呼她们靠近点，声音压至最低：“他在酒吧里也一直是白衬衫、条纹领带、金丝边眼镜！在比这里还要昏暗的光线里，他就随意地叼着烟、打着牌，那不是冷艳，而是香艳！好几次我真想扑上去把他推倒！”

“怎么办？现在要怎么办？”

朱芷欣和韩辰绘连酒也不喝了，凑在一起。

“你总不能上去就亮明正宫身份，然后撕那个女的吧？感觉也没什么道理？”

韩辰绘不满地哼了一声，道：“我怎么可能去撕人家，那我不成泼妇了啊？东西是郑肴屿的，只要不是妹子偷来的，那就和人家没关系。”

就算是“捉奸”，她也是非常有原则和逻辑的。

“那你想怎么办？”

韩辰绘小声嘟囔：“芷欣，我跟你说实话哦，其实我对捉郑肴屿的奸兴趣不大的，不就是白玉手串吗，反正是他自己的东西，他喜欢送给哪个女人就送给哪个女人啊，又不花我的钱……不过，我今天太丢脸了，如果我不想办法找回面子，那我以后还有家庭地位吗？他以后不得随意践踏我了吗？”

朱芷欣清了清嗓子：“难道……现在就不是随意践踏了吗？”

韩辰绘不再理朱芷欣。

她拿出手机，假装站起身整理衣服的时候，对准白玉手串偷拍了一张。

她美滋滋地打开微信，戳开与郑肴屿的对话框，小手一挥，飞快地打了一行字。

韩辰绘：“老公，我给你看个大宝贝。”

发完微信她觉得自己棒极了，郑肴屿一定成功地被她勾引出好奇心，问她是什么宝贝，在这个时候她就可以将偷拍的白玉手串照片甩他一脸！让他无言以对，以后再也不敢欺负她，对她俯首称臣！这次绝对能成功地找回面子！

一分钟之后。

叮咚——微信响了。

韩辰绘屁颠屁颠地戳开微信，然后差点表演个当场去世。

她就不能用正常人的思维去衡量郑肴屿！不，不对……他就不是个人！

郑肴屿一个字都没输入，只回了一张“丑拒”的表情图。

韩辰绘气到肝疼。

她喘着粗气，如果不是成年人的理智控制着她，她真想冲上楼去，敲开他们的包厢门，和他当场开撕。

她拍了拍胸膛，让自己冷静下来之后，准备换一个路线。

她在表情图里找了半天，终于找到了一张自己满意的——一只小奶猫的两只小爪子乖乖地搭在一个人的手指——“算我求你”的表情图。

她都这么卑微了，对方一定会顺势而下，问她是什么宝贝。

叮咚。

这次过了两分钟。

韩辰绘立刻戳开。

郑肴屿回了张“叫爸爸”的表情图。

“啊啊啊……”韩辰绘把手机丢在桌面，又要气哭了。

“怎么啦？”

朱芷欣和时珊珊都注意着韩辰绘，刚才她乖乖地坐在那儿戳手机，怎么才过去几分钟就又生气了？

韩辰绘不停地拍着自己的胸口，她要沉着，要冷静，千万不能动怒。

她自我调节了两分钟，再次拿起手机。

她直接将白玉手串的照片发了出去。

韩辰绘：“还用我再说什么吗？心里有点儿数了没？”

郑肴屿没有再回复她。

韩辰绘心情大好，端起酒杯就和朱芷欣、时珊珊来了个“酒过三巡”。

大获全胜的滋味太美了！她这一整天都被郑肴屿这尊佛压在五指山下，也该她翻身了吧！

连喝了好几杯，韩辰绘和时珊珊站了起来，跟着劲爆、动感的音乐开始兴奋地摇晃身体。

又过了五分钟，韩辰绘开了下手机屏幕，微信依然毫无动静。

赢了赢了！哼！郑肴屿，你活该！

美滋滋！她心情无限好！

韩辰绘正和朋友们玩乐的时候，朱芷欣突然拍了下她的肩膀。

“辰绘，辰绘！”

“嗯？怎么啦？”

韩辰绘顺着朱芷欣的视线望了过去。

楼梯口前，他叼着香烟大步走来，所到之处像风一般卷起所有人的目光。

灯红酒绿的霓虹灯却在他的面容上泛起柔柔的涟漪，他的表情那么冷漠，可光线却那么柔美。

虽然韩辰绘总觉得自己和郑肴屿并不熟，但他们确实做了快两年的夫妻，是真正的夫妻，生活在一起的。

她立刻意识到，郑肴屿生气了。

他的脾气一点都不好，但因为受过良好的教育，他懂得控制，他真的很少莫名其妙地发脾气，至少在外人看来是这样。

韩辰绘歪了歪脑袋，她刚才不过是给他发了一张照片啊，郑肴屿应该不是和她生气吧？

就在这个时候，隔壁桌的几个女人站了起来。见郑肴屿已经走了过来，小琴立刻娇笑起来："郑总，好久不见啦。"

郑肴屿停了下脚，身形笔直，从近看是气质，从远看是风骨。

他微微皱了皱眉，将香烟从唇间捏了出来，用眼角的余光冷冷地扫了扫那个小琴："你是谁啊？！"

韩辰绘和朱芷欣不约而同地对视了一眼，她们在对方脸上读出了共同的情绪——蒙。

你是谁啊？不愧是郑肴屿，简单粗暴的四个字就可以把人整得当场傻眼，无话可接。

毕竟……别人都直接问你是谁了，还要怎么交谈下去啊？

韩辰绘歪头、皱眉。

那条白玉手串可是古件，不是其他的金银珠宝，那是有钱都买不到的，虽然平时也没见郑肴屿戴过几次，但……总不能送给一个完全不认识的人吧。

韩辰绘冷哼一声，假的！一定都是假的！以郑肴屿的演技，这些都是小场面！

朱芷欣附到韩辰绘耳边，悄声说："你家郑先生一句'你是谁啊'，简直不给对方活路，如果那个女生死乞白赖地再和他说话，那岂不是众目睽睽之下公然不要脸？"

韩辰绘耸了耸肩。

"你看看你那表情，别装了！"朱芷欣用肩膀撞了下韩辰绘，"现在全场你最得意了啊！都用不着你这个正宫太太亲自出手，你家郑先生自己就解决了，学不来，吾等凡人真学不来。"

不过，出乎韩辰绘和朱芷欣意料的是——真的有人会公然不要脸……

本来郑肴屿说完“你是谁啊”之后就不想再给小琴那伙人一个眼神，可小琴却拦在他面前一步不退。

“郑先生。”小琴面无表情，语气坚定，“您竟然不认识我了吗？”

郑肴屿眉心微微一皱。

他这个人，生来就懂得享受生活、享受人生，甚至在他和韩辰绘结婚之后，郑肴屿也不会委屈自己，既然喜欢吃喝玩乐，那么就在外面玩，一点都不在乎别人是怎么评价他的——在他十几岁的时候，他的身上和其他富家公子差不多，同样贴着“纨绔子弟”“败家公子”的标签。

从他以绝对高分考上M国斯坦福大学，又在M国搞出一番事业之后，那些标签才从他身上撕掉。

这个世界就是这样现实。

除了工作时间，他确实喜欢流连酒吧，抽烟、喝酒、打牌都是缓解工作压力的良药，是他最爱的消遣活动。

所以他在酒吧里见过的女人数不胜数。

要说他究竟有没有见过面前这个清纯甜美的女人，他自己也不知道。

她的样貌一看就是唐烜、李绍齐他们喜欢的类型，如果他和她在一起喝过酒、打过牌，那太有可能了。

但要是问他认不认识她，那答案必然只有一个——不认识。

他又没有对人脸过目不忘的本领，他每日在生意场上要接触那么多人，许多员工他都不认得，怎么会记得一个偶然见一面的女人？

况且她就只是单纯的“好看”，在他看来没有任何辨识度。

如果她有一张像韩辰绘那样充满辨识度的脸，进可美艳逼人，退可蠢萌可爱，也许他就能记住了。

只用几秒钟，小琴便调整好了表情，甜甜地微笑起来：“郑先生，您贵人多忘事，很正常，我们本来也就是萍水相逢，但您总应该记得这个吧——”

小琴笑呵呵地举起一只胳膊，并特意放在一束白光下，让郑肴屿可以清晰地看到她手腕上的东西。

郑肴屿扬了扬眉。

这条白玉手串他当然认识，当初他派人寻了好久才寻到十几颗白玉珠子，并请匠人制成了一条手串。不过这东西在他看来也就是一时新鲜，他只戴过几次，白玉手串就失宠了。

不知道多久之前，那天他去出差之前，见到韩辰绘翻东西，正好翻到了这条白玉手串，他便颇有兴致地戴了出门。

“当然记得，这是我的手串，然后呢？”

小琴眉眼弯弯：“既然是郑先生的手串，为何现在又戴到我的手上了呢？”

郑肴屿眼神依然冰冷，可唇边却漾出笑意：“怎么到你手上的，你心里没点儿数吗？”

郑肴屿说完“没点儿数吗”那句话，韩辰绘就哼了一声。

这个坏男人！

只有他们两个人的时候，他就用“心里没有数”来攻击她的演技，把她气得想哭，现在遇到其他的女人，他为了在外人面前维持人设，不想失了礼数，倒颇为“怜香惜玉”起来了！

“喂喂喂，辰绘，”朱芷欣职业病又犯了，开启八卦模式，“你说那条白玉手串究竟是怎么跑到那个女人手上去的？”

“我哪儿知道？”

“会不会真的是她偷了郑肴屿的？也不应该啊，如果是偷的，她怎么敢就这样拿出来显摆？不符合逻辑……”

时珊珊撇了撇嘴：“虽然不符合逻辑，但你也不要对她的智商抱有什么期待，想要套近乎钓男人，那高明的招数不多了去了？直接去拦路真是蠢钝如猪，万一对方像现在这样不给面子，还不是自己下不来台？”

“要我说，”韩辰绘小声嘟囔，“八成就是他自己给人家戴上去的，现在来个死不认账，渣男！”

郑肴屿当然不知道他现在在自己老婆心中已经成功“升级”为“渣男”。

“这位小姐，我看在你是李总‘红颜知己’的面子上，不和你一般见识，请让开，不要挡住我的路。”

看到白玉手串，郑肴屿一下子就想起来面前这位女人是谁了——跟过他的好友李绍齐的。

当时他们在赌场，这女人和李绍齐合占一个位置，她当然没什么赌技可言，可架不住李绍齐玩得转，虽然郑肴屿在赌场比在酒吧更加如鱼得水，但还是输给她和李绍齐一把，光是给钱、给筹码肯定是不够看的，李绍齐就帮她讨了他手上的白玉手串。

愿赌服输，又是朋友亲自讨要，郑肴屿连一丝心疼的感觉都没有，大大方方地拿了下来，交给了面前的这个女人。

“哦，原来我只是李总的红颜知己。”小琴笑得咬牙切齿，如果现在只有她自己倒是无所谓，但周围的小姐妹可都看着她呢，之前她是她们之中唯一和郑肴屿一起玩过的，现在却被郑肴屿本人弄得当众出糗，任谁都没面子。

至少她要让小姐妹们知道，郑肴屿是对所有的女人都这样，否则她的脸就丢大了！

“既然我什么都不是，那我也不应该收郑先生如此贵重的礼物。”小琴慢悠悠地脱下白玉手串，在手指上晃荡了一圈，“下一个你想送给谁，我来帮你送给她……”

说着，小琴指了指隔壁桌站着看戏的韩辰绘：“是她吗？我看到你刚才陪她喝酒了，想必她是郑先生的‘红颜知己’吧？”

看戏的韩辰绘一脸蒙，郑肴屿和那个女人之间的事，怎么突然扯到她身上了？

时珊珊看着韩辰绘和朱芷欣，眉心紧皱：“怎么回事？”

韩辰绘道：“不知道啊……”

韩辰绘刚回答完，便眼睁睁地看着小琴步履妖娆地走到她面前。

小琴颇为嫌弃地上下打量了一下韩辰绘，内心吐槽对方可真土。又把在手指上晃荡的白玉手串递到韩辰绘面前：“来，送给你了，这可是小郑太子爷的东西，颗颗珠子价值连城，好好珍惜哦。”

她本来只是看戏，不想掺和进去的，但这个女人的态度是怎么回事？她认识这个女人吗？既然不认识，这个女人会不会好好说话？搞得她真是莫名地火大！

韩辰绘微微一笑，用手指夹住自己的墨镜架，也不管今天穿得土不土、丢不丢人了，用手指挑起墨镜，以和对方相同的姿势，让墨镜在手指上晃荡着：“你这是送礼物的态度？不用双手呈上吗？”

当韩辰绘摘下墨镜，不只是小琴看傻眼了，连小琴的那些小姐妹都倒吸了一口冷气。

她们万万没想到，土到掉渣的麻布裙的主人，竟然是一个妆容精致、颜值足以秒杀她们所有人的大美女……

“算了……你不懂礼貌，总不能我也不懂吧？”韩辰绘将墨镜递给身旁的朱芷欣。

朱芷欣立刻配合地双手接过去。

朱芷欣和韩辰绘是最好的闺密，两个人在这方面是相当的默契，韩辰绘一个眼神，朱芷欣就知道这人又要开始“飙戏”了。

韩辰绘又用手指将小琴手中的白玉手串挑过来，用一脸嫌弃的表情打量着，道：“我以为是什么好东西呢。”

下一秒，她便将白玉手串摔到了地上。

啪的一声，珠子碎了。

不只是韩辰绘和小琴这两桌的人，连周围的客人都站起来围观这两个女人之间的大战。

这在金莎世界里可太常见了，在有酒精和尼古丁的地方，又有女人之间的争风吃醋，想不当场撕破脸都难。

小琴人都傻了：“你疯了！你知道这是什么玉吗？你就往地上摔？！”

“你把这些破玉片子当成好东西，我却觉得根本不上档次。”

“你……你……你真是不知天高地厚，你赔得起吗？”

韩辰绘瞟了眼几米开外抽烟中的郑肴屿，很装地撩了撩自己的长鬈发：“什么？我听到了什么？赔？你说赔？呵，别说你了，你问问郑肴屿本人，他敢让我赔吗？”

小琴猛地转过身去看郑肴屿。

郑肴屿嘴角含笑，慢悠悠地摊开了手。

在场的各位都目瞪口呆。

“哼！以后和别人说话的时候态度好点，不要上来就一副‘老娘很厉害’的样子，好像谁不是‘老娘’一样！”韩辰绘很装地教训完小琴，就转过身对时珊珊说：“宝贝生日快乐，我们先走一步，过两天我单独请你吃饭。”

时珊珊笑着点了点头。

韩辰绘又和其他朋友告了别，从朱芷欣手中拿过墨镜，戴了回去，然后大摇大摆地走到郑肴屿面前："走，回去了。"

然后她一眼都不看郑肴屿，走了出去。

其实当韩辰绘在所有人的目光洗礼之下走出去时，内心是有点儿忐忑的。

万一……她是说万一……万一郑肴屿没有跟上来的话……她岂不是整段垮掉？那她真是丢脸丢到南天门去了！

但是想到她刚才那格调，又让她不能回头看，如果她回头去看郑肴屿有没有跟上她，依然会整段垮掉。

所以她只能硬着头皮，保持微笑，每走一步心中就㞞上一分，但又要挺起高傲的头颅，于是整个人无比精神分裂地走出金莎世界。

午夜十二点，灯红酒绿的金莎世界大门口车来车往。

韩辰绘一脚刚踏出金莎世界，便立刻转过身回头望了望。

韩辰绘立刻嘟起嘴，又沮丧又生气地垂下脑袋。

他果然没有跟她出来！

刚才她装得过度了，还摔了他的白玉手串，那可是他寻了许久的古件。

垮掉，整段垮掉……

她虽然是十八线小明星，但《水光之恋》大爆，估计已经有人认出来她是韩辰绘了……

本来她以为穿得这么土来酒吧已经够丢脸了，万万没想到，一山还有一山高。

幸亏她没什么名气，否则现在估计传得满网都是，那些网友还不把她嘲讽到地心去？

可恶的郑肴屿！该死的郑肴屿！他们好歹夫妻一场，就算他不喜欢她吧，也不能一点面子都不给她吧！故意给她难堪？故意让她丢脸？

想到这儿，她反而更想骂自己了——看看什么叫"装多了被雷劈"！

韩辰绘摘下墨镜收了起来，抬起双手，正想大哭一场，双手却被人给握住了。

韩辰绘一顿，立刻抬起脸。

五颜六色的迷离光线之中，他轻轻地推了推鼻梁上的镜架，冲她微微一笑。

除了郑肴屿，还有谁拥有他那张又精致又斯文的脸？

韩辰绘立刻笑了起来：“你……”

“怎么？”郑肴屿微微挑起一侧的眉梢，“以为我不跟你出来，觉得太丢脸，难受得正要开始哭呢？”

韩辰绘脖子一梗，死鸭子嘴硬：“我才没有呢，你少自恋了，你要是不出来，我就自己回家，顺便再找两个小哥哥陪我。”

装完，她想了想，还是灰溜溜地问他：“你刚刚干什么去了，怎么过了一会儿才出来？”

“你也不用你那机智的小脑瓜好好想想。”郑肴屿放开韩辰绘的一只手，并牵着她的另一只手往地下车库的方向走去，“我哪能像你一样说走就走了？我要算账，我们两个提前离席，两桌的账自然都要记我名下我才能走人啊。”

韩辰绘自然而然地被郑肴屿牵着走。

两个人毕竟是货真价实的夫妻，出门的时候，如果郑肴屿不主动牵她，韩辰绘偶尔也会主动去牵他或者挽他。她最喜欢演戏啦！恩爱夫妻的剧本，接了接了！

韩辰绘和郑肴屿手牵手来到金莎世界地下车库的入口处。

韩辰绘突然扭头看向郑肴屿，一脸兴奋地问：“你觉得我今天的演技怎么样？”

郑肴屿刚点燃一根烟，听到韩辰绘问他的问题，连那口烟都没吸，就将目光往韩辰绘身上一扫。

见他不回答，韩辰绘就开始闹他：“怎么样？怎么样？我的演技怎么样？有没有进步？有没有？”

郑肴屿仿佛能看到韩辰绘身后长出了毛茸茸的长尾巴，并一边欢快地摇动，一边求夸奖、求摸摸。

他是说假话呢，还是……说假话呢？

“挺好的。”郑肴屿闭上眼睛开吹，“你今天的演技比过去进步了不少……”

“真的吗？真的吗？”韩辰绘狂笑起来，“我也有今天！我韩辰绘也有今天！终于有人说我演得好了！全国那么多人！只有你！郑肴屿！”她指了指郑肴屿，又拍了拍他的肩膀，一副“你仿佛知道了什么不得了的事情”的架势，“只有你慧眼识珠！你不愧是成就大事业的人，看事情角度刁钻，只有你能看到平常人看不到的东西！”

郑肴屿：“……”

应该是只有他睁着眼睛说瞎话吧，不对，他刚才是闭着眼睛的，那就是闭着眼睛说瞎话……

一路上韩辰绘都处在极度兴奋之中。

她手舞足蹈地给郑肴屿表达自己演技进步、演戏成功的喜悦。

而郑肴屿则坐在她旁边闭目养神。

见郑肴屿一直不理她，韩辰绘就敲了下对方的大腿：“干什么？你是不是不愿意听我说了？或者……你刚才是在骗我？”

郑肴屿睁开了眼，昏暗之中，她脸蛋儿红红的、嘴巴嘟嘟着，从他的角度看过去，她简直可爱得过分。

算了……郑肴屿换了个姿势，将韩辰绘揽进怀中，在她耳边低声说：“你的演技提升不上去，就是因为你总是沉浸在短暂的成功里，能一直保持一个高水平的演技才是你现在要钻研的。一次、两次演好了并不算什么，连快死的人都会回光返照。”

连快死的人都会回光返照……不愧是郑肴屿，真是能把她给气成个球。

最可气的是，他所说的话一点问题都没有，她只能哑巴吃黄连。

两人回到红叶名邸，已经临近凌晨一点钟。

家政人员早就休息了。

韩辰绘的肚子饿得咕咕直叫。

她洗完澡出来，见郑肴屿正坐在床边，手指飞快地敲击着笔记本电脑的键盘。

韩辰绘挣扎了几分钟，还是被饥饿打败，她坐到郑肴屿旁边，往他身上蹭了蹭，用自己最柔、最弱的声音向他撒娇：“老公，我饿了。”

郑肴屿手指一顿，慢慢地侧过脸，看了一眼矫揉造作的韩辰绘，轻描淡写地微笑了一下：“等我忙完，就给你煮粥吃。”

等到郑肴屿忙完工作，去厨房做好一碗鲜虾粥，韩辰绘已经饿得在床上“躺尸”了。

远远地闻到粥的香味，她立刻从床上“诈尸”，原地复活。

接过郑肴屿手中的碗，她便大口吃了起来。

韩辰绘活了二十三年，就从来没真正下过一次厨。

她可能天生和厨房相克，小时候第一次进厨房砸了六个碗，第二次进厨房撒了半袋面，第三次进厨房差点闹出火灾。

从此之后，她就只管吃，不管做。

如果晚上家政人员休息了，她直接叫外卖吃，要是郑肴屿在家，她就会直接求他去做。

其实一开始，韩辰绘对郑肴屿会做饭这件事特别意外，像她这样从中产家庭出来的女生都不愿意做饭，而郑家名正言顺的太子爷……整天除了工作、生意，就是吃喝玩乐，是怎么学会做饭并愿意下厨的？

她问过郑肴屿一次，他直接说：“做饭有什么难的？我根本就没学过，拿来菜谱看一遍，谁不会做？”

很好，好一个聪明的“贤夫良父”，不管怎么样，反正是她赚了。

“好吃好吃！”韩辰绘将鲜虾粥全部吃到肚子里，为了表达好吃，甚至还舔了舔碗底。

郑肴屿从对方手中抢过碗。

吃饱喝足之后，韩辰绘重新刷了一次牙，美滋滋地躺进被窝里。

几分钟之后，郑肴屿从楼下的厨房回到卧室，快速洗了个澡，关掉了灯。

韩辰绘能感觉到郑肴屿躺在了她身边。

她转过身，自然而然地落入对方的怀抱之中。

她睁开眼，月光虽弱，但足以让她看清对方的轮廓。

“对不起……”韩辰绘小声嘟囔，“我把你的白玉手串给摔了，我知道那是古件，要不然我赔你钱吧？”

郑肴屿轻笑一声，道：“赔钱就别了吧，只不过是一条手串，我要是真喜欢，再让人去寻白玉珠子就是了，倒是你把钱赔给我，到时候你自己没钱了，不还是得花我的钱？”

韩辰绘哼了一声。

两个人在黑暗之中静静地抱了几分钟。

韩辰绘又闭上眼睛，却听郑肴屿问她："你当时见到那个女人拿着我的手串，是什么感觉？"

她立刻睁开眼，用胳膊肘撑起上身，好像是趴在郑肴屿的胸膛上似的："我就觉得那个女人好装哦！我一定要比她更装才行！"

郑肴屿很无语。

"我装得不错吧？"韩辰绘得意地一撇嘴，"没办法，想低调，实力不允许呀！"

郑肴屿更无语了。

"不过……"韩辰绘突然慢慢地沉下身，乖乖地伏在郑肴屿的肩头，"我看出来了，你不想让我去找小哥哥，那我以后就不再出去和小哥哥喝酒了，好不好？"

郑肴屿立刻笑了起来，摸了摸怀中韩辰绘的脑袋："我可没说不让你和男生出去喝酒了，己所不欲，勿施于人，我自己都做不到不再和女人喝酒，何必要求你？我只是不喜欢你穿成……那样出去。"

"不。"韩辰绘认真地摇了摇头，"我以后就是不能再和小哥哥出去喝酒了，我是已经结婚的人了。"

郑肴屿微微皱了皱眉，怎么回事？韩辰绘今天为什么突然乖巧得让他觉得有些诡异？

他总觉得要有什么大事发生。

"我决定以后都只和小姐姐喝酒了！"

郑肴屿很无奈。

他刚才想的太对了！太好的事情是绝对不会在他们两个身上发生的！

第二天，韩辰绘是被微信来信息的提示音吵醒的。

她在被窝里懒洋洋地翻了个身。

微信的提示音一声接一声，她闭着眼睛，从床头柜上把手机摸了过来。

正午阳光刺眼，韩辰绘眯起眼睛，迎着光，仔细辨认手机屏幕上显示的名字。

孟小桔："呜呜呜！灰灰姐！我刚才听芷欣姐讲了昨天晚上在金莎世界发生的事情。"

孟小桔："呜呜，我好遗憾，我没有看到你和雨雨姐夫一起吊打那个心机女！"

孟小桔："她胆敢拿着雨雨姐夫的手串去你面前装！而你，我们的小灰灰，竟然把手串给摔了！好帅，啊啊啊！我没有亲眼看到我的'灰雨 CP'一起合作，我好难受，呜呜！"

孟小桔："我的 CP'发糖'了，我却不在现场！"

有事吗，这位孟小姐？

韩辰绘："大清早的，你干吗呢？"

孟小桔："啊啊啊！灰灰姐突然出现！你看看外面的太阳，都晒屁股了，哪里是大清早？说吧，昨天晚上回家，和雨雨姐夫又'玩'到几点？"

韩辰绘："小小年纪，脑子里整天在想什么？"

孟小桔；"你在想什么，我就在想什么。"

韩辰绘："停止你的想象。"

孟小桔："上次我们几个聊天过后，我回去就痛定思痛，想了许久，我们粉 CP 的女孩绝不认输！我粉的 CP 必须是世界上最般配的！必须是！所以我回去就以你和雨雨姐夫为原型在网上写了一篇'霸总文'。"

万万没想到会有人粉真人 CP 粉到去网上写文，这也太魔鬼了吧？

韩辰绘："你疯了吗？"

孟小桔："我是有点儿疯了，芷欣姐竟然说你和雨雨姐夫没有和那个谁……就那个给雨雨姐夫提鞋都不配的张润晨般配！我不能忍！我就要去写美女小明星和霸道大总裁的文！我要昭告天下，'灰雨 CP'是世界上最般配的！没有之一！"

韩辰绘："然后呢？你真的写了？成绩如何？"

孟小桔："真的写了，发表几十章了呢，成绩……没成绩，编辑跟我说，现在的'霸总文'读者，都不爱看我的'灰雨 CP'的甜宠日常了，呜呜呜，他们喜欢芷欣姐说的那些男女主人公一边爱一边虐的，比如男主人公亲自踢掉女主人公的孩子什么的……"

韩辰绘："你确定读者爱看男主人公亲自踢掉女主人公孩子的小说？真的不是你的三观不对吗？"

孟小桔："放屁！我是照搬的你和雨雨姐夫，怎么可能是我写的不对！

我就是用小学生写日记的文笔写，都甜死人了好吗！吹爆我‘灰雨 CP’！”

韩辰绘：“你写的那些东西还能看？”

孟小桔：“你要是不服，笔给你，你来写！”

韩辰绘：“激将？我告诉你，我韩辰绘这辈子还就吃激将法这一套了！你等着！我写就我写！一定让你心服口服！不然你就一直在我面前皮个没完，不知道谁才是姐姐了！”

韩辰绘会一口答应下来，和孟小桔一起跑去写“霸总文”，完全是因为吃了激将法，否则她下辈子都不会去写小说，她读书的时候作文根本拿不到高分，单单语文这一科就拖了很大的后腿。

不过，既然接受了挑战，她就绝不能服输！

韩辰绘放下手机之后，躺在床上构思着小说情节——既然孟小桔说了是按照她和郑肴屿的故事写的，那她就也写一个美女小明星和霸道大总裁的 CP，用孟小桔的 CP 打败孟小桔，这个滋味太爽！

她去浴室洗漱的时候、去餐厅吃饭的时候，都在不停地构思开头的情节。

怎么样才能让读者眼前一亮？才能一击必中呢？才能……狠狠地打孟小桔的脸呢？

韩辰绘吃完之后，都回想不起来午餐吃了些什么，整个思绪都太投入到“霸总文”里了。

她飘飘悠悠地从餐厅来到客厅。

大鹦鹉眨了眨眼，用又尖又亮的嗓音撕心裂肺地叫道：“打倒韩辰绘！”

韩辰绘狠狠地瞪了绿毛一眼。

绿毛尖叫着开启复读模式：“打倒韩辰绘！打倒韩辰绘！……”

又开始了……

“你也不看看自己是个什么情况，一只臭鸟，你能打倒谁？！”韩辰绘咬牙切齿地指着绿毛，“你再敢乱说话，我真的杀了你！拔了你的毛贴羽毛画，炖了你的肉喝鹦鹉汤，你信不信？！”

绿毛在杆上动了动，故意不看韩辰绘，声音依然像从老旧收音机里传出来的，音质极差又十分刺耳：“小螺号，嘀嘀嘀吹，辰绘听了老乌龟；小螺号，嘀嘀嘀吹，辰绘听了傻嘿嘿；小螺号，嘀嘀嘀吹……”

韩辰绘爹毛，冲上去就要撕绿毛。

有郑肴屿在旁边，韩辰绘最多和绿毛吵嘴架，想动手干架是不可能的。还没等她真的捉住绿毛，她便被郑肴屿给打横抱了起来。

韩辰绘那又白又嫩的大长腿在空气中乱蹬着：“你放开我！你放我下来！我今天非要和这只鸟拼个你死我活不可！”

郑肴屿根本没给韩辰绘一点机会，抱着她径直往楼上走去。

“绿毛！绿毛！”韩辰绘朝客厅的入口处喊，“你要是个男人，就别躲你主人身后当缩头乌龟！给我滚出来！和我决一死战，我今天非要拔了你的毛不可……”

郑肴屿目光轻飘飘地落在韩辰绘脸上：“辰绘，它是鸟，不是男人。”

韩辰绘感觉自己无话可说。

“还有……”郑肴屿用脚尖踢开卧室的房门，“如果你们两个决一死战，我真的怀疑你是求饶的一方……”

“你说什么！”

见韩辰绘的大眼睛瞪得溜圆，他补充道：“我非常了解我养的鸟和我养的人，你们的战斗值为多少我一清二楚。如果真的打起来，它会把你啄坏的。”

韩辰绘脱口而出：“我也啄它啊！”

她喊完就觉得不对劲，她是人，怎么啄鸟？可她又不服气，只能小声嘟囔：“好像就它长了嘴一样，看我咬不死它。”

郑肴屿将韩辰绘放到床上，让她躺着，双臂撑在她的身体两侧，在她的上方看着她：“你可咬不死它。”

又被鸟给欺负了，韩辰绘委屈极了。

她往上蹭了蹭，用手肘撑起自己的上半身，和郑肴屿近距离面对面对视着，突然用手背揉了揉眼眶，一副伤心欲绝、欲哭无泪的模样：“我知道，你对鸟的感情比对我深多了，我是你老婆，可我在你心里的地位还不如一只鸟，我活着还有什么意思哦！你还不如休了我，娶一个能和你一起护那鸟一世周全的女人！”

郑肴屿心想：又来了，又来了。

这个戏精又开始了。

郑肴屿面无表情地注视着韩辰绘。

他完全放任韩辰绘自说自话，几分钟之后，才冷冰冰地说："演了半天连滴眼泪都没挤出来，你是认真的吗？"

韩辰绘立刻收了哭声，放下揉眼眶的手，瞪向郑肴屿。

郑肴屿微笑着挑了挑眉梢。

当然了，在韩辰绘眼中这更像是挑衅。

一下午的时间，韩辰绘都没有和郑肴屿再说一句话。

她先是认真钻研《火光之灾》，哦不，是《火光之恋》的剧本，工作结束之后又打开自己的笔记本电脑，一个字一个字地输入她的"霸总文"。

她一边敲击键盘，一边在脑海里不停地回想郑肴屿平时的情况，他的公司、他的行程、他的性情，他的座驾、他的固定资产、他送给她的礼物以及他的各种各样稀奇古怪、价值连城的奢侈品和珍藏品——虽然在这些方面她对他有了一些了解，但也只是冰山一角。

韩辰绘一直写到大晚上，才写完了一章内容。

韩辰绘又修改了一遍错别字，心满意足地关掉笔记本电脑，去浴室里泡了个香喷喷的花瓣澡，就躺回被窝里准备睡觉了。

郑肴屿一直没有回卧室，应该是去书房开会或者处理公务了。

韩辰绘习惯性地给郑肴屿留灯。

正因如此，她一直处在浅度睡眠里，每次都能听到他回来的声音。

韩辰绘也不知道自己睡了多久，直到卧室从白变黑，身边的人将她揽进怀中。

"嗯……"韩辰绘半睁开惺忪的双眼，"你回来了哦。"

"嗯。"

"睡觉吧……"

"辰绘。"郑肴屿从后抱着韩辰绘，轻轻地亲吻她颈后的皮肤，"明天我要去一趟澳大利亚。"

"嗯？"韩辰绘转了个身，和郑肴屿正面相对，慢慢悠悠地撑开眼皮，"又要走吗？"

郑肴屿点了点头。

"其实……你根本不用这么辛苦工作啊……"韩辰绘没睡醒的声音软软

糯糯的。

黑暗之中，郑肴屿能看到她正眨巴着眼睛。

“家里已经够有钱了，而且……我也能赚钱呀。虽然我的事业不怎么样，就是一个十八线小明星，手上也没代言，只靠片酬和通告费也赚不到太多，但供我们吃饭过日子还是绰绰有余的。”

郑肴屿微笑了一下，揉了揉她的脸蛋儿：“你那点钱，还不够你自己花的。”

韩辰绘哼了一声，道：“干什么？瞧不起我？莫欺少年穷知道不？谁又知道哪天我不会突然开窍，当个三金影后，拿奖拿到手软，赚得盆满钵满的？”

郑肴屿心想理想是美好的，现实……

“好啊，话可是你说的，我就坐等你成为三金影后，少‘一金’都对不起你今天的装，希望我有生之年能等到……”

韩辰绘和郑肴屿之间，难得可以这样安安静静地说会儿话。

偶尔一次，就算只是抱在一起聊聊天，也让韩辰绘感觉很好——双方有了交流，才更像是夫妻。

这一晚，太与众不同，月色太美，他太温柔。

如果她和郑肴屿就这样过一生，其实也还可以吧？

韩辰绘在脑海中认真地勾画出和郑肴屿共度一生的蓝图。

感觉还好，她并不是不能接受。

听着郑肴屿在她耳边平稳的呼吸声，韩辰绘目不转睛地望着窗外。

明明之前她还很困。

韩辰绘静静地赏了会儿夜空中的明月，便习惯性地从床头柜上拿起手机，按开屏幕。

在看到日期的那一刻，她顿时愣住了。

几秒钟之后，她慢慢地锁上手机屏幕，在郑肴屿的臂弯之中转了个身，借着微弱的月光看着他的轮廓和线条。

两年前的今天，是她和他见面的日子。

怪不得今天他对她一反常态地温柔，难道是因为这个原因吗？

他……

韩辰绘眨了下眼。

郑肴屿会记得吗？

不管他记不记得，总之她记得。

那时候她刚经历了亲姐姐韩冬果为了真爱差点儿跳楼、初恋男友的背叛双重打击。

她也说不清楚当时是为了报复贺开晨，还是为了成全韩冬果那份赤诚的心，总之，她当着全家人的面表达了她愿意替韩冬果嫁入郑家的想法。

事实上，她也不算替婚，本来这就是韩家和郑家上一代人定下的姻亲，不是韩冬果就是韩辰绘，她们都是韩家的女儿。

虽然两位曾祖父有过命的交情，韩家作为根雕世家也是正儿八经的书香门第，但不得不说韩家和郑家还是有着门第差距。

郑家不管让哪个男丁和韩家联姻，都是看在先人的面子上，相当之抬举。

韩辰绘那年才二十一岁，刚大学毕业，也刚踏入娱乐圈不久。

那个时候的她，没有烫起鬈发，也不像现在每天精心打扮。

素裙、黑长直头发、淡扫蛾眉——就是她的全部装扮。

韩辰绘第一次去华清园的路上，紧张到难以呼吸。

她坐在一辆加长林肯里，车子顺着蜿蜒的山路往上，逐渐远离繁华都市的喧嚣。

华清园便是建在半山腰上的小区。

这类处在半山腰的建筑被称作“坡地建筑”，坡地本就是自然界的宝贵资源，在京城这种地方则更加珍贵。

郑万杰和夫人孙蔓宁的房子，是一栋红黑相间的三层别墅，坐北朝南、背山面水。

林肯车直接停在别墅大门前。

韩辰绘走下车，山风吹动枝丫、草叶、花蕊，同时也吹动了萦绕在她心尖上的阴霾。

不管对方是谁，是老三郑宏义，或者是郑家其他旁系的亲戚都好，总之她是要嫁入郑家了，从此她的一辈子将永远不会愁吃穿住行，如果嫁一个稍微有点儿才干的，对她又上心一点，那她一生将有享不完的荣华富贵了。

所以她不会自怨自艾，人各有命，贺开晨离开她、姐姐跳楼拒婚说不定都是老天爷为了成全她而做的铺垫。

这样自我安慰完毕，韩辰绘心情大好，脚下再也没有犹豫，就跟着一个管家模样的人进入了别墅的大门。

虽然是未来媳妇儿拜访的日子，但郑万杰和孙蔓宁依然不在家——管家解释他们去参加一个商务宴会了，晚一些时间会回来，让她随便坐，不要拘谨。

韩辰绘礼貌地微笑："辛苦了。"

其实从郑家的态度就可以看出来，他们根本没重视她，想必她未来的丈夫也不太受重视。

不知不觉过了一个小时。

第一次来郑家，韩辰绘怎么说也要伪装一回淑女，她双手端着茶杯，小口浅酌，仪态端庄。

突然，楼梯拐角处传来脚步声和交谈声。

"韩小姐已经等了一个小时。"

"嗯，我刚开完视频会议就下来了。"

那是一道充满磁性的男声，压抑深沉、成熟冷静，让韩辰绘听了就顿生好感——她不是"声控"，但这个世界上谁不喜欢听好听的声音洗耳呢？

"韩小姐。"

韩辰绘将手中的茶杯放到茶几上，慢慢地抬起视线——他站在午后的阳光里，一身干净简约的白衬衫和西装裤，玉树临风。

气质是冷的，空气却是暖的，他推了推鼻梁上的镜架，微微笑着道："你好，我是郑肴屿。"

郑肴屿离开之后，韩辰绘又回到自己的"撒欢儿日常"。

她有车有房、有钱有貌，老公不在身旁。

《火光之恋》已经进入全面的筹备期，整个君视传媒上上下下、里里外外都忙得不可开交。

韩辰绘经常会应 Anemone 的邀约前往公司，帮忙处理一些事情。

半个月过去，韩辰绘突然从 Anemone 处接到一份新的工作，是一个被无数小明星抢破头的优质资源，竟然是《我们来恋爱吧》综艺节目的邀约。

韩辰绘一脸问号。

Anemone 苦口婆心："你知道吗？这个资源可是通艺卖给我们的人情。"

韩辰绘挠了挠头："Nene 姐，你可知道这个《我们来恋爱吧》节目是什么吗？看名字……是情侣节目啊？"

"我当然知道是恋爱类的节目，现在就这些吸引粉丝，知道不？"

Anemone 将韩辰绘拉到走廊的一个角落，低声说："你不要怪 Nene 姐说话太直接，你应该也知道自己什么样吧？业务能力不太行，只靠演戏这一条路，你只会把自己越走越死，现在观众看你演的那些滑稽东西还觉得新奇，等你出演的作品多了，他们会厌烦你。所以，你想要红并且长红，就要想办法另辟蹊径。你看现在的小明星，有几个是踏踏实实唱歌、演戏的？但人家该红还是红，该赚还是赚，你不能去批评、否定他们，适者生存，归根结底是观众和粉丝的选择。"

她毕竟是已经结婚的人了，去参加情侣扮演类节目……总觉得哪里不对，要出事的样子……

"而且，我只告诉你一个人，你不许和其他同事说，"Anemone 将声音压得更低，"本来《我们来恋爱吧》节目组没想找你的，他们这一季要请的最大的咖是张润晨，可张润晨指明要你做 couple（对象，恋人）！通艺劝阻无效，只能把人情卖给我们了。"

韩辰绘一脸的惊讶。

"我知道，你是不是在想你男朋友？"Anemone 作为带过天王、天后、"当红炸子鸡"的王牌经纪人，从上次韩辰绘的电话就可以猜到这个小妮子一定处男朋友了，"没关系，这种都不算什么事，你要相信君视的实力啊，只要不是被网友确凿地拍到，剩下的媒体什么的都会提前和君视打招呼的，所以你不用害怕，再说你和张润晨也是为了《火光之恋》炒炒热度。"

韩辰绘犹犹豫豫的："Nene 姐，我还是觉得有些不妥，张润晨是《火光之恋》的男主角，可女主角是申影后，我是干什么的啊，凭什么要我去和他参加情侣扮演的节目？那将来剧播出了，观众不会觉得 CP 错乱而弃剧吗？"

"怎么会？这样只会让男、女主角的 CP 粉，张润晨和你的 CP 粉，再加上你们个人的粉丝在网上产生敌对情绪，发生口水骂战，这样才有热度啊。"

韩辰绘无语了。

Anemone 都这样说了，她也只能点头同意。

工作之余，韩辰绘也没有忘了她的“霸总文”。

她的写作速度非常慢，每个小时最多只能写几百字。

而且她写一点就要拿起手机给郑肴屿发一条微信。

韩辰绘：“你每日的行程都是怎么样的？”

一分钟后，郑肴屿：“怎么？查岗？”

韩辰绘保持微笑，戳着手机屏幕。

韩辰绘：“你和生意伙伴、对手谈判的时候都会说些什么呀？”

郑肴屿：“怎么？刺探商业机密？”

韩辰绘给他发了一张小人用手枪顶着自己脑袋的表情图：“你将永远失去你的宝宝。”

两分钟过去，微信来信息了。

韩辰绘一戳开聊天框，再一次差点表演一个当场去世。

郑肴屿发给她一张一个满地打滚的白色小人笑哭了的表情图：“明明要奔三十的人却还自称宝宝。”

韩辰绘一口气差点没提上来，被气了个半死，二话不说就将电话拨打了过去。

嘟嘟嘟三声，对面刚一接起电话，韩辰绘就劈头盖脸地道：“郑肴屿！你必须给我老实交代！你究竟从哪里搞的那么多图？”

夜凉如水，她的耳边满是他的低笑声。

“你猜呢？”

韩辰绘将笔记本电脑一合，直接从床上蹦了起来，大声吼道：“我猜什么啊！我猜不出来！快点！从实招来！你从哪儿搞来的图？”

郑肴屿又低声笑了起来。

他的低笑声仿佛能从她的耳道一点点蔓延进她的骨髓，又轻又痒，她浑身上下软绵绵的。

“从你心里呀。”

这个男人是魔鬼转世、妖孽降临吗？

第五章　修罗场预定

韩辰绘没有挂掉电话，只是面无表情地拿开手机，盯着手机屏幕。

看着聊天框里两个人的表情图，她脑海中又响起了郑肴屿的那句话：“从你心里呀。”

还真是人设不崩的小郑太子爷呢。

韩辰绘抖掉浑身尴尬的鸡皮疙瘩，把手机放到嘴边，一字一句几乎是从牙缝儿中挤出去的，用时十秒钟才说完三个字：“说人话！”

郑肴屿顿时又笑了起来。

他一时没有说话，韩辰绘能隐隐约约听到电话中有人在走动的脚步声，还有不停翻书的声音——她知道那是文件。

他应该还在工作，下属正在让他查看文件或者让他签字之类的。

韩辰绘顿时有了一点愧疚之心，他工作那么忙，可能都休息不好，她却还因为自己的“霸总文”总是叨扰他。

“那个……”气势明显夙了下去，她声音又轻又软，“是……我表妹小桔在写小说，她对老板们的生活不太了解，就问我……”

孟小桔这只可达鸭，就是孟小桔激将她去写什么“霸总文”的，她让孟小桔出来背锅过分吗？当然不过分啊！

“我虽然是老板太太吧，但我自己又不是老板，我怎么会知道呢？”韩辰绘越说越像那么回事儿，气势也慢慢回来了，愧疚之心荡然无存，又化身变脸怪，开始撒娇起来，“所以我就想到你了！我想到你，所以就直接问你了呀，怎么了，不许我想你啦？”

她能听到郑肴屿那边合上文件的声音。

他低笑道：“谁敢不许？”

韩辰绘哼哼唧唧的：“那不就得了！”

只是通过电话中的声音，郑肴屿都仿佛能看到韩辰绘得意地梗着脖子、嘟着小嘴、尾巴翘上天的小模样，虽然她和鹦鹉天生相克，但其实翘尾巴的时候，却莫名地相似。

“哦，对了，郑肴屿，你不要试图蒙混过关，”韩辰绘突然想起什么来，“你微信里那些表情图到底是从哪儿搞来的啊？你在哪里找的？或者是哪个傻子传给你的？”

郑肴屿微微笑了一声，道：“你真的这么想知道？”

“嗯嗯……”韩辰绘立刻摆出乖巧脸，撒起娇来，“老公，我特别想知道！”

“这样啊，那我告诉你吧——”

韩辰绘简直感动出眼泪，连郑肴屿都开始做个人了，这个世界上还有什么老铁树是不能开花的吗？

她激动地在心里旋转跳跃完一大段难度系数为 5.0 的自由体操，然后就听到郑肴屿轻笑着，似挑逗、似挑衅地说了两个字：“才怪。”

告诉你才怪。

呵，不愧是郑肴屿，一天不变着花样地把她气成球就不舒服，这才是她认识的他嘛。

虽然不知道应该怎么形容，但她竟然毫不感到意外。

韩辰绘毫不留情地挂断了与郑肴屿的电话。

她咬牙切齿，内心只有一个想法：让郑肴屿一个人去吃屁！

气成一团的韩辰绘找时珊珊吐槽。

韩辰绘：“郑肴屿就不是个人！不是人！不是人！”

时珊珊：“你好像每天都在说这句话……我怎么感觉你对他有误解呢？我过生日那天，你能手撕那个心机女，还不是他在后面给你撑场子？他对你很宠爱啊，简直让你为所欲为了。”

韩辰绘："看看，看看，连你也被他的外表给骗了！坏女人，几日不见，你掉段位了！"

时珊珊："因为我见到的就是他的外表啊，他的内里只有你看得到啊，如果随便一个女人就能看到他的内里，就能知道他的真面目，那……"

还没等时珊珊打完那句话，韩辰绘都学会抢答了："那我就休了他！"

时珊珊："你说说你们两个，这不是明撕暗秀是什么？搁老娘这儿演欢喜冤家呢？"

韩辰绘："我没有！"

时珊珊："你就有！你难道自己都没发现，你的内心逐渐开始不再把他当成表面老公了吗？过去你不在乎他在外面玩得飞起，更不在乎他在外面有没有女人、有几个女人，现在你开始在意了吧？如果他让随便一个女人都能看到他的内里，你甚至想休了他。"

韩辰绘："可是他本来就是我老公啊。"

时珊珊发了一张"多好的媳妇儿啊，可惜是个傻子"的表情图攻击她。

韩辰绘："别让我再见到这些图！真不知道你们是从哪里搞来的这么多表情图，我怎么就没有！"

时珊珊又用一张"还不是因为你丑"的表情图攻击她。

她周围的人最近是怎么了？从她老公到她的好姐妹，集体中手机病毒了吗？

一转眼，郑肴屿已经离开二十天了。

韩辰绘早已习惯郑肴屿的长期不在家，这三个星期她的日子过得非常充实。

《火光之恋》的前期准备如期进行着。

虽然她被制片人、导演、副导演什么的叫到公司，几次点名让她回去认真研读剧本……

唉……怪只怪她过去的战绩太"感人"了，合作过的导演都怕了她。

好在这次的导演不再是《水光之恋》的导演了，之前本来定的是《水光之恋》的导演，不知道为什么前阵子临时换掉了，换上来一个在业内风评不错的导演。

韩辰绘表面上和大家一样惋惜，心里简直乐开怀。

那个导演在片场几次想要占她的便宜，她可都记着呢，碍于他是导演才没有发作让他难堪。

一直到为了庆祝《水光之恋》收视创新高，在星邦STARBON搞的小型庆功宴上，他还是想占她的便宜，否则她也不会被恶心得提前离场，又尴尬地误入郑肴屿的包厢。

《我们来恋爱吧》那个情侣扮演的综艺节目，韩辰绘推辞了几次，最后君视传媒的老板黄总亲自出面。黄总话说得很漂亮，是一等一的话术高手，可韩辰绘还是能听出来，黄总全篇下来围绕的中心思想只有一句话："公司花钱挖掘你、栽培你，你给公司带来什么利益了吗？好自为之吧。"

老板都这样说了，她再推辞就是没有自知之明了，只能无奈地点头。

关于郑肴屿那边她倒是不担心，她的那些角色就算是插足的第三者也要和男主角有感情戏的，免不了搂搂抱抱、拉拉扯扯的。

她刚和郑肴屿结婚的时候，和他报备过一次，可郑肴屿根本不以为然，他的观点一直是"在其职，谋其事"，既然你是个……好吧，姑且称为演员，那么什么角色、什么戏份都要尽全力完成，否则就是不敬业。

而且他连她的私生活都从不过问，更何况工作上的事呢？

她参加《我们来恋爱吧》综艺节目只是工作之一，综艺节目中的那个"韩辰绘"也是她扮演的角色之一。

虽然说不担心他，但韩辰绘还是几次拿起手机想要给郑肴屿拨个电话。

每一次拿起，她想了想，又慢慢放下：算了，给他报备工作上的事，万一打扰到他了，他会不会觉得她特别多余？

除了《火光之恋》和《我们来恋爱吧》这两个工作，韩辰绘也一直在写她的"霸总文"，她每天回家都要写个三五百字，删删改改，无比认真。

只是她还没有存够字数，所以一直没有发表。

郑肴屿从澳大利亚回国的时候，已经是一个月之后。

像之前的好多次一样——当郑肴屿抱着一大堆礼盒走进卧室的时候，韩辰绘正在化妆，准备出去玩。

看到他回来，韩辰绘涂抹口红的手一顿，随即眉飞色舞地道："你回来啦！"

听她的语气，就知道他不在家的日子里这个女人究竟有多自在了。

他在澳洲整日忙生意，过得像个苦行僧，她连电话都没给他打几个，好不容易发个微信，还是她和各种漂亮小姐姐喝酒的照片……

郑肴屿站在门口，又开始面无表情地扯领带、解扣子、脱裤子……

只用了三分钟，郑肴屿就结束了战斗澡，从浴室里走了出来。

韩辰绘正撅着屁股在衣帽间下方的储衣箱里翻找。

郑肴屿眉心微微一皱，心想这个女人真是越来越欠修理了！

“找到啦！”韩辰绘抽出一件带亮片的裙子。

她刚站起身，便立刻落到了一个炙热的怀抱里，下一秒，她的裙子便被人抢走并丢在了地上，然后她被人打横抱起。

韩辰绘一脸蒙，扭过脸，看着近在咫尺的郑肴屿：“怎么了？干什么？”

郑肴屿抱着韩辰绘就往卧室大床的方向走去，冷冷的眼神落在她脸上：“你说干什么？”

郑肴屿抱了韩辰绘一会儿，刚点了根烟，电话就打了进来。

韩辰绘也拿起自己的手机，苦想今天放人家鸽子的理由……赶紧亡羊补牢一波。

不知道对方说了什么，郑肴屿懒懒地回答：“在一起呢。”

在一起？是指她吗？韩辰绘偷听。

“什么时候？

“那我要问问她。

“不是我一个人能决定的事。

“嗯，先这样，我晚点儿给你信儿。”

郑肴屿挂了电话。

韩辰绘慢慢地转过身，调整了个角度，方便自己躺在枕头上，能看到坐起来的郑肴屿，问：“是谁呀？”

“我大哥。”

郑肴屿的大哥？郑致远？

“大哥有什么事吗？”

郑肴屿将手机丢回床头柜上，吸了一口烟：“说是我三哥回来了，让我们回华清园的老宅聚一下。”

郑家实在“人丁兴旺”，大家族里人与人的关系太繁杂了。

因为门不当户不对，郑家和韩家的婚约只是先人的一诺千金，所以韩辰绘一开始就不受待见，也没人指望她能嫁给郑家的重要人物，人人都怠慢她。

后来，出乎意料，她嫁给了郑肴屿。虽然她在郑家“妻凭夫贵”，地位直线上升，但也就是那么回事儿，郑家很多人都觉得他们最终的结局是离婚。

韩辰绘很少和郑家那边走动，除了逢年过节她会主动和郑肴屿回去看看，其他时候她很少去招惹那边的人。

毕竟她的存在对于郑家来说就是“眼中钉，肉中刺”，因为是她拐跑了他们的太子爷，她是郑家头号“犯罪分子”，一个罪大恶极的家伙，如果没有她，没有那个该死的婚约，现在他们的太子爷一定娶了个门当户对的女人，郑家的事业会更加如虎添翼。

没有人会嫌弃钱多烧手，尤其是这样一群利益至上的人，在他们眼里，这个世界上一切东西都是无比现实的。

郑肴屿也不愿意让她去搅和豪门里的那些事。

他明确地告诉过她，虽然是父母之命，但两个人结婚之后日子就是自己过的，他没时间去理会韩家的事，她也别来掺和郑家的事。

所以郑肴屿只会派人给韩家送礼，人却很少露面。

韩辰绘和郑家的人都不熟，不管是郑肴屿的父母郑万杰、孙蔓宁，还是他的大哥、二哥、三哥、大嫂、二嫂以及其他或远或近的亲戚和下属。

韩辰绘微微眯起眼，确实乏累，也确实想不出不见面的办法……

郑肴屿的三哥郑宏义，她从来没见过，他们结婚的时候没见过，逢年过节也没见过，听大嫂说是出国进修了，这将是他们的第一次见面。

如果她不去的话，于情于理都不太对。

郑肴屿已经抽完了一根香烟，喝了一口水，吃了一块韩辰绘昨天打开的巧克力，又躺了回去。

他和她面对面，只顾着自己吃巧克力，也不管韩辰绘。咽下去之后，他用手臂环抱住她，问道：“我出差的这一个月，你为什么很少给我打电话？”

她对他翻了个巨大的白眼。

见韩辰绘不回答，郑肴屿又转了个身，伸手从包装里又掰了一块巧克力自己吃了，再问：“每天和小姐姐玩乐，忘了自己姓甚名谁了吧？”

韩辰绘气得直喘粗气。

“哼！”要不是体力不支，她早就从床上跳起来，和郑肴屿打一架了，可如今，她只能像小猫挠痒痒一样“抚摸”了郑肴屿一下，再自己气得转过身去不理他。

第二天。

韩辰绘打着哈欠走进浴室，虽然泡了澡，但依然无法解除身上的疲乏。

她喝了一碗家政人员端上来的火腿粥，躺在床上刷了一个小时的电视剧，就又睡着了。

她根本没注意郑肴屿去了哪里，也不知道他是什么时候回来的。

这天晚上，郑肴屿没有折腾她，只是抱着她安稳地睡了个好觉。

次日清晨，韩辰绘懒洋洋地半睁开眼睛，就看到郑肴屿在她眼前晃，她迷糊地问：“几点了……”

郑肴屿坐到床边，轻轻地拍她：“别管几点，你现在应该起床了。”

“不要，今天又没有工作，我要睡觉……”韩辰绘躺在床上一动不动，闭着眼睛耍赖。

“你想睡觉也可以，到华清园去睡吧，那有很多房间。”

两秒钟之后，韩辰绘猛地睁开眼：“华清园？！”

她突然想起来前天晚上郑肴屿接的电话，郑宏义回国了，让他们两个回华清园老宅的事。

“这、这、这……”韩辰绘急了，眉头紧皱，“为什么这么匆忙啊？我以为怎么也要提前一个星期通知的，这样匆忙，我什么都没准备！没有准备给公婆、哥嫂的礼物，也没有去美容护肤、做造型……”

郑肴屿已经洗漱好穿戴完毕，闻言微微一笑，道：“你不需要那些。”

韩辰绘盯着郑肴屿，突然冲他抛了个媚眼：“老公，你是不是也觉得我资质特好，不需要提前美容、做造型就很美啦？”

郑肴屿和韩辰绘之间，完全是棋逢对手、将遇良才。

“是啊。”郑肴屿抱住韩辰绘，对准她粉嘟嘟的脸蛋儿亲了一口，“丑媳妇儿也总得见公婆呢。”

韩辰绘真想缝上他那张嘴。

红叶名邸和华清园两处别墅区相隔甚远，再加上京城主要干道交通堵塞，从红叶名邸驱车到华清园，最少需要一个半小时。

韩辰绘和郑肴屿坐在车子的后排。

她手中还捧着赠送给郑爷爷、郑万杰和孙蔓宁的礼物。

就算时间匆忙，韩辰绘也不能两手空空地去华清园。

虽然郑家有万贯家财，什么都不缺，她送了也是多余，但一码归一码，她作为儿媳妇儿，绝对不能疏忽。

由于没时间准备，韩辰绘在家里转了一圈，只能从她的画室里挑了两幅她最满意的羽毛画，用最快的速度裱起来。

等到她捧着羽毛画上车的时候，郑肴屿只是看了一眼，并没有多说。

他知道韩辰绘这是礼数，而他自己就是一个礼节周全的人，韩辰绘的行为正合他意。

黑色的劳斯莱斯行至山底。

眼看着车子就要上山路了，韩辰绘莫名地紧张起来。

郑肴屿正在处理工作，一只手拿着平板电脑，一手只飞快地划动着，然后他突然顿了一下，慢慢地侧过脸，看到韩辰绘紧紧地抱着她的羽毛画，双唇紧抿，小脸煞白。

“干吗这么紧张？”郑肴屿微微笑了起来，又转而看向自己的平板电脑，“真是丑媳妇儿见公婆了啊？”

韩辰绘瞟了眼郑肴屿：“我就是紧张嘛。”

郑肴屿眼角的余光一斜，见到韩辰绘那小眼神，就知道对方又要开始了，抢在她前面干净利落地回了她两个字：“丑拒。”

韩辰绘凶巴巴地冲他龇了龇牙。

不过经过郑肴屿和她这么一闹，她的紧张情绪明显缓解了不少。

确实，就像郑肴屿说的，丑媳妇儿总要见公婆，况且她又不是第一次去郑家见那边的人了。

她这么聪明，一定没问题的！轻车熟路，非常 OK！

郑家在华清园有两处住宅，一处是韩辰绘第一次登门的时候见到的红黑相间的别墅，那是郑万杰和孙蔓宁的居所，另一处就是所谓的老宅，是郑老爷子名下的。

两处别墅相隔不远，开车不到五分钟，走路十几分钟即可。

郑肴屿和韩辰绘先去了老宅。

作为一个人丁兴旺的大家族，因为郑老爷子身体康健，郑家上一代的三个儿子，除了郑万杰搬出去了，其他两个兄弟并没有搬走，他们在老宅里各选了一层居住，虽然他们在其他地方也有房产，但大多数时间还是在老宅。

郑家的大部分资产和股权都在郑万杰和郑肴屿手中。

那两个韩辰绘跟着郑肴屿叫“叔叔”的人，以及他们的子孙，便是所谓的郑家的旁系了。

而哪怕是郑家的旁系，对于绝大多数人来说也是锦衣玉食的，他们手上拥有郑氏 12% 的股份，自己也开了几家小公司。

一回到郑家，韩辰绘就自动变成郑肴屿的“狗腿子”。

她对自己的情况，心里还是很有数的。

平时只有他们两个人的时候，她可以想干什么就干什么，想说什么就说什么，想去酒吧撩小姐姐就去，想和郑肴屿互喷、互撕也无所谓，只要郑肴屿愿意，只要郑肴屿对她是“晴天”，她就可以撒欢儿到天上去。

但回到郑家这边就不可以这样了，韩家无法给郑肴屿任何助力，她本人也不能，如果她连“一个深爱郑肴屿的花瓶”的人设都演不好，那郑家更不会给她好脸色看了。

现代豪门并不会一味地棒打鸳鸯，否则郑家也不会同意郑肴屿和她结婚，但如果被他们知道她又没用，心里又没有郑肴屿……婆家容不下她就太正常了。

光是郑肴屿一个人接受她没什么用，天底下没有一个豪门能忍受得了这样的儿媳妇儿。

华清园老宅。

韩辰绘刚在玄关处换好鞋，便听到一串清脆的笑声，她一抬头，正是郑肴屿的大嫂欧阳萍。

欧阳萍是名副其实的美人，却和韩辰绘的美截然不同。

郑肴屿的大哥郑致远比他大了二十岁，今年已经四十多岁，欧阳萍也已经四十岁，身为豪门贵妇、风韵犹存。

“肴屿和弟妹来啦？”

郑肴屿爱搭不理的：“嗯。”

韩辰绘自动进入角色。

她立刻主动去握郑肴屿的手，先是用崇拜的眼神盯着郑肴屿看了几秒钟，才看向欧阳萍，唤道：“大嫂。”

欧阳萍笑得眉眼弯弯：“来了就好，你们没事也要常回来走动啊，老爷子昨天还念叨你们呢，他年纪大了，喜欢儿孙多陪伴。”

韩辰绘又看向郑肴屿，表现出一副征求对方意见的样子。见郑肴屿一脸冷漠，她没办法，只能先乖巧地点了点头。

其实她心里知道欧阳萍说的都是场面话，郑万杰和他的四个儿子从来就没在老宅住过，连欧阳萍自己都很少回来，现在却在他们面前卖乖。

韩辰绘每次见到孙蔓宁和大嫂、二嫂，都会在心中吐槽“一入豪门深似海，从此演技是影后！”

她的演技和那几位“影后”比，连狗尾巴草都不是！

整个郑家，包括郑肴屿在内，演技个顶个地好，全部是变脸学院的优秀毕业学员，那“见人说人话，见鬼说鬼话，见和尚就念经”的本事，让韩辰绘顶礼膜拜。

你以为在豪门是那么好混的？没点多才多艺的“绝活”，没点变脸的“绝技”，早待不下去。

“大嫂最近过得好吗？”

“挺好的，我不像你，还要工作，我每天就逛街、打牌，清闲得很。”

“小布挺好吧？”

“今年九月份小布就上小学了，你说多快，刚刚你大哥带他出去玩了，晚上他会过来，前几天他还一直吵着要见漂亮的四婶呢。”

韩辰绘和欧阳萍寒暄了一会儿，便捧着羽毛画和郑肴屿一起乘坐室内电梯前往五楼。

最顶层是郑老爷子的书房、卧室、画室……如果郑老爷子不主动唤人，轻易没有人上去打扰他。

郑老爷子正在书房里写书法。

他头发全白，却精神饱满、容光焕发。

一见到郑肴屿和韩辰绘，他便喜上眉梢，招呼他们过来欣赏他的书法大作。

“最近我临摹魏碑，又有了一些新的感悟，怎么样？”

韩辰绘从小跟韩爷爷长大，是懂一点书法的，她认真看了看，似在点评，其实是狂吹彩虹屁。

郑肴屿则微笑着看韩辰绘，听她吹完，他才说：“爷爷，我记得您多年前就不临魏碑了啊，最近怎么突然有兴致？”

“唉……”郑老爷子叹了口气，“前几天我带小珍出去，遇到了韩老弟，我和他有一年没见，与他聊了两个小时的书法，回来我就技痒，想要临摹魏碑了。”

韩辰绘尴尬地笑了一下。

小珍是大哥、大嫂的小女儿，韩老弟……不出意外的话，应该就是她爷爷。

郑万杰有郑肴屿的时候都四十多岁了，现在郑万杰六十岁有余，郑老爷子已是杖朝之年，而韩爷爷比郑老爷子小了足足十几岁，郑老爷子叫一声“韩老弟”丝毫不过分。

“爷爷。”韩辰绘献出自己带来的礼物，一脸乖巧，“这次过来的匆忙，我带来了一幅我的羽毛画，希望您能笑纳。”

“哎哟……”郑老爷子一见到韩辰绘的羽毛画，立刻赞不绝口。

那是一幅早春图，画上有几枝桃枝和三只燕子，其中一大一小两只燕子用不同的姿势停留在桃枝上，下方一只燕子正衔着一朵桃花朝它们飞来。

“你的羽毛画继承了韩老弟的衣钵啊。”

“这就是‘几处早莺争暖树，谁家新燕啄春泥’。”

“惟妙惟肖，惟妙惟肖！肴屿，来，你看，看看这三只燕子的眼睛……辰绘，你是怎么处理的羽毛，可以让眼睛看起来都那么灵动？真是画龙点睛了！”

郑肴屿被郑老爷子拉过去强行赏画，微笑着道：“是啊，我也觉得贴得很好。”

韩辰绘脸颊微红，有些不好意思地垂下脸。

郑老爷子那样玩命地夸她，已经让她的内心非常膨胀了，没想到连郑肴屿都吹起了她的彩虹屁，她简直快要膨胀成球了！

“真好。”郑老爷子一脸慈祥地看着韩辰绘，“韩家的好孩子，我们家的好媳妇儿——”说到这，郑老爷子又想起什么，转头看向郑肴屿，“你们什么时候有好消息？”

郑肴屿拿起郑老爷子临摹的魏碑，装模作样地问：“什么好消息啊？”

“别搁这跟你爷爷我装傻充愣！”郑老爷子瞪眼睛，“什么好消息你不知道？你们结婚都快两年了，什么时候让爷爷抱重孙子？”

韩辰绘一时不知说什么好。

郑肴屿淡淡地看了韩辰绘一眼，又看向郑老爷子：“太早了吧，辰绘今年才二十三岁，我们暂时没有这个打算。”

“你这个小浑蛋！”郑老爷子对着郑肴屿就是劈头盖脸一顿臭骂，“什么年纪小？二十三岁很小吗？你怎么不说你都二十六岁了？你们都奔三十去了，而我呢，半截身子入土的人了。你不要以为我不知道你在想什么，年龄都是借口，你是不是结婚之后还天天在外面鬼混，整天抽烟、喝酒、打牌不着家，让辰绘独守空房呢？”

韩辰绘的脸颊更红了。

郑老爷子以为说中了韩辰绘的下怀，让她害羞了，便没完没了地数落郑肴屿。

其实韩辰绘是惭愧得脸红……

“爷爷！”韩辰绘突然从侧面挡在郑肴屿面前，一副将要英勇就义的样子，“爷爷，您不要再说肴屿了，真的，不要再说了……”

说着她的眼里竟含了眼泪，然后她回身扑进郑肴屿怀中，紧紧地抱着他抽泣，伤心不已：“爷爷，肴屿没有做错，我就喜欢他现在这样，他变成什么样子我都喜欢，他很好，他真的很好，您就不要一直说他了，我听着……我听着好心疼的，呜呜呜……”

小郑太子爷都看傻了。

韩辰绘窝在郑肴屿怀中足足哭了半分钟。

这半分钟的时间里，郑肴屿一直和郑老爷子对视着。

在韩辰绘刚开始她的表演的时候，他的第一反应就是抬眼看他爷爷，可千万不能让他爷爷以为他娶了个精神分裂的傻媳妇儿回家……她不要脸，他还要呢！

没想到郑老爷子也正在看他。

两个人的目光就那样在半空中相撞了，尴尬得无以言表。

“呜呜呜……”韩辰绘眼泪汪汪的，“爷爷，肴屿很好，真的很好，我好喜欢他，他对我也很好，您别再说他了，如果没有他，我……我……”

郑肴屿真怕韩辰绘来一句“我就跳楼”或者“我就上吊”这类能吓死人的发言，到时候难以收场。

“好了好了，辰绘。”郑肴屿轻轻地拍了拍韩辰绘的背脊，又将她从自己怀中捞了出来，微微低头，用手指温柔地擦去她的泪珠，“爷爷肯定不是故意要说我的，他是太在乎我们了，所以才会为你抱不平，我知道你很喜欢我，爷爷也知道的，没事了，你看现在不是没事了吗，不哭了啊……”

“嗯嗯嗯……”韩辰绘疯狂入戏，紧紧地抱着郑肴屿，眼含泪光，乖巧地点头，“我不哭了，我再也不哭了，我听你的话，你说什么我都听！”

郑老爷子都看傻了。

郑肴屿又摸了摸韩辰绘的脸蛋儿，冲她微微笑了下，温柔似水。

他和韩辰绘对视了几秒钟，又将她拥入怀中，对郑老爷子轻声说：“爷爷，您就别操心了，您看我和辰绘现在不是挺好的吗？要孩子的事就顺其自然，您也别给辰绘太大的压力，您看她都哭成这样了，我先带她出去，好好哄哄她，完了我再过来，就先这样。”

郑肴屿一口气说完，根本不给郑老爷子赞同或者反对的机会，便半拥半抱地将窝在他怀中的韩辰绘带出了郑老爷子的书房。

从背影看去，自两人身上散发出来的恩爱光芒简直要闪瞎眼。

郑老爷子越来越觉得看不懂年轻人的套路了。

关上书房的门，两个人又往前走了几步，在一个窗台前，郑肴屿突然对准韩辰绘的屁股拍了一下。

韩辰绘一个没站稳，直接趴到了窗台上。

好在前方有窗台，她没有受伤，立刻又活蹦乱跳。

郑肴屿抽出一根香烟，熟练地点燃。

他点烟的全程，一直面无表情地瞪着韩辰绘。

韩辰绘偷偷地瞄了郑肴屿一眼，暗暗地躲远了。

正午的阳光洒进来，两个人分别站在窗口的两端。

郑肴屿狠狠地抽了一口烟：“你——”

韩辰绘委屈地嘟起嘴巴，又用余光瞟了郑肴屿一眼。

看来在“白玉手串”事件之后，她好像又一次把郑肴屿给整生气了……

郑肴屿作为郑家根正苗红的“太子爷”，自身有实力、有手腕，又有学历、有修养，在外面通常是自带气场、不怒自威的。

生气发脾气实在太低级，不符合他一直以来的人设，尤其是他微笑着推一推金丝眼镜框，那满满的斯文败类的气息，让人根本不敢得罪他，就怕自己不知道在什么时候就着了他的道儿。

别人都不敢的，韩辰绘敢；别人都没有的本事，韩辰绘有。

郑肴屿飞快地抽完了一根烟，一刻都没有停，立刻又点燃了第二根。

他先是双手撑在窗台上，望了望外面的花园，一分钟之后，转向韩辰绘，指间夹着香烟，狠狠地指了指她，黑着脸，压低声音道：“你荒谬！荒唐！连我都不得不配合你‘尬演’，你可真行啊。”

韩辰绘慢慢地垂下脸。

郑肴屿继续控诉：“我是不是上辈子造孽了，命中注定该遭此劫啊，才让我认识你？”

韩辰绘脑袋垂得更低了，慢慢地朝郑肴屿的方向蹭了过去，最后站在他面前，嘀咕：“对不起，是我错了……爷爷那么说你，我要是什么都不说、不做，会让他们以为我们感情不好……虽然事实如此，但我不想让他们知道我们感情不好，我不想……”

说着说着韩辰绘竟然又哭了起来：“郑肴屿，我也要脸的，别的我都不在乎了，我就是不想让你们家的人知道我们感情不好……”

郑肴屿静静地看着面前的韩辰绘，她哭得很伤心。

郑肴屿又吸了一口烟，一时之间竟分辨不出她是来真的还是又在演。

又过了十几秒，他还是没有辨别出来。

郑肴屿轻轻地吁了一口气，将香烟按灭在烟灰缸里，又顺手将烟灰缸丢到窗台上。他特意空出两只手，慢慢地张开双臂，将哭成一团的韩辰绘轻轻地揽进怀中。

他不抱她还好，这一抱她，她更挡不住了，哭得越来越厉害，眼泪都糊在郑肴屿的衬衫上了。

“如果你真的这么想，为什么不提前和我沟通呢？”郑肴屿声音十分低沉，“这样我也好陪你演一出好戏，而不是像刚才在爷爷那儿‘尬演’，真的，韩辰绘，我郑肴屿活了二十几年都没有那么尴尬过，我真是又想笑又想骂人又想打你的屁股。”

打屁股……韩辰绘顿觉屁股一痛。

她将眼泪都糊在对方的衬衫上，慢慢地抬起红红的双眼，小声嘟囔：“因为……因为我上辈子也造孽了……大家一起来‘度劫’吧……”

郑肴屿无语了。

小两口在顶楼的窗台前抱了半个小时。

等到韩辰绘的眼睛稍微消肿，她又补了一次妆，才坐室内电梯下楼。

一楼的客厅。

大嫂欧阳萍正坐在沙发上看家庭影院。

见到郑肴屿和韩辰绘手牵手走过来，她挑了挑眉梢，“哟，辰绘这是怎么啦？好像哭过？”

韩辰绘笑了起来：“嗯，没事，刚刚肴屿说我太丑，我就气哭了，现在已经好了……”

郑肴屿在一旁配合地微笑。

“什么？你丑？”欧阳萍捂嘴笑了一下，“你要是丑，那这个世界上就没有长得好看的女生了，肴屿明显是逗你玩呢。他呀，娶了个这么漂亮的媳妇儿，得了便宜还卖乖呢。”

韩辰绘故作羞涩地一笑。

这个时候，玄关处传来了声音。

紧接着一道俏皮的男童音传来：“小婶呢？我怎么没看到小婶？爸爸，你不是说小婶在吗？你骗我呀？”

然后是一道浑厚的男声传来：“爸爸怎么会骗你？小婶在屋里呢。”

小婶？韩辰绘一顿，这个称呼一定是指她了吧？

她皱了皱眉，下一秒便意识到这是大哥、大嫂的大儿子小布。

“小布！”韩辰绘往玄关处走。

“小婶！”伴随着一声欢乐的童音，一个六七岁的小男孩飞奔而来。

韩辰绘没有直接抱他，毕竟小布是大哥、大嫂的儿子，她和大哥、大嫂就不熟，和小布更谈不上熟了。她蹲下身，轻轻地接住扑过来的郑小布。

郑小布一见到韩辰绘就问："小婶，你为什么好久都不来看小布了呢？"

其实他们一共也没见过几次，不过从第一次见面，郑小布就记住了美丽的小婶。

还没等韩辰绘说话，欧阳萍已经从沙发那走了过来："小布，不要闹你小婶了，她有工作的，平时没太多时间。"

"那好吧。"郑小布目不转睛地盯着韩辰绘的脸，自己的脸蛋儿上竟慢慢地泛起一丝红晕，"小婶，你长得好好看，你是天上的仙女吗？等小布长大，你给小布当老婆好不好？"

大哥郑致远和大嫂欧阳萍立刻吓得脸色煞白，不约而同地望向站在韩辰绘身后的郑肴屿。

"肴屿……"欧阳萍小心翼翼地道。

"小孩子，童言无忌。"郑肴屿微微扯动了一下唇角，也看不出来他到底是笑还是没笑。

韩辰绘抬头望了一圈。

只是小孩子的一句童言，再看郑致远和欧阳萍那种仿佛见了鬼一样的表情，韩辰绘就足以推断出他们有多么惧怕郑肴屿这位"太子爷"。

倒是真像古代宫廷了，太子爷的地位至高无上、独一无二。

韩辰绘揉了揉郑小布肉肉的脸蛋儿："小婶已经做了小叔的老婆，就不能做小布的老婆了，等你长大，会有更漂亮的女孩子喜欢小布，做小布的老婆的。"

小布眨了眨眼："世界上会有比你更漂亮的女孩子吗？"

韩辰绘脸上的笑容根本收不起来。

哎哟，就算对方是个小孩子，可是这个彩虹屁吹得她怎么就这么舒服呢？

如果郑肴屿能有他侄子郑小布一半的功力，她岂不是每天都要在天上飘着下不来了？

"那个……"欧阳萍怕郑小布再"童言无忌"，整出来更加"大逆不道"的话，便故意岔开话题，"刚刚我给盛秘书打过电话，爸和郑太太可能要晚上才能回来，三弟应该会和他们在一起。"

韩辰绘抿了抿唇，心想在场的人能称呼孙蔓宁为"妈"的，竟然只有郑肴屿和她。郑家可真是奇葩。

午餐时分，郑肴屿和韩辰绘、郑致远和欧阳萍，以及旁系的两个兄弟陪着郑老爷子吃了一顿丰盛的海鲜大餐。

吃完饭之后，韩辰绘坐在客厅的沙发上休息了半个小时，郑肴屿便带着她出去遛弯儿。

韩辰绘感激涕零——让她待在郑家那一群“影帝”“影后”之中，她实在是太卑微了，她的辣眼睛演技如果有这些人的皮毛，她也不至于招致网友们的吐槽。

不知道是不是由于韩辰绘之前在顶楼的那些话，郑肴屿竟有意无意地配合她开始演了，两个人手挽手甜甜蜜蜜地离开了老宅。

华清园之中四通八达，到处是通车的山路，山路两侧是不规则的石子路，供人行走。

韩辰绘沿着路边走，张开双臂，模仿小企鹅的动作，一边走一边晃。

郑肴屿叼着香烟，跟在她身后。

阵阵山风拂过脸庞，一男一女，一前一后。

“华清园真的好棒啊，风景秀丽，天然氧吧！我好喜欢山间别墅！等我什么时候赚大钱了，我也要买一栋，找小姐姐们来赏景、喝酒！”韩辰绘突然转过身来面对着郑肴屿，慢慢后退着走，“上次你去 M 国的时候……就是两三个月之前，我和你打视频电话，你在旧金山住的也是山间别墅，好美啊！我超喜欢，感觉可以俯瞰半个旧金山了。华清园哪都好，就是不能俯瞰京城，有点儿遗憾。”

说完这段话，韩辰绘又转过身去，继续像小企鹅似的微微张开双臂，一走一晃。

郑肴屿问：“你真的这么喜欢山间别墅？”

“嗯！”韩辰绘点了点头，“喜欢！等我事业有成，赚大钱了，我就买一栋。”

郑肴屿和韩辰绘之间保持着一米的距离。

他轻描淡写地说：“如果你真的喜欢，现在我就可以在华清园买一栋，很简单的事情。”

韩辰绘沉默不语。

几秒钟之后，她坚定地摇了摇头，小声嘟囔起来：“你少臭美了，我都说了要自己买的。”

山风吹过，她的长鬈发和路边的柳树枝一起随风飘动。

“辰绘。”郑肴屿轻声唤她。

“嗯？”韩辰绘转过头。

一个吻便印在了她的唇角。

韩辰绘眨了眨眼，这个浅尝辄止的吻和在床上的截然不同，在床上的与其说是“吻”，不如说是“欲”，而现在这个更像是个吻。

郑肴屿很少会吻她，她更不会去吻郑肴屿了。

“接吻”这种感觉可真微妙，又美妙。

山间的风徐徐吹来，风中似有泉边的草木香。

一个吻，真正的吻。

接吻是什么感觉呢？又甜又软，又飘飘然。

韩辰绘慢慢地闭上了眼睛。她在仔细品尝郑肴屿的味道。她当然知道郑肴屿也在品尝她。

两个人就这样在微微掠过的山风之中轻柔地接吻。

但好景不长，韩辰绘就感觉出来他们的吻在慢慢地变质——熟悉的感觉又回来了，他一边吻着她，一边动手动脚，已经不是单纯的“吻”，“欲”的成分越来越重。

韩辰绘微微皱了皱眉，挣扎起来，猛地推开了郑肴屿。

害羞脸红的韩辰绘捂住脸：不行！她现在这个样子也太殀了！一点都不像江湖儿女、英雄好汉！

不就是接个吻吗？不就是这个吻越来越“欲”了吗？她怕什么？她这两三年在娱乐圈混、跟郑肴屿混，什么大场面、小场面、不大不小的场面没见过？

几秒钟过去，韩辰绘便放下捂着脸的双手，虽然脸上的红晕并没有褪去，以郑肴屿的视角来看那就是又可爱又傲娇，但她自己并不知道，她梗了梗脖子，然后在郑肴屿伸出手，扣住她的后颈，将她压向他，明显又要吻她时，强行转开脸：“不行……”

郑肴屿的吻不偏不倚正好印在了她的脸蛋儿上。

韩辰绘不满极了，又推了下郑肴屿的胸膛：“好端端的你亲我干什么？你不要以为我不知道你想干什么？”

“哦？”郑肴屿突然轻笑一声，呼吸喷在她的脸蛋儿上，声音压至最低，“那你说，我想干什么？”

韩辰绘侧了下脸，眼角的余光自下而上地瞪着郑肴屿，看到他那似笑非笑的表情、意味深长的眼神，她的脸颊涨得更红了。

“你滚！你和我在一起的时候，就总是想这点事儿。”韩辰绘推了推郑肴屿，小声嘟囔，“你不要脸，我还要脸的！”

说完，韩辰绘便不再搭理郑肴屿了，气呼呼地继续往前走。

韩辰绘越走越郁闷，刚才想要买山间别墅，对未来的美好憧憬，顷刻间化为乌有。

她和郑肴屿之间……就真的“塑料夫妻”到这样的程度吗？

两个人不管说点什么、做点什么，最后都是一个结局。

虽然韩辰绘早就知道他们两个是“饮食男女”，但今天所发生的事情，她还是有点儿接受不了。两个人明明很温情地在散步，甚至他主动吻了她，本来是一个可以作为美好回忆的接吻，搞到最后还能歪到那上面去……

她不知道他对别人是怎么样的，反正对她就是，三言两语直奔主题，突出一个“简单粗暴”。

郑肴屿这种男人，是怎么让外人觉得他是个清冷斯文、冷漠禁欲的存在的？

撕去那些假象，他真是漫山遍野地开满了“欲望之花”……

最可气的是，她自己还吃他这一套！

难受，她太难受了。

韩辰绘正在心中一边骂郑肴屿，一边骂自己，手却被后面走上来的人给握住了。

她微微侧过脸，正看见叼着烟的郑肴屿。

韩辰绘对他翻了个白眼，却没有甩开他的手。

她是懒得傲娇了，而且她也知道郑肴屿主动来牵她是什么意思，哄她，他这是在哄她。

韩辰绘都快要感动哭了，郑肴屿竟然能过来哄她……

既然郑肴屿主动求和哄她，她也不能一直不给他面子，否则就不是傲娇，而是矫情了。

不过“面子工程”还是要维护的，她傲娇地道：“我只让你牵一分钟哦。”

郑肴屿却微微笑了一下，道："好，就一分钟。"

两个"小冤家"倒像是小情侣似的，手牵手漫步在山间。

他们绕着华清园走了一圈。

之前韩辰绘几次来华清园，都是坐着车直奔老宅或者郑万杰和孙蔓宁的住处，这是第一次可以慢慢地欣赏山间风光。

虽然说只牵一分钟，事实上却是韩辰绘和郑肴屿牵手时间最长的一次，他们从牵上就没有松开过，直到回到老宅。

老宅里格外热闹，偌大的客厅里，站着的、坐着的，足足有十来号人。

韩辰绘和郑肴屿手牵手地走了进去。

两方人互相假惺惺地打招呼。

韩辰绘第一时间注意到端坐在沙发上的孙蔓宁。

孙蔓宁今年有五十多岁了，可从外貌到气质、从衣着到打扮、从言行到举止，根本看不出她的年龄，周身透着高贵的气息，让人觉得她就是三十几岁的贵妇。

她出身豪门，又嫁入门当户对的豪门做正房太太，是真正的活在天上，没吃过一点人世间疾苦，是一个非常不接地气的人物。

韩辰绘牵着郑肴屿走了过去，恭敬地唤道："妈。"

韩辰绘这一声"妈"，算是给客厅里的其他人提了醒，他们默契地逐渐沉默下来。

孙蔓宁优雅地饮了一口茶，面无表情地抬起眼，看了看韩辰绘和郑肴屿，视线慢慢落到了他们紧紧相握的手上，这才稍微松了松表情："回来了？"

看来孙蔓宁已经知道他们两个出去遛弯儿了。

韩辰绘乖巧地说："嗯，我们四处转了转，华清园的风景好美，我们忍不住就多看了一会儿。"

孙蔓宁轻轻放下手中的茶杯，慢条斯理地理了一下自己的领口："如果喜欢这里，可以让肴屿带着你常过来。"

韩辰绘继续装乖巧："嗯嗯，我们有时间就会回来孝顺爸妈的。"

"那真不巧了，"孙蔓宁假假地微笑了一下，"我和你爸，肴屿和你，都挺忙的。"

韩辰绘还是装乖巧："爸妈辛苦了，我也没什么好送的，就带了自己亲手贴的羽毛画，希望爸妈不要嫌弃。"说着她就转身要去书房取画。

"别忙了。"孙蔓宁看着韩辰绘，"你亲手制作的，我们怎么可能会嫌弃呢？等会儿离开的时候再取吧。"

韩辰绘立刻转回身，再次装乖巧："好。"

在座的各位估计心里在想，眼前"婆慈媳孝"的画面，要不是出自郑家，他们可能真会感动哭。

而在郑家这个每个人都身怀演技，一个比一个笑得假的"假面王国"，恕他们只能从温馨的画面中读出来诡异。

韩辰绘又和孙蔓宁不咸不淡地聊了几句，孙蔓宁便出去接电话了。

韩辰绘终于可以松一口气。

她用小手拍了拍自己的胸膛，凑到郑肴屿面前，小声嘟囔："孙女士的气场好强，她又是我婆婆，和她说话太累了，我表现得怎么样？"

郑肴屿实话实说："很好。"

"那当然！"韩辰绘用一只手挡住嘴巴，悄声说，"我这一路上都在心里排练，想着我要怎么说话才能不出错、不惹孙女士生气，她要是问我问题，我应该怎么回答。虽然我的演技一团糟，但是我的智商是很高的，对不对？"

郑肴屿微笑着看他的傻媳妇儿，沉默是他最好的回答。

晚餐时分，一大家子人围在老宅的花园里共进晚餐。

郑万杰临时要出席一个会议，没有赶回来。

而今天聚会的主人公，郑肴屿的三哥郑宏义，也没到场。

没人主动说郑宏义的事，韩辰绘也不敢过问。

郑老爷子心情很好，找出自己珍藏多年的酒："你们这帮小兔崽子，一个个长大了，成家立业就翅膀硬了，也不说常回来看看我，今天难得聚得这么齐，你们必须让我尽兴，来个不醉不归！"

管家给韩辰绘倒酒的时候，韩辰绘大眼睛骨碌碌地转。

虽然她酒量很好，也特别喜欢有事没事出去喝几杯，但在郑家的人面前……她最好还是保持淑女形象，继续立好"二十四孝"好媳妇儿的人设吧？

嗯，就这样。她立刻可怜巴巴地咬了咬下唇，看向郑老爷子："对不起，爷爷，我不会喝酒……”

郑老爷子有些意外：“哦？辰绘不会喝酒吗？我还以为你酒量很好呢，你这可不像韩老弟的孙女啊。”

遭了，郑老爷子把她爷爷搬出来了……

韩爷爷和她父亲韩宗琦的酒量都是众所周知的好。

郑肴屿突然开口：“是真的，爷爷。”他拿过韩辰绘面前的酒杯，“辰绘不会喝酒，我替她喝吧。”

“老公，你真好！”韩辰绘娇滴滴地往郑肴屿身上靠了靠，一脸崇拜地看着他。

郑肴屿微笑着看向韩辰绘，毫不顾忌地直接对准她的脸蛋儿亲了一下，二话不说将韩辰绘的酒一饮而尽。

“爽！”

“帅！”

“再来一杯！”

众人一拥而上，开始吹起彩虹屁。

“论喝酒，那还真就得是肴屿，别人谁都不好使……”

然后郑肴屿就替韩辰绘挡了所有的酒。

韩辰绘则双目放光、满脸崇拜、深情款款地看着她的老公郑肴屿。

孙蔓宁优雅地小口浅酌，目光时不时地在郑肴屿和韩辰绘之间移动。

目前看来，她的这个儿媳妇儿还是很爱她儿子的。

不过……她总觉得有些浮夸……

任孙蔓宁再见多识广，也幻想不出来以如此浮夸的画风，平时两个人在家是怎么过日子的。

那几个人酒至三巡，韩辰绘回到别墅里去解决“三急”。

她在卫生间里洗完手，又认真补了一次妆，足足待了十分钟才出来。

韩辰绘走进花园，一阵微风吹向两旁的柳树，枝繁叶茂的柳枝左右晃动，幅度十分迷人，如繁星般的柳絮在月光下险些闪出银色的光芒。

韩辰绘没有停步，继续往前走了十米，慢慢地停了下来，只因一辆黑色轿车拦在了她面前。

从副驾驶位上走下来一个黑衣男，他快速地走到轿车后方，从后备厢里取出一辆轮椅，简单组装了一下，推到车后门处。

车子的左侧后门打开，在两个黑衣男的帮助下，一个身形精瘦的男人坐到了轮椅上。

韩辰绘眨了眨眼。

眼前这几个男人她都不认识，大概不是郑家的人吧？

不过……他们是怎么来到老宅的花园的？

算了，这不是她应该操心的问题，既然外面的保镖能让他们进来，说不定是客人呢？

韩辰绘转过身走了。

她刚走了两步，身后便传来一道清亮的男声："韩辰绘？"

韩辰绘有些疑惑地回过身。

说话的是那个坐在轮椅上的男人，他看起来较为成熟，三十多岁，样貌嘛……和郑肴屿比肯定是不配相提并论的，但放在普通人中也算是很帅气的。

"你好。"他笑了笑，"我是郑宏义。"

那一瞬间，韩辰绘竟愣住了。

不知道为什么，她的脑海中竟然浮现起她和郑肴屿第一次见面时的场景，他沐浴在午后暖暖的阳光里，也是微笑着对她说："你好，我是……"

"韩小姐？"

郑宏义将她喊回现实。

原来他就是那个传说中的郑宏义，郑肴屿那个出过车祸的三哥。

"你好，"韩辰绘礼貌地微微一鞠躬，"三哥。"

郑宏义挑了挑眉梢，驱着轮椅靠了过来，停在了韩辰绘面前。

韩辰绘歪了下头。

然后下一秒，郑宏义便突然要从轮椅上站起来，可他的双腿已废，他根本站不起来，身体直接向前倒去。

"小心！"韩辰绘想都没想，赶忙伸手去扶他。

就在这个时候，一道又冷漠又低沉的声音响起："辰绘！"

韩辰绘顺着声音的方向一转头。

郑肴屿指间夹着香烟，站在几米远的地方，面无表情地看着她。

第六章　第一次约会

韩辰绘看了看一脸阴沉的郑肴屿，又看了看自己正扶着的郑宏义。

不妙！非常不妙！韩辰绘顿时警铃大作，脑子转得飞快。

按照她过去演的电视剧剧本和最近她因为在写小说看过的那些“霸总文”来看，现在这个情况就像一场大戏！郑肴屿是腹黑霸道的男主角，郑宏义是残疾阴险的男二号，而她就是那朵风中凌乱的小白花女主角。

按照正常剧情来看，现在男主角郑肴屿应该是误会了她和郑宏义，隐约感觉到头上有点儿“绿色”，也许误会他们有一段不可告人的过去，也许误会他们一见就来电，暗暗地开始眉目传情、暗通款曲……

这个时候男主角通常会非常生气，非常愤怒！

韩辰绘小脸煞白，瑟瑟发抖，没办法再想下去了。

恐怖的剧情越跑越偏，她绝对不能让以上的情节发生！

即便如此，毕竟郑宏义双腿残疾，韩辰绘用最快的速度将郑宏义按回轮椅上坐好，然后立刻像扔垃圾一样扔掉郑宏义，二话不说噔噔噔地跑到郑肴屿身边。

夜风徐徐，柳枝轻摇，韩辰绘和郑肴屿面对面站着。

郑肴屿面无表情地注视着她。

她想了想，伸出手，轻轻握住郑肴屿没有夹烟的手，将他往外面拉了几米——好歹郑宏义是郑家的人，是郑肴屿的三哥，有些话还是别当着人家的面说，互相给个面子、给个台阶下比较好。

韩辰绘看着郑肴屿，眨了眨眼，乖巧地说："我要跟你说清楚，我之前可不认识你三哥，我们之间没有任何过往，好的、坏的都没有，我们不是老熟人，更不是老相好，你不许多想，玷污本宫的清白！"

郑肴屿眉峰一挑。

"还有，"韩辰绘依然乖巧地说，"虽然这是我和你三哥第一次见面，但我和他之间可是清清白白的，别说火花了，连火星子都没碰出来哦！"

郑肴屿唇角微微一动。

韩辰绘附到郑肴屿耳边："你看他长的样子，也就一般，我怎么可能会第一面就对他有感觉？我还是很'颜控'的！"

郑肴屿唇角弯起一个微小的弧度，轻轻笑了笑，脸色顷刻间变好了太多。

韩辰绘又瞥了郑宏义一眼，小声嘟囔："我连你这么帅的都没感觉，更别说他了。"

这女人真是狗嘴里吐不出象牙，郑肴屿刚刚有了点温度的脸色瞬间又降至冰点。

他强硬地反握住韩辰绘的手，牵住她，转身之前意味深长地看了郑宏义一眼。

那是一个充满了不悦、不屑、不爽的眼神，当然，所有的情绪都可以总结为两个词语：警告和威胁。

郑宏义淡淡地一笑。

等到郑肴屿牵着韩辰绘离开，之前坐在副驾驶位上的黑衣男走了下来。

这位黑衣男叫付东升，是郑宏义的秘书兼保镖，跟了郑宏义十几年。

付东升推着郑宏义往前只走了两步，便低声说："三少爷，郑肴屿也太盛气凌人了吧……您才刚回国呢，他就开始给您下马威了，他是不是欺人太甚啊？"

郑宏义却笑了一声，道："我们郑家这位太子爷是什么脾气、性格，你不是第一天见识吧？"

付东升一脸纠结："我就是觉得他这人太分裂，看起来那么清秀斯文，做事也太任性偏激了……”

“你可能是这个世界上唯一会评价我们家太子爷做事偏激的。”

付东升不以为然：“那是因为外面的人都被他的外表给骗了！”

郑宏义望着远方手牵手、肩并肩的郑肴屿和韩辰绘，又笑了一下，道：“他在郑家大权独揽，又有孙家的势力捧他，现在可能连父亲都搞不动他，可他又永远看起来礼节周全，让里里外外的人都挑不出毛病，这样的人内心不偏激是不可能的！你是看着他长大的，你觉得他看得起谁？所以他对人的礼貌，一部分是因为他受到的教育，另一部分就是他根本就看不起那些人。他对能让他产生情绪波动的人物，绝对展现的是另外一面，甚至能让对方觉得是不同的人，因为他亮真面目了，就像他对他老婆、对我们……”

付东升推着郑宏义往花园聚餐的方向走去：“我只是觉得，他不应该把所有的错误都推到您身上……”

郑宏义笑了笑。

“他已经骑在您身上为非作歹太久了……也够了吧……”付东升愤愤不平，“不说别的，就说他的老婆，那韩辰绘明明应该是……”

“你闭嘴，别说了，小心惹火烧身。”郑宏义目视远方——郑肴屿和韩辰绘已经手牵手回到了宴席上，郑肴屿还体贴地为韩辰绘拉开椅子。

郑宏义又道：“木已成舟。”

韩辰绘和郑肴屿回到座位上，没一会儿郑宏义便坐着轮椅过来了。

郑老爷子立刻站了起来，微微俯身和郑宏义握了下手。

“爷爷。”

“回来了就好，回来了就好啊……”

郑宏义和郑老爷子聊了几句，便被付东升推着和在座的各位一一打招呼。

到孙蔓宁面前的时候，郑宏义恭敬地称呼：“太太。”

孙蔓宁用余光睨了下他，慢慢地点了下头，就算是回过礼了。

韩辰绘莫名其妙地看着对面的孙蔓宁和郑宏义，本来她就觉得郑家的氛围怪怪的，现在只觉得更怪了……

唉……做了郑家的儿媳妇儿，真是难为她了。

韩辰绘抽了抽鼻子，差点为自己的悲惨命运落泪，毕竟她这种仙女，和郑家这种画风严重不符呀！

付东升推着郑宏义来到了郑肴屿和韩辰绘旁边。

“肴屿，弟妹。”

两方、三人，好像都不记得之前那个小小的插曲了。

韩辰绘和郑宏义仿佛是刚刚见面一样，微笑着站起身，礼貌地招呼：“三哥。”

郑肴屿则饮了一杯酒，和他母亲孙蔓宁差不多，用余光睨了对方一眼，这已经是很给对方面子了。

郑宏义和大家打完招呼便入席了，坐在大哥郑致远的旁边，两个人客套了起来。

韩辰绘望向郑宏义的方向。

来了一个她之前没见过的郑家的人，她的好奇心又起来了。

郑肴屿放下酒杯，拿起刀叉，轻轻切了一块羊排，强硬地喂给正看郑宏义的韩辰绘。

嘴里突然多了一块羊排，韩辰绘转过脸看郑肴屿——她立刻反应过来，对啊，他们现在正在演一对感情爆好、腻腻歪歪的恩爱夫妻呢！还是郑肴屿专业！她动了动嘴巴，然后对郑肴屿甜甜地一笑，眉眼弯弯的。

“好吃！”韩辰绘也拿起刀叉，对准郑肴屿盘中的羊排，一边切一边嘟囔，“礼尚往来，我也要给你切一块。”

说着，韩辰绘便叉着一块羊排递给郑肴屿。

郑肴屿微笑了一下，张开嘴巴，吃掉了韩辰绘喂给他的羊排。

小两口旁若无人地你喂我一口，我喂你一口，他们两个人吃羊排还没吃饱，周围的人吃“狗粮”倒是吃饱了。

晚上郑老爷子说什么都不让大家离开，除了孙蔓宁先行告辞，回了她同在华清园的家，其他人都只能留宿在老宅。

郑肴屿在老宅有独属于他的房间。

韩辰绘在浴室里美滋滋地泡了个澡，郑肴屿被郑老爷子叫到书房去不知道做什么，她便自己出来透透气。

她来到三楼的露天阳台，深深地呼吸了一口空气，感受山间的夜晚。

几秒钟之后她便发现三楼的露天阳台上竟然有另外一个人。

坐轮椅的人，只有郑宏义。

韩辰绘尴尬地笑了一下，打招呼："三哥，好巧啊。"

郑宏义也笑道："我那个房间两三年没人住了，一股死气沉沉的味道，憋都能憋死人，我先出来透透气。"

"嗯。"

韩辰绘和郑宏义不熟，但她和他也没有故事，没必要避嫌，她就故意离他远一些，站在旁边吹风。

几分钟之后，郑宏义突然开口问："你和郑肴屿结婚也快两年了吧，他对你好吗？"

韩辰绘警惕地看了郑宏义一眼：他为什么这么问？难道……难道……他看出来他们两个人感情不好，在演戏了？她知道自己演技很差，但郑肴屿的演技可是一等一的，是怎么被他看出来的？

看到韩辰绘眼中的警惕，郑宏义解释道："你不要误会，我没什么非分之想，就是单纯聊聊天。"

哦，原来他没看出来。韩辰绘这才放心了，小手一挥，开始乱吹："好啊，他对我当然好，我们感情特别好，我离了他不能活，他离了我也不能活，我们是在天愿作比翼鸟，在地愿为连理枝……只要他一句话，他让我往东我就往东，让我往西我就往西，让我坐火车我就不坐飞机，让我吃糟糠我就不吃大米，让我去蹦极我绝不去蹦迪，让我去撵狗我绝对不赶鸡……"

韩辰绘乱吹了五分钟，吹得自己都口渴了。

郑宏义轻轻地笑了笑。

"三哥，我有点儿冷了，先回去了，晚安。"韩辰绘赶忙告辞，回了卧室。

郑肴屿已经回来了，没有换衣服，依然是白天的衬衫领带，正坐在床边随意地滑动着平板电脑。

韩辰绘上床，躺进被窝里，推了推郑肴屿的背脊："你要是不忙的话，就快去洗澡，完了我们赶快睡觉，演了一天，比拍戏时间都长，可累死我了。"

郑肴屿微微侧脸，瞟了韩辰绘一眼，没有说什么，起身去浴室。

韩辰绘刷了几分钟手机，再将手机往床头柜上一扔，蜷在被窝里，闭上眼睛。

她刚才没有胡说，演了一天是真的累……

她很快就进入半睡半醒的状态。

她虽然睁不开眼睛，但能听到卧室里的声音。郑肴屿已经洗完澡，先接了个电话，简单说了几句挂断，关灯上床。

他一躺到她身边，韩辰绘便感觉到自己落入了一个炙热的怀抱里。

他轻轻地拂开她颈后的发丝，密密麻麻的吻印了上去。

“嗯……”当肩膀的吊带落了下来，身体也被翻过来的时候，韩辰绘终于迷迷糊糊地睁开了眼，“在爷爷家，隔壁都有人在，我今天不要和你……”

郑肴屿根本不管韩辰绘，深深地吻她的唇、脸、脖颈。

“这里隔音很好，他们都听不到。”

“那也……”韩辰绘软绵绵地抗议，“那也不要……”

“嗯？”郑肴屿突然停下动作，然后凑到韩辰绘面前，和她额头顶额头，鼻尖对鼻尖，似笑非笑地道，“你不是说只要我一句话，让你往东你就往东，让你往西你就往西吗？”

韩辰绘一脸蒙。

“我让你坐火车你就不坐飞机？”

韩辰绘囧死了。

“我让你去蹦极你绝不去蹦迪？”

“别说了！”韩辰绘四肢乱动起来，疯狂撒娇、耍赖，“你不许再说了！不许！”

要不是已经关了灯，她现在的脸怕是已经红成猴屁股。

郑肴屿轻轻地笑了一声，继续道：“我让你去撵狗你绝对不……”

韩辰绘立刻捧住郑肴屿的脸，用一个吻堵住了对方的嘴巴。

如果“查岗门”和“耳机门”是韩辰绘人生中的尴尬高峰，那么“主动献吻郑肴屿”就是她人生中的后悔最高峰，没有之一！

她怎么就管不住自己的手呢？怎么也管不住自己的嘴呢？

一个谎言要用无数个谎言来圆——如果他们不在郑家扮演恩爱夫妻，她就不会被迫在郑宏义面前闭着眼睛吹郑肴屿的彩虹屁，也不会被正主给尽收耳中，更不会被对方拿来揶揄她，害得她尴尬、害羞，只能……只能用一个吻让对方闭嘴。

次日正午，韩辰绘是在一个温暖的怀抱之中醒过来的。

她懒洋洋地哼唧了一声，身体无比乏累，大脑一片空白，只想继续睡觉。她往那个熟悉的怀抱中拱了拱，找了一个舒服的姿势，又睡了过去。

这一次她没有睡太久，一阵突如其来的敲门声惊醒了她。

“肴屿、辰绘，老爷子在等你们吃午饭……”

两秒钟之后，韩辰绘猛地睁开眼。

她正枕着郑肴屿的胸膛，抬起的视线恰好和郑肴屿的撞到了一起。

韩辰绘愣愣地眨了眨眼，郑肴屿也目不转睛地盯着她。

敲门声继续：“肴屿、辰绘，起来了没？回一声。”

韩辰绘吓得顿时花容失色——从阳光照射进来的程度她就可以知道现在时间绝对不早了，再看看卧室的摆设，这不是在他们的红叶名邸，而是在郑老爷子的华清园老宅！

看到韩辰绘的脸色一阵白一阵青一阵黑的，郑肴屿微微笑了下，对门外的人说：“起来了，马上下去，让爷爷别等我们。”

“好。”门外的人离开了。

“这……这……”韩辰绘气得冒烟，翻身骑到郑肴屿身上，使劲摇晃对方的肩膀，嗓音微哑地道，“在爷爷家一起睡到太阳晒屁股，我们两个还要脸吗？一会儿出去了我们怎么见人！都怪你，都怪你……”

郑肴屿伸手按住身上的韩辰绘，顺势亲了下她的脸蛋儿：“之前也就算了，昨天晚上到底应该怪谁？”

韩辰绘被问傻了，昨天晚上……好像确实是因为她主动……吻了他……

韩辰绘的脸蛋儿瞬间涨得通红，又捶了郑肴屿的胸膛一下，凶巴巴地说：“郑肴屿，你先别得意，我迟早要你好看！”

撂完狠话，韩辰绘翻身下床，刚走了两步便捂住腰，回身瞪了郑肴屿一眼，颤颤巍巍地走进浴室。

一楼餐厅。

在座的各位只要看韩辰绘，就是暧昧的微笑和眼神。

韩辰绘低垂着脑袋，根本没脸抬头。

让韩辰绘无语的是，昨天他们演了一天，从孙蔓宁到郑宏义，脸上都写满了质疑，而今天……他们不演了，反倒让众人深信不疑……

无论郑老爷子如何软硬兼施，韩辰绘说什么都不想在华清园住了，还不够丢脸的?

郑肴屿显然看出来韩辰绘的心思，直接对郑老爷子说："爷爷，我公司还有合同要处理，今天就不在这边住了，有时间我会常带辰绘回来小住的。"

郑老爷子百般不情愿，但郑肴屿都把工作抬出来了，他实在没有强留的道理，只能叹了口气，道："那你要记得你的话，常带辰绘过来，否则我一定不会饶了你……"说着，郑老爷子又看向和郑肴屿手牵手的韩辰绘，"辰绘，不用等肴屿，都是自己家，有空儿你就自己过来，让爷爷亲眼看着你贴一幅羽毛画。"

"好，一定的，爷爷。"

之后的半个月，韩辰绘每天都去君视传媒报到，一边和同事们讨论《火光之恋》的前期宣传，一边和《我们来恋爱吧》节目组的工作人员交流。

而郑肴屿一直没出差，其间除了有几天夜不归宿，其他时候都会在晚饭时间回家，最晚不超过半夜十二点。

如果他回来得早，就会陪韩辰绘吃饭、游泳、赏花赏画、逗鸟吵嘴。

郑肴屿沉迷在自己"二十四孝"好老公的人设里，可就苦了韩辰绘——他不出去玩了，她自然也不能了。

韩辰绘只能在家里做起"名门淑女"来，除了钻研剧本，就是欣赏书画——郑肴屿的鉴赏水平还是很高的，韩辰绘时不时端出一幅画作、一联书法，他也可以说出一些见解。

时珊珊好几次找韩辰绘都叫不出来，以至于时珊珊直接问她："你最近什么情况？是不是被郑肴屿给绑架了？需不需要报警？"

"我最近在家钻研剧本，真的，我要靠下部剧翻身呢。"

她总不能说她和郑肴屿两个人在做"二十四孝"好夫妻，一起在家里

"养鱼"培养情操吧?

连十二夜的小栀子都给她发过一次微信:"小灰灰,你怎么好久都不来玩啦?"

韩辰绘这个着急呀!

唉,这都是什么事啊。

半个月过去后,郑肴屿又开始忙碌起来。

他开始出短差,不出国,就在国内到处飞,一走三五天。

只要郑肴屿一走,韩辰绘立刻原地满血复活!

好景不长,韩辰绘要开工了,《我们来恋爱吧》这个情侣扮演综艺节目终于开始了第一期的录制。

第一期的主题是"我们来约会吧",毕竟一段正常的恋爱大部分是从约会开始的。

在经纪人 Anemone 的陪同之下,韩辰绘来到了电视台大楼。

大门前堵满了举牌尖叫的粉丝。

她们显然是知道张润晨今日的行程,特意提前来蹲守。

韩辰绘和 Anemone 以及几个工作人员和助理,从大楼的后门进入。

她到达会议室才发现,原来张润晨早就到了,心疼楼下的粉丝们一秒钟。

《我们来恋爱吧》的节目导演是一位三十出头的女导演,等到三对 CP 全部到齐,她朗声宣布:"大家应该早就拿到我们今日的流程表和台本,待会儿在大厅拍完,就转去各自的拍摄地点,游乐场的路人最多,负责人员一定要格外注意安全问题……"

散会之后,大家前往一楼的大厅,三对 CP 先在一起拍一个小时,再各自散开。

韩辰绘和 Anemone 往电梯的方向走的时候,张润晨叫住了韩辰绘。

"你会不会紧张?"

韩辰绘笑了一下,道:"还好,综艺节目嘛,虽然有台本,但毕竟是有自由发挥的地方,比拍戏好多了,我拍戏是真紧张。"

Anemone 在旁边笑了起来:"你还好意思说呢?"

韩辰绘眉眼弯弯："没办法，我被喷怕了啊。"

最后，张润晨用只有韩辰绘能听清的音量嘀咕："其实……我好紧张……真的……"

韩辰绘不明所以地看了张润晨一眼。

《我们来恋爱吧》这个节目就是请明星来，凑成几对节目 CP，在节目中扮演情侣，拍摄过程中要像真情侣一样。

韩辰绘和张润晨这对 CP 的约会地点是游乐场。

一进入游乐场，韩辰绘便稍微愣了下——她已经多久没有踏足游乐场了？上一次还是她二十岁生日那天，和贺开晨来的。

贺开晨……韩辰绘脑海中慢慢地浮现出一张微笑着的清秀脸庞。

以前读书的时候，韩冬果的男朋友冯至期是小校草，贺开晨则是大校草。

韩辰绘的"颜控"属性绝对不崩！

贺开晨和郑肴屿是分别站在两极的男人，给韩辰绘的感觉也是两种极端，一个循序渐进、含蓄暧昧，一个直奔主题、简单粗暴。

韩辰绘从小到大喜欢的男人类型都是贺开晨那样的，从不是郑肴屿这种。

然而命运弄人，最后贺开晨离开了她，而郑肴屿却成了她的丈夫。

张润晨在前方叫她："辰绘，在想什么呢？走啦，我们去那边看看……"

面对着几十台摄像机，韩辰绘摆出职业化的假笑，跑了过去。

虽然节目叫《我们来恋爱吧》，主题是"我们来约会吧"，但由于是第一期，设定中张润晨和韩辰绘是处于暧昧期，最好是若即若离，不是很熟的感觉。

事实上他们两个就是不熟。

十几个摄像头之下，韩辰绘和张润晨在游乐园中开始约会。

走了一个小时，韩辰绘腿酸，去园中的凉亭休息。

张润晨为她倒了杯水，又主动请缨去买冰激凌。

在张润晨去买冰激凌的时候，韩辰绘突然想起了郑肴屿。

她过去总和贺开晨来游乐场约会，现在为了工作又和张润晨来了。

如果……她是说如果……如果她和郑肴屿来约会，会是什么场面呢？

她绞尽脑汁也想不出来，毕竟……她和郑肴屿根本连约会也没有过。

韩辰绘微微叹了口气，然后鬼使神差地摸出了手机。

她把手机藏在桌子下方，那是摄像头拍不到的角度，然后鬼使神差地戳开了和郑肴屿的聊天框。

犹豫了几秒钟，她用手指慢慢地打出了一句话："晚上你有空儿吗？"

想了想，她又补充了一句："你来游乐场好吗？"

两分钟之后，叮咚声响了起来。

郑肴屿："去游乐场干什么？"

韩辰绘耐着性子又打了一句："来约会啊。"

这句话发送了之后，韩辰绘紧张得心脏扑通扑通乱跳。她是真心期待郑肴屿的回答，他听到"约会"这两个字会是什么反应呢？

叮咚声又响了。

韩辰绘紧张地抿了抿唇角，抬起眼四处看了看：张润晨没有要回来的迹象，周围的工作人员被晒得昏昏欲睡，对准她的十几个摄像头没有改变角度。

她咽了下口水，紧张地戳开了微信。

下一秒，韩辰绘的演技达到了史无前例的高峰——她原地表演了一个"一脸要死""生无可恋"的表情。

郑肴屿："为什么突然要约会啊？"

让人吐血的发言！忍无可忍！

韩辰绘："再见，你失去我了！"

打完最后几个字，韩辰绘小手一挥，将联系人"郑肴屿"删除，并同时删除与该联系人的聊天记录。

"取消"还是"删除"，韩辰绘一秒钟都没犹豫，对准"删除"就戳了下去。

好了，她将郑肴屿扫进了垃圾桶，世界清静了。

后面的录制中，韩辰绘一直闷闷不乐。

张润晨以为她是被晒得有些中暑，一直带她走阴凉处，并玩一些室内游戏。

韩辰绘还是闷闷不乐。

真不能怪她不敬业，她没有直接操刀去郑肴屿的公司杀人已经非常克制了！

好在跟拍的执行导演认为，韩辰绘没精打采的模样反而更能体现张润晨的体贴和宠溺，让两个人的 CP 感更好，更讨张润晨的粉丝和 CP 粉的喜欢。

终于结束了第一天的拍摄，张润晨和工作人员都要送韩辰绘回去。

韩辰绘却推辞了："谢谢大家啦，我还有点儿别的事，明天见。"

目送工作伙伴们离开，韩辰绘戴着墨镜，一个人在黄昏的游乐场里漫无目的地闲逛。

不知道为什么，她今天特别不想回家。

一想到回家又要面对郑肴屿，她立刻气得嘟起嘴巴。

韩辰绘走到一个冷饮摊前，找到一个空的位置坐了下来，望向远方。

在呼啸而过的过山车之后，是西沉的斜阳。

黄昏、夕阳，这两个词语和景色仿佛自带魔力，可以将人们所有的不如意都汇聚在暮光之中再随着夕阳落幕暗淡地隐去。

今天不回家了，她要去和小姐姐喝个不醉不归！

韩辰绘拿出手机，正准备叫人去狂欢的时候，一杯冰激凌突然被放到了她前方的桌子上。

那杯冰激凌由渐变的蓝紫色冰激凌打底，上方是一大朵蓝色妖姬，旁边点缀着大颗蓝莓果和几朵白色小雏菊。

韩辰绘眼前一亮，眨了眨眼，顿时被这杯充满少女心的冰激凌吸引了注意力。

那只又长又白、骨节分明的手从冰激凌的杯身上拿开，与此同时，从她的上方传来一道性感低沉、似笑非笑的男声："怎么，以为我不和你约会，就删人闹脾气？"

韩辰绘抬起目光。眼前的男人斯文、帅气，他背对着夕阳，侧脸逆着光，对她微微笑着。

韩辰绘板着脸，眨巴着大大的眼睛。

郑肴屿从她的座位旁绕过，自顾自地坐到了她对面。

他直直地注视着韩辰绘，从烟盒里敲出一根香烟，熟练地塞进唇间，点燃之后，再把那根烟夹在指间，看着气鼓鼓的韩辰绘，轻笑了一声，道：“你现在的脾气可越来越大了。”

韩辰绘噘着嘴巴，瞪了郑肴屿一眼。

什么叫越来越大了？她本来脾气就大好不好！哼！不理他！

就算韩辰绘下定决心不理郑肴屿，她却不能不理面前的这杯冰激凌……

是的，她就是这么没骨气，就是要为五斗米折腰！

韩辰绘拿起小勺子，一边舔着下唇，一边小心翼翼地找着第一口的位置——那一大朵蓝色妖姬和旁边点缀的白色小雏菊，以她拥有艺术细胞的审美来看，实在是神来之笔，她不忍心破坏掉。

最后，她在玻璃杯的最边缘轻轻地挖了一小口，吃进口中。

冰激凌入口的一瞬间，又甜又冰，韩辰绘眼睛一眯，爽得差点飞起来。

郑肴屿一直没有移开视线，将韩辰绘的动作尽收眼底，吸了一口烟，挑了挑眉梢：“好吃吗？”

韩辰绘表演变脸，表情从“爽”一秒变成“凶巴巴”。

就算再好吃，韩辰绘的格调也不允许她回答郑肴屿，她扭了下身子，将冰激凌护在自己的势力范围内，小口吃了起来。

郑肴屿的目光一直放在韩辰绘的脸上。

平时的她要么像一只愤怒的小鸟，要么像一只又乖又尿的小兔，而现在的她，就像一个死也要保持格调，强行逞能的受气包，明明已经委屈得像个球了，里面装的全是气，还要叉着腰对别人摆谱，硬说自己是真的胖，才不是被气鼓的呢！

郑肴屿微微垂下眼帘，唇角微挑，轻笑了一声。

在韩辰绘吃冰激凌的过程中，两个人都缄默不语。

没用多久，韩辰绘就吃完了一大杯蓝莓味冰激凌，如果不是在外面，她真想没出息地舔杯子。

她从桌上抽了一张纸巾，把那朵蓝色妖姬擦干净，放在掌中把玩。

“吃完了。”韩辰绘面无表情地看着对面的郑肴屿，站起身，把香烟从他的指间抽了出来，直接按灭在桌子上，“既然我们已经来了游乐场，应该转一圈再回去吧？”

说完，韩辰绘根本没听郑肴屿的回答，很装地转过身，走了两步，连头都没回，更加装地直接招了下手，示意对方跟上。

在韩辰绘的意识和记忆中，游乐场可是传说中的约会胜地。

否则《我们来恋爱吧》节目组也不会选定游乐场作为第一期“约会主题”的拍摄地点。

尤其是旋转木马。

在她很小的时候，她和姐姐韩冬果只是看电视就非常憧憬旋转木马。

后来她和贺开晨开始懵懂地恋爱，他们约会时就经常来坐旋转木马。

尤其是晚上，彩灯和音乐，浪漫和梦幻，满满的少女心！

两个人坐在旋转木马上，又浪漫又有童趣，好像天地之间只有她和他，返璞归真，岁月静好。

所以韩辰绘第一个想到的项目就是旋转木马。

当她和郑肴屿坐上旋转木马的时候，她真是上吊自杀的心都有了。

她忘了郑肴屿就是郑肴屿，他不是贺开晨，不是任何一个普通的男生，他是郑家的太子爷，他是在生意场上呼风唤雨的人物，最重要的是——他是一股泥石流！

他们两个人“没有灵魂”地坐在同一个木马上，他非常“没有灵魂”地抱着她，“没有灵魂”地摇着手中的一面小彩旗，一丁点浪漫甜蜜的感觉都没有！只有煎熬和折磨！

她一定是吃错药了，才会在郑肴屿上旋转木马之前塞给他一面小彩旗。

现在那面小彩旗就在她右侧45° 的方向，她身后的郑肴屿就像在举白旗投降，左右晃动的频率和幅度都一模一样，突出一个“没有激情，没有灵魂”。

旋转木马只转了两圈，她就坐不下去了。

她非要中途下来的时候，郑肴屿好像还依依不舍地问她：“怎么了？你刚才不是特别想坐吗？一次还没坐完呢，你怎么就要下去？没事，你要是喜欢，我们可以再多坐两次。”

再多坐一次她就原地身亡了，还多坐两次呢？

“不坐了！你下来！”韩辰绘抢过郑肴屿手中的小彩旗，冲到垃圾桶边，二话不说将那面小彩旗扔进垃圾桶，心情顿时爽了，“你和旋转木马的画风完全不符！我们现在去玩点别的。”

郑肴屿活了二十六年，什么大场面、奇葩事没遇见过？可眼下的情景他是真没碰过……

他这辈子第一次约会，第一次陪女孩子来游乐场，就遇到一个脾气超大、喜怒无常、超难伺候的女主角。

这要是世界上的随便其他什么人，他连一个眼神都不想给，早就开车走人了。

可这个难缠的女主角偏偏是他老婆，他真是上辈子造孽，这辈子“度劫”。

游乐场老手韩辰绘带着游乐场新手郑肴屿到处乱转。

过去她和贺开晨来游乐场，最喜欢的就是旋转木马、摩天轮、水上乐园什么的……很少去玩刺激冒险的游戏项目。

不知不觉，韩辰绘和郑肴屿走到了过山车的入口处。

售票口排满了游客。

郑肴屿四处望了望，对韩辰绘说：“我们为什么不玩这个？”

韩辰绘咽了下口水，抬起视线看了看半空中的过山车。

不知道为什么，她对郑肴屿会对过山车感兴趣并提议要玩竟然毫不意外，甚至有种“果然如此”“不愧是你”的感觉……

既然郑肴屿已经提议了，她总不能拒绝吧？如果被他知道她从来没坐过过山车，且有点儿害怕的话……她的“江湖儿女”人设岂不是要崩了？不得被他笑死？她还要不要混了？

韩辰绘小手一挥：“就这个了。”

十分钟后，郑肴屿买到两张票。

他们的座位是第二排，在入座之前，郑肴屿把他的眼镜和韩辰绘的墨镜都摘了下来。好在过山车马上开始，大家都非常紧张，也没人会注意韩辰绘。

她毕竟是十八线小明星……就算《水光之恋》爆火了，她最多晋升为十五线，在网络上小有名气，在现实中出现则很少会有人对她围追堵截。

过山车一开始启动，韩辰绘就下意识地去抓郑肴屿，而对方自然地握住了她的手。

当两只手握起来之后，韩辰绘的心踏实了一半。

过山车开始的速度不快不慢，但会让人悬着一颗心，然后慢慢地攀爬，速度越来越慢的同时，让人的心越悬越高……

过山车爬上最高点，故意停顿了几秒钟，而这几秒钟就像在等待死神的宣判!

过山车突然加速，在最高点用最快的速度俯冲……

韩辰绘紧紧地抓着郑肴屿的手，放声叫喊："啊啊啊……"

什么叫酣畅淋漓！什么叫速度与激情!

过山车在空中连续旋转，无数次在最高点停顿、俯冲……

狂风在耳边呼啸，热血在胸口翻涌。

韩辰绘只会闭着眼睛尖叫，后来大脑一片空白。

她根本记不得最后过山车到底是怎么在天空中"旋转跳跃我闭着眼"的，只记得与郑肴屿紧紧相握的手和她撕心裂肺的尖叫。

从过山车上走下来的时候，韩辰绘哭着抱住了郑肴屿。

郑肴屿没有说什么，只是让她抱着，轻轻地抚摸她的发丝。

贺开晨只会带她玩温情的游戏项目，而郑肴屿……第一次来游乐场，就直接带她坐过山车。

韩辰绘一边哭一边回想，其实也不是贺开晨不带她玩刺激的，而是她害怕、她不敢，就算贺开晨再怎么哄她，再怎么说"我在你身边"，她依然不愿意走上去，不愿意去推开那扇大门。

可郑肴屿呢？他什么都不用说，只要握住她的手，她就敢坐上过山车。

这是为什么呢？大概这就是安全感吧。

因为他足够强大，所以他能保护她。

从过山车下来，韩辰绘缓了好一会儿，短时间之内不想再去尝试海盗船之类的刺激项目，而他们两个显然也不适合温情项目。

又吃了一杯冰激凌，韩辰绘突然想要拍照。

出来约会，不管对方是谁，是男是女，是朋友还是老公，都少不了要拍照。

她连去酒吧喝酒，都要和陪酒的小姐姐们拍照。

对于韩辰绘来说，人活在世，饭可以不吃，照不能不拍!

尤其是游乐场中有大片的草地。

夕阳西下，绿草茵茵，韩辰绘顿时诗情画意起来。

她掏出手机，特意调了个美颜模式，指了指前方空旷的草地，对郑肴屿说："一会儿你找个好看的角度，把我、草地、远处的摩天轮和马上要落下去的夕阳一起拍进去，然后我要发个微博。"

郑肴屿接过韩辰绘的手机，微微一笑，问了一句差点被韩辰绘判死刑的话："你还有微博呢？"

韩辰绘握起拳头，亮给郑肴屿看，凶巴巴地对他龇了龇牙。

要不是她现在需要他帮忙拍照，她早就一拳过去教他做人了。

韩辰绘告诉郑肴屿怎么拍之后，走到几米之外，问道："准备好了吗？"

夕阳余光中的郑肴屿，线条优美，身形颀长，红色的光打在他身上，好像大自然在为一切美的事物进行裱装。

连他端着手机的样子都好帅……

同样站在草坪上的其他男人，竟然被他比得像一群"歪瓜裂枣"……

韩辰绘轻哼了一声：老天爷真是不公平！

郑肴屿装模作样地摆了几个姿势，点了点头："准备好了。"

听到郑肴屿的回答，韩辰绘立刻笑了起来。

她先是对着镜头又蹦又跳，一副"夕阳下的奔跑，是我们逝去的青春"的架势，然后坐在草坪上，变换不同的姿势。

韩辰绘在草坪上折腾了十几分钟，累得直喘粗气，然后满心欢喜地跑向郑肴屿，站在他面前："怎么样？你给我拍了多少张？好看吗？"

郑肴屿斩钉截铁地回答："好看。"

韩辰绘更欢喜了：能让郑肴屿这个毒舌的人说好看，那肯定是非常好看的！

韩辰绘眉飞色舞地接回手机，美滋滋地打开相册。

下一秒，她就傻眼了。

这……这、这、这……这是认真的吗？

她在草坪上跳动的照片，模糊到她妈都认不出来她，头发漫天飞舞，梅超风的头发都比她干净整洁……

这是她第一次登上月球的喜悦吗？兴奋到模糊？还是说她马上就要得道成仙、洪福齐天了？

而她半躺在草坪上的照片……她的大长腿看起来……最多半米，不能更长了，两只正在“搔首弄姿”的手堪称性感的无影手。

韩辰绘小脸煞白，像见了鬼一样看了看郑肴屿。

她的脸上满是问号，并写着：“很好，不愧是你。”

当然，前面那些还不是最“厉害”的，最牛的是她躺在草坪上的几张照片。

她本来想让他给她拍几张美美的照片，能把草坪、摩天轮、夕阳全部拍进去，又美又有意境。

结果这几张照片——她在草坪上躺出了一个标准的“大”字，拉两条警戒线就是命案现场！可以不加修饰直接上《今日说法》那种！

韩辰绘直接气哭了，疯狂地捶打郑肴屿：“你怎么给我拍成这个鬼样子？你对自己没有点儿数吗？你竟然不要脸地说‘好看’，哪里好看？哪里好看啊？命案现场好看吗？”

郑肴屿将哭哭啼啼的韩辰绘揽入怀中，轻轻地拍着她的背脊，哄了她一会儿，双手捧起她的脸，对准她的脸蛋儿直接亲了一口，然后十分理直气壮地说：“我什么时候说我拍得好看了？我本来就不会拍照，我说‘好看’是说照片中的人好看！”

原来是说她“好看”，他这个“亡羊补牢”般的彩虹屁，让韩辰绘非常受用。

韩辰绘顿时不哭了，在郑肴屿怀中抬起眼，委屈地说：“你什么时候学会吹彩虹屁了啊？”

郑肴屿用手指戳了戳她肉嘟嘟的脸蛋儿，微微一笑，道：“怎么样？我这次吹彩虹屁的姿势正确吗？”

韩辰绘故作严肃地瞪着郑肴屿，但只坚持了几秒钟就崩不住了，唇角止不住地上扬：“这一次嘛……还可以，姑且可以打个——”她刚想说“八十分”，就立刻想起来那些宛如“命案现场”一般的照片，脸色又黑了下来，生气地哼了一声，道，“能打五十九分！”

“嗯？”郑肴屿又戳了戳韩辰绘的脸，“既然‘还可以’，为什么还是不及格？”

韩辰绘对他翻了个大大的白眼，小声嘟囔起来：“小郑太子爷对自己可真没有数，给我拍成那个鬼样子，还想及格呢？要不是你长得帅，你早就被我打死了好不好！”

郑肴屿心想，难伺候啊……越来越难伺候了……

由于郑肴屿的拍照技术太差，那些照片通通不能用，韩辰绘只能坐在草坪上，背对着夕阳，举着手机自拍了几张。

自己再怎么拍也没有她想要的效果，她发个微博的想法只能无奈作罢。

郑肴屿陪韩辰绘在草坪上坐了半个小时，就听到她喊饿要吃饭。

本来他想直接带她离开游乐场，去外面找一家饭店吃饭的，可她各种撒泼打滚，就是不愿意离开游乐场。

郑肴屿拗不过韩辰绘，只能带她去了游乐场里的主题餐厅。

所谓的主题餐厅，其实就是亲子餐厅。

游乐场里的餐厅通常是又贵又难吃，大部分年轻情侣都不会过来，只有带着小孩来玩的父母才会和孩子一起感受亲子餐厅。

亲子餐厅晚上客人不多，几桌都是家长带着小孩，只有韩辰绘和郑肴屿两个是例外。

等餐的时候，郑肴屿一直看着手机，时不时戳戳点点。

韩辰绘知道他在处理工作上的事情，就没有出声打扰他，漫无目的地四处看看，然后她将目光放到了隔壁桌——一对年轻的父母和两个可爱的孩子。

父母的年纪估计也就比他们大三四岁，大一点的是男孩子，三四岁，正拿着小勺子，乖巧地吃着自己碗里的水果粥，男孩子对面坐着妹妹，小女孩也就一岁多，扎着小小的双马尾，一边乖乖地玩球一边吃妈妈喂过来的食物。

郑肴屿一边划动手机屏幕，一边抬起眼看了看对面的韩辰绘，见她正目不转睛地盯着旁边，他又顺着她的视线看了过去。

只是一眼，他立刻轻笑了一声，问：“怎么，你想要孩子吗？”

韩辰绘这才发现自己刚才看得有些入迷了，耸了耸肩，没有直接回答，而是反问对方：“那你呢？你想要宝宝吗？”

郑肴屿又开始滑动手机屏幕了，没有一丝犹豫，直截了当地回了两个字：“不想。”

韩辰绘默默地低下头。

其实她已经猜到他的答案了。

韩辰绘在心中叹了口气，其实仔细想想也很正常，如果现在让她和郑肴屿生孩子……她也不见得愿意。

孩子又被叫作“爱情的结晶”，谁会愿意和一个根本没有爱情的人生孩子呢？女人是这样，男人又何尝不是？

郑肴屿微微抬起头，瞟了眼对面的韩辰绘，轻描淡写地说道：“我只是非常不喜欢小孩子罢了，如果不出意外的话，我可能是一个丁克。”

丁克……不生育人群。

原来他并不是不想和她生孩子，而是……他压根儿和谁都不想生……

韩辰绘不再出声了，对方都已经把话说得这么死了，连“丁克”都抬了出来，她还能再说什么？

一时之间，两人沉默无言。

侍者们端着餐品过来，将各种各样的菜肴有条不紊地摆上桌。

韩辰绘拿起筷子就自顾自地吃了起来。

她真的饿坏了，为了赶拍摄进度，中午她就没有吃饭。

“慢点吃，”郑肴屿给韩辰绘夹菜，“又没人跟你抢。”

“不行。”韩辰绘自然地用嘴巴接过郑肴屿喂给她的牛肉，大口吃着，口齿不清地说，“你最坏了，你会和我抢的。”

对她来说，他确实挺坏的，可他不至于和她抢吃的吧……他在她心中究竟是什么魔鬼形象啊？

韩辰绘狼吞虎咽地吃完了餐桌上的食物。

郑肴屿结了账之后，他们便离开了主题餐厅。

夜幕降临，满天星斗。游乐场中灯火通明，挂满了梦幻的小彩灯。

韩辰绘不想这就回去，还想在游乐场里玩一会儿。

郑肴屿只能陪着她四处“撒欢儿”。

因为刚吃完饭，韩辰绘提议的“跳楼机”“海盗船”之类的都被郑肴屿给否决了，最后只能无奈地选择了摩天轮。

站在摩天轮之下抬眼望去，灯光五彩斑斓，高大的摩天轮好像天边一道发着光的彩虹。

韩辰绘和郑肴屿坐进座舱。

摩天轮缓缓转动，他们慢慢地往天空的方向上升。

摩天轮升到一半的时候，韩辰绘放眼看去，灯火璀璨的京城夜晚尽收眼底——条条大路像巨龙盘卧，无边无际的灯光星星点点，仿若置身银河深处。

韩辰绘兴奋地看了看坐在身旁的郑肴屿。

他又在不停地滑动手机，她的余光可以看到屏幕，似乎是报表或是股票之类的东西吧，反正她是一点都看不懂。

她收回目光，又望向摩天轮外。

她和郑肴屿结婚马上两年了，他们做了这么长时间的夫妻，她都没想过他是一个丁克。

他压根儿就没有这个想法，毕竟他是郑家的太子爷，孙蔓宁只有他一个亲生儿子，不说郑家了，孙家那边怎么能允许他不生孩子，没有后代？

难道“丁克”只是他故意编造出来的借口，他其实是不想和她生而已？毕竟在郑家大部分人的想法里，他们的最终结局只有离婚。甚至包括她自己都认为郑肴屿不会和毫无感情，又对他的事业毫无助力的她，打打闹闹地过一辈子。

韩辰绘微微皱了皱眉，侧脸看向郑肴屿，还是忍不住悄声问：“你那样的家庭，他们会同意你不生孩子吗？”

郑肴屿划动屏幕的手指一顿，慢慢转过脸。

两个人在摩天轮五彩的灯光里静静地对视着。

他突然意味深长地笑了起来，又暧昧又缱绻：“他们不同意的事情可多了，我什么事情都要听他们的吗？”

还没等韩辰绘反应过来，他又跟了一句：“他们还不同意我娶你呢，我不还是娶了吗？”

韩辰绘当场傻眼——郑家当时不同意郑肴屿娶她？

怎么可能呢？他们两个本来不就是……因为先人之间的一诺千金，定下来的父母之命吗？

如果没有父母之命，他们两个的阶层差了十万八千里，根本不会相识，更不要说结婚了……

“为……”韩辰绘眨了眨眼，一脸蒙地问，“为什么不同意你娶我啊？我们两家不是有婚约的吗？”

“我想——”郑肴屿放下手机，似笑非笑地道，“其中的缘由你早就猜到了吧？甚至你自己也疑惑了许久？”

被……被他看透了……

是啊，从她知道要和她结婚的对象不是那个在郑家没有存在感的郑宏义，也不是旁系的其他什么人，而是郑家唯一的太子爷，她的脑袋里就一堆问号。

一直到今天，她都觉得郑家可能是发疯了，才会让太子爷和她结婚……

原来郑家并没有发疯，他们是不同意这门婚事的。

看来发疯的只有小郑太子爷一个人。

可是……又是为什么呢？

看着韩辰绘满脸的纠结和问号，郑肴屿伸出一只手，先是揉了揉她的脸，再轻轻地拍了拍她的头顶：“其中的复杂不是你这个小脑袋瓜能想明白的，所以你也别浪费脑细胞了，有那时间还不如吃好喝好。而且孩子这个东西，并不是‘生’就完事了，难的是‘养’，如果不能好好‘养’，还不如不要生。我不想生孩子和任何人都没有关系，仅仅是因为我自己还没有做好做爸爸的准备。”

“我们这样不是很好吗？”郑肴屿轻轻地笑了笑，道，“辰绘，除了我，你再也找不到第二个这么适合你的男人。”

韩辰绘也微笑起来，柔声说：“就这么自信啊？”

“没有爱情的婚姻才是永恒的。”郑肴屿凑到她面前，近在咫尺的距离里，他看着她的眼睛，压低声音道，“我想全世界只有我有这个能力和气度，让你随心所欲地过自己想要的生活，让你不被社会毒打，让你做自己喜欢的所有事情，让你保持自己的小脾气、小个性，让你一辈子都做小公主，只有我会容忍和包容你的一切。”

结婚两年，韩辰绘和郑肴屿之间总是吵吵闹闹，很少安安静静地袒露心声。

其实他说的没有错，换成其他任何一个男人，包括她的初恋贺开晨，都没办法像郑肴屿一样，给她物质生活的同时还给她精神上的安全感，从不过问她的工作，让她作、让她戏精、让她发脾气、让她到处疯玩……

但……听到他如此赤裸裸地说出“没有爱情的婚姻”这几个字，她心里还是不由自主地难过了。

说到底，还是一段没有爱情的婚姻。是啊，没有爱情，没有感情，他不喜欢她，她……她当然也不喜欢他！

“真的吗？郑肴屿，容忍和包容我的一切吗？”韩辰绘毫不畏惧地抬起眼，和郑肴屿对视着，甜甜地微笑起来，口吻却平静又残忍，好像要故意报复对方一样，“也包括我给你戴绿帽子吗？”

郑肴屿恨不得马上修理她一顿。

第七章　喂肴屿喝醋

韩辰绘差点跳起来为自己的灵机一动点赞！她的小脑袋瓜怎么就转得这么快呢？！

尤其是看到郑肴屿眉心微皱，无言以对的样子，她真是从上到下、从内到外，全身每一个细胞都在狂笑，真叫一个爽！

郑肴屿又捏揉了下韩辰绘的脸蛋儿，皱起的眉心慢慢松开，似笑非笑地道："好的不学，学白虹？"

"哦？"韩辰绘歪了下脑袋，眉梢高高挑起，表情又装又欠揍，语气那叫一个挑衅，"小郑太子爷也觉得学白虹是不好的？刚才不是还信誓旦旦地说可以容忍和包容我的一切吗？我还没有像白虹姐给她老公那样给你戴上几座'绿帽山'呢，就只是有这个想法而已，你就受不了了吗？"

郑肴屿的手指从韩辰绘的脸蛋儿慢慢地抚上了她的红唇。

"怎么？"郑肴屿将韩辰绘揽进怀中，唇边一直保持着微笑，"故意的？"

"呵呵呵……"韩辰绘冷笑起来，小脸一皱，小手一挥，"小郑太子爷，你在和属下谈工作、和对手谈合同的时候也如此自信吗？当然了，你在当老板做生意赚钱这一块，确实可以这样自信，但在女人……尤其是我身上，我劝你以后话不要说得太满了……"韩辰绘嘴巴噘得高高的，用力推了推郑肴屿的胸膛，挣脱了对方的怀抱，直接在座舱里站了起来，双手掐腰疯狂摆谱，小嘴像机关枪一样不停地突突郑肴屿，“你连我和你开个玩笑都受不了，还谈什么容忍我、包容我？实际上，你和其他男人又有什么不同呢？”

郑肴屿目不转睛地盯着疯狂爹毛的韩辰绘。

摩天轮的座舱里，光线从四面八方射进来，好像全部集中在了韩辰绘脸上，她虽然被气得脸颊泛红，可她的表情依然是那么活灵活现、熠熠生辉。

如果她演戏的时候能拿出来现在的一半灵气，也不至于把戏演成那样，让观众一半对她辱骂不休，一半求她收了神通。

“我们不是没有爱情的婚姻吗？是啊，我也接受你这个说法，所以我从来不过问你在外面干什么，你以后也不要干涉我的事，包括我交男朋友。”

郑肴屿面无表情地看着韩辰绘，声音低沉，一字一顿地说：“我、没、有、女、朋、友。”

韩辰绘已经气得跳脚了，大骂道：“老娘管你有没有女人呢！反正以后我要去交男朋友了！”

这句话喊出来之后，那一瞬间她爽爆了！随即她心里就越想越憋屈，几秒钟之后，她直接捂住眼睛哭了起来。

郑肴屿也跟着站了起来，伸手去抱韩辰绘，轻轻地拍了拍她的背脊，微笑着问：“干什么？你把我骂了一顿，还要交男朋友，我还没哭呢，你怎么先哭了？”

郑肴屿来抱她，韩辰绘就不管不顾地当场“哭晕”在对方怀里，但是听到对方说的话，她又挣脱了对方的怀抱，不分青红皂白就开始骂他，不停地推他的胸膛：“你这个没心没肺的，你会哭个屁，你滚，你滚……”

郑肴屿一直微笑着看着韩辰绘，挑了挑眉，故作无辜的表情：“我往哪里滚啊？你看看下面，”他指了指摩天轮之下，他们马上就要到达摩天轮的顶点了，“这么高，我滚出去不直接摔成一摊烂泥了？你就这么想谋杀亲夫做个小寡妇？”

韩辰绘呜呜地哭着，肩膀一抽一抽的，但就算哭成这样，她也不能忘了和郑肴屿打嘴仗，小表情都快狂到天上去了：“谁……谁会做小寡妇……你个臭不要脸的……你要是死了，我就带着你的遗产，改、改、改嫁……”

郑肴屿又伸手去抱韩辰绘，用手指抬起她的下颌，凑近，在几乎贴在一起的距离，低笑了一声。在韩辰绘看来，他那个暧昧的笑容真是撩人，让她的小心脏不受控制地扑通扑通猛跳了两下。

韩辰绘挣脱了他的怀抱，气得一边哭，一边在座舱里转圈：“我要下去！你太不要脸了，我不要和你坐什么摩天轮了！我要下去！我要下去！这个该死的摩天轮怎么没有一个紧急出口什么的？让我下去……”

“你到底为什么这么生气啊？”郑肴屿把韩辰绘拉回怀里，“又误会我在外面有女人啊？吃醋啊？”

吃醋！他竟然敢说她吃醋！

韩辰绘再次推开郑肴屿，恼羞成怒，破口大骂：“郑肴屿你这个王八蛋，不要自我感觉这么良好好不好？我吃个屁的醋！我吃屁……”

不对，她真是被气到口不择言了，就算要吃屁也不能她吃啊！她立刻改口：“你吃屁！”

郑肴屿再次伸手抱住韩辰绘，将她拉回怀抱里。

韩辰绘正要继续骂他，嘴巴刚刚张开，便被对方毫不留情地给堵住了。

这个时候他们的座舱正好到达摩天轮的顶点。

韩辰绘眼角的泪珠慢慢地滑落下来。

回家的路上，司机开着车，韩辰绘和郑肴屿分别坐在后排的两侧。

韩辰绘不哭不闹，一脸冷漠地望着窗外，无话可说。

郑肴屿开始的时候想去抱她，见对方一直不配合，也不再强求了，一动不动地坐着，闭目养神。

没有爱情的婚姻……韩辰绘冷漠地想，他们现在这个样子可不就是没有爱情的婚姻吗？

从一开始，她就知道他们不是因为爱情结合的。两个陌生人之间，谈爱情不是太可笑了吗？

她也从来不认为郑肴屿会对她一见钟情，也许一开始的时候，在孟小桔那个追星少女的梦幻脑洞的熏陶之下，她也曾经想过会不会有这种可能。

随着后来她和郑肴屿的接触越来越深，她对他越来越了解，她就知道那是不可能的了，从某种意义上来说，郑肴屿就不像是一个会一见钟情的人。

所以她接受了他们两个是“父母之命”，虽然郑家会让太子爷和她结婚一直是她想不通的疑点。

她根本不管，也不去想他在外面是怎么玩的，他也从来不会过问她的事，就算她演小三、演女配角，和各种男演员演感情戏，他也从来没反对过一次。

她不爱他，他也不爱她，她一直是这么想的，也是这么认为的，事实大概也是如此吧。

平时她也会说对他没感觉之类的话，而今天，当他就那么赤裸裸地把“没有爱情的婚姻”宣之于口，她发现自己是接受不了的。

不知道是不是面子在作祟，不知道是不是她傲娇的灵魂不允许他在她前面说出那句话，总之，她开始“双标”了。

虽然“没有爱情的婚姻”是他们两个默认的，但她就是不允许他亲口说出来，那就像一根锋利无比的刺，扎在了她心上，让她一想到就心里不舒服，就浑身不舒服，就想和郑肴屿打一架，再抡他两个大嘴巴子，好好教他做人。

泡完澡，韩辰绘躺在床上挺尸。

郑肴屿几次要脱她的睡袍，都被她踹了回去。

哼！还想碰她呢?

韩辰绘缩在薄被里，背对着郑肴屿，委屈地将自己蜷成一个球。

郑肴屿抱着软绵绵的韩辰绘，睡着了。

第二天天还未亮，韩辰绘便醒过来。

虽然一整晚都躺在郑肴屿怀中，可她睡得非常不好。

除了韩冬果跳楼的那个梦，她很少做梦，昨夜她其实也没做梦，就是迷迷糊糊、翻来覆去，心里沉甸甸的，睡不踏实。

她一睁开眼睛，就给姐妹们发微信，把昨天在游乐场发生的事情原封不动地吐槽了一遍。

两个小时过去，天已微亮。

叮咚——微信响了。

是她的好姐妹们睡醒了。

韩辰绘看了一眼正抱着她沉睡的郑肴屿，伸手拿过手机。

时珊珊：“辰绘，其实郑肴屿所说没什么问题，只能说你和他三观不一样，但不能说他的三观就彻底是错的，本来三观这个东西就非常主观。”

时珊珊：“现在的年轻人丁克很多，你认识我哥嫂的，他俩一个博士、一个硕士，两人年薪百万元，书读了那么多，赚得也那么多，可他们就是两个铁丁克，结婚之前都签了协议。”

时珊珊：“不知道是不是被我哥嫂熏陶的，其实我也想过未来丁克，我和郑肴屿想法差不多，不生孩子就可以到处玩，想怎么玩就怎么玩，和老公感情不好就离婚，不用为了孩子想这想那的，过得非常随心所欲，当然，也非常自私就是了。”

时珊珊：“生孩子不能说是对的，不生孩子也不能说是错的，本来就是一种生活态度，每个人都有权利选择自己的人生。”

时珊珊：“不过……郑肴屿是丁克这个是我没想到的……他这种家里有‘金矿’要继承的男人，竟然不想要孩子？那他赚了那么多钱将来怎么办？好歹也得找个人来继承吧？他究竟经历过什么啊，脑回路这么神奇……”

韩辰绘认真揣摩着时珊珊的话，还没等她回复，群里就又有新消息传了过来。

朱芷欣：“我的观点和坏女人差不多，你们两个的问题不应该是‘郑肴屿究竟是不是丁克’，而是在于他为什么会这么想。”

朱芷欣：“如果他像坏女人的哥嫂一样是铁丁克，一辈子就是不要孩子，而你对孩子没什么想法，那也没什么，谁说人活着就一定要生孩子，就一定要三口之家？两个人过一辈子也很好啊……”

朱芷欣：“可现在的矛盾集中点是，我们不知道郑肴屿究竟是怎么想的，如果他只是因为自己现在年轻，想潇洒地玩，所以不想养孩子……那么未来呢？如果过了十年、二十年，他玩不动了，不想玩了，想要孩子了，怎么办？”

朱芷欣：“那时候你们已经老了，你很可能已经生不出来孩子了。郑肴屿不是普通的男人，他要貌有貌，要财有财，可以说要什么有什么。你知道你生不出来，会有多少年轻的小姑娘主动贴上去要给他生吗？到时候你怎么办呢？”

韩辰绘：“其实我对孩子没有执念，我是……”

她顿了下。

这个时候时珊珊立刻抢答：“我知道！你昨天生气的点不是他说自己是丁克，而是他说你们的婚姻是没有爱情的，对吧？”

韩辰绘发了一张“难过”的表情图。

朱芷欣："……韩辰绘你要死啊？你发难过的表情干什么？你们本来不就没有爱情呀！他说错了什么？别告诉老娘你现在喜欢他了！"

韩辰绘："我才没有！"

时珊珊："你最好没有！感情方面的事情你可以不听老朱的，但你最好听我这个坏女人的，我告诉你，男女之间看起来很复杂，其实就是那么回事儿，你知道我为什么能让那么多男人对我死心塌地吗？"

韩辰绘："坐等。"

朱芷欣："坐等。"

时珊珊："亘古不变的道理，先爱的就先输了。"

时珊珊："男人大部分是贱骨头，你越不理他，越不把他当回事，他反而越对你上心，有一句话不是说得不到的就是最好的吗？如果从头到尾都是他爱你，你对他没什么感情，那你就可以想怎样就怎样。"

韩辰绘："鼓掌，牛！"

朱芷欣："鼓掌，偶像！"

时珊珊："所以说啊，韩辰绘，我根本不在乎你现在喜不喜欢郑肴屿，而且像他那样的男人，你喜欢他也很正常。但你千万不能让他知道，要让他先对你低头，先表白你，这样你才能踩在他的脑袋上，否则你拿什么和他斗？万一他真不喜欢你，你就连最后的那点尊严都不剩，那你也太难看了，是真的彻底没家庭地位。"

朱芷欣："坏女人太狠了。"

时珊珊："我哪狠了？你看韩辰绘，过去的恋爱对象也就一个贺开晨。她要是先动心的话，怎么斗得过郑肴屿？真是被郑肴屿抱到秤上按斤卖，她都能一边帮郑肴屿磨刀，一边美滋滋地数钱。"

韩辰绘被说得哑口无言。

半个月之后。

《我们来恋爱吧》这个综艺节目已经拍摄了三期。

《火光之恋》也举行了开机仪式。

韩辰绘全身心地投入工作，晚上有时候也有工作，如果空闲下来就会去酒吧喝酒。

至于郑肴屿？哼，谁要理他！他不过是她“没有爱情的婚姻”的另一半。

鬼知道他也在什么地方玩呢，鬼要管他、鬼要理他！

是的，这半个月以来，郑肴屿中途出了一次短差，其他时间都在京城，可韩辰绘却根本没让他摸到过人。

十二夜，桃花厅。

韩辰绘和时珊珊的一堆朋友，男男女女的，玩成一团。

之前她和郑肴屿来十二夜的时候，点过的小栀子、小百合、蓝花楹和她早就熟悉了。

“喝酒！”韩辰绘和小栀子碰了一杯，一饮而尽。

小栀子又给韩辰绘倒了一杯酒：“小灰灰，还要不要喝啦？”

韩辰绘从十二夜柔软的沙发里站了起来，像上课回答老师的问题一样高高举起手，眼神迷离：“要！”

“好！”小栀子也站了起来，将酒杯放入韩辰绘手中，“那我就再陪小灰灰喝一杯！”

韩辰绘无比爽快地叫了声“好”，又一饮而尽。

时珊珊根本不理韩辰绘，她最近又交往上了一个小男生，正和对方蜜里调油呢。

其他男男女女也喝了不少。

韩辰绘坐回去，敲着茶几：“倒酒！”

小栀子拿着酒瓶犹豫不决，凑到韩辰绘耳边悄声说：“小灰灰，你喝得太多了，而且你已经连续来喝了三天……回家郑总会不会生你的气呀？”

不提郑肴屿还好，一提郑肴屿，韩辰绘瞬间被点燃了。

“他生个屁的气！就算他生气，谁要理他？”韩辰绘双手在半空中比比画画的，“他成天泡在酒吧，自己都不知道玩得多高兴……”

“小灰灰，你这就冤枉郑总了……”小栀子轻声细语，“郑总来我们这儿，可从来都不点我们的……”

韩辰绘心想，哼！那也不要理他！她嘴巴嘟起。

韩辰绘开了一瓶新酒，给自己倒了一杯，转身和身旁的一个小哥哥碰起杯来。

她刚和小哥哥喝了一杯，正碰第二杯的时候，砰的一声，桃花厅的大门被人从外面踹开了。

整个包厢顷刻间安静下来，只剩下背景音乐在咚咚咚。

和韩辰绘喝酒的小哥哥也愣住了，望着门口。

韩辰绘嘿嘿笑着，迷迷糊糊的，强行和小哥哥碰了一杯，刚要喝下去，她的胳膊突然被人握住。

还没等她反应过来，对方的另一只胳膊已经插进她的臀部下方，下一秒，她的身体便离开了沙发，悬空了！她竟然被人用一个标准的“公主抱”姿势从沙发上抱了出来。

“谁？”她吼了一声，然后便看到来人那张又斯文又冷漠的戴着金丝边眼镜的脸。

在五颜六色的暧昧光线中，他那张精致帅气的脸庞不再是过去那般斯文，让人见到他就觉得充斥着原始的暴力，连周围的空气都很冷，韩辰绘只觉得现在的他同样是斯文的脸，同样是金丝边眼镜，却突出一个“阴森森”。

“你放开我……”韩辰绘挣扎起来。

郑肴屿面无表情，一声不回。

他直接把韩辰绘抱出了桃花厅，抱出了十二夜，又抱进了车库，抱进了车里。

这个过程，韩辰绘不停地挣扎，两只高跟鞋都甩掉了。

韩辰绘一被放到车子的后座上，便像逃命似的往里面挪动，最后抱着双腿缩在另一侧的角落。

郑肴屿冷冷地看了韩辰绘一眼，自己也坐在后排的座位上，关上车门，冷声命令前方的司机：“下车！”

“是是是……”司机立刻下车了。

韩辰绘一看郑肴屿吓跑了司机，顿觉屁股一痛。

完了完了……他生气了，她今天是死路一条，逃无可逃……

几分钟之后，郑肴屿慢慢地燃起一根香烟。

抽完半根烟，他斜着眼睛看韩辰绘：“你之前说过什么？”

“我……”韩辰绘脖子一梗。

今天就算死在郑肴屿手里，她也不能窝囊死！

韩辰绘“视死如归”地道：“我说……我说我不理你！我说……我说你吃屁！”

“你是不是说不再和小男生喝酒了？”

韩辰绘哼了一声，说：“你之前不是很有能耐吗？不是很自信吗？不是很振振有词吗？不是你说的我们在外面各玩各的吗？郑肴屿，饭可以乱吃，话不可以乱说！男子汉大丈夫，说出去的话如泼出去的水，你怎么还出尔反尔呢？”

郑肴屿面无表情地盯着韩辰绘，试图从对方的表情中读出来她又在演哪出大戏。

“你这些天也没少出去吧？你看我什么时候去找过你，去管过你？都说好了的，而且还是你说的……”韩辰绘嘟着嘴，小声嘟囔，“那你为什么还要把我从酒局上抱走？那么多人看着，还有小栀子她们……我多丢人啊……你让本女侠以后怎么在江湖上立足？”

郑肴屿原本冷着脸，听韩辰绘哭诉完，他忍不住唇角微扬，似笑非笑地说：“我还以为发生了什么事，原来你从刚才到现在，作了这么一通，是因为面子问题？”

“面子……”韩辰绘瞪着郑肴屿，“面子只是一方面，主要还是因为你！”

韩辰绘的眼泪说出来就出来，她哭哭啼啼地咬着衣领，在车座上不停地蹬腿，暗暗地又给了郑肴屿两脚，也就是车内的空间不够大，要是在床上，她可能就打起滚来了，整个一撒泼打滚。

“你根本不尊重我！你把我当成什么了？我已经忍受了两年，一段没有爱情的婚姻，一段只有欲望的婚姻，我快要死了……”

郑肴屿被踹了好几脚，不能放任韩辰绘继续演下去了，他头都大了，就强硬地将她又抱回怀中，用自己的两条腿夹住她的大长腿：“说吧，你到底想怎么样？”

韩辰绘可怜巴巴地吸了吸鼻子，松开了咬着的衣领，大大的眼睛眨巴着，又开始卖惨、卖萌：“工具人要反抗，你不能再把我当成没有人权的工具人了，以后……以后这个‘开关’要我打开，要听我的……”

郑肴屿脸色很差，阴沉着脸，声音更低沉了：“听你的是什么意思？”

“就是……”韩辰绘咬了咬唇，几秒钟之后下定决心，腰板儿一挺，“我想‘要’你的时候，我们才可以继续，如果我不想‘要’你，你不能再主动拽着我了！”

“不行！”郑肴屿想都没想，直接拒绝，“别的事情我都可以依着你，就这件事不行！”

韩辰绘立刻举手：“那我要去找小哥哥喝酒了！”

郑肴屿立刻握住韩辰绘举起的手，拉进掌心里用力捏住：“不行！”

韩辰绘看着郑肴屿，眼珠子骨碌碌一转，立刻咧起嘴，号啕大哭起来，眼泪哗哗地流：“这就是我老公，这就是我出尔反尔的老公，这就是我那一直在被打脸的老公，说好了什么都包容我，结果我就是想自己控制频率都不行，还说什么都依着我，下一秒反悔，呜呜呜……”

这女人又开始戏精了……郑肴屿板着脸。

韩辰绘越哭越入戏，最后直接扑倒在郑肴屿怀中，哇哇大哭。

郑肴屿算是明白什么叫作“一物降一物”，他和韩辰绘真是上辈子的冤家，这辈子来“互降”了！

“好好好！”郑肴屿怕韩辰绘真哭得晕过去，只能哄她，“好！你说什么就是什么吧，以后就听你的，好吗？别哭了。”

韩辰绘立刻收了声，也收了眼泪，乖乖地靠在郑肴屿怀中，大眼睛眨巴着。

郑肴屿又给韩辰绘擦了擦眼泪，颇为无奈地说：“你说你演技这么差，眼泪怎么说来就来？”

“说明……”韩辰绘肩膀抽了抽，委屈地抬起眼，看着郑肴屿，“说明我有成为三金影后的潜质嘛……”

郑肴屿无语。他这个有毒的老婆。

当然，马上他就知道，刚才还不算最毒的，接下来她说的这句话才是剧毒之王——她的声音那叫一个娇滴滴：“你、你还不给人家把衣服穿上……”

恕他郑肴屿才疏学浅，只懂脱衣服，不懂穿衣服。

见他一动不动，韩辰绘眼里含了眼泪，又要哭了。

一看见她又红了眼眶，郑肴屿只能认栽：“好好好，别哭了，我给你穿。”

他只能把他亲手脱下来的衣服，再亲手一件一件地穿上。

郑肴屿给韩辰绘穿完衣服，便给司机打了个电话。

那个倒霉的司机不知道跑到哪里去了，足足过了十分钟才跑了回来，手忙脚乱地启动了车子。

回红叶名邸的路上，郑肴屿第一次体验到了“温香软玉抱满怀”却只能干瞪眼，吃不到。

他中间试图挑逗韩辰绘，她是什么情况他最清楚，每次都是嘴上硬气而已。

结果他刚吻上她的唇，她立刻又咧起嘴，疯狂地挣扎起来，哭号着：“你根本就不把我当回事！你刚刚答应我的，这才过了几分钟啊！我要跳车！我要跳车……”

郑肴屿赶紧将韩辰绘压在怀里，让她一动都不能动：“好，我不碰你了，你老老实实给我坐着，跳什么车！”

真是个小戏精加小作精，韩辰绘真是作得他头昏脑涨，他之前连续开会超过二十四小时都没有现在累。

可是他能怎么办呢？“度劫”嘛，都是这样的。

韩辰绘乖乖地依偎在郑肴屿怀中。

昏暗的车内，她的嘴角得意地上扬。

哼！郑肴屿！让你说“没有爱情的婚姻”，知道什么叫作打击报复吗？本女侠就让你好好体验体验“什么都没有的婚姻”！

红叶名邸。

韩辰绘被郑肴屿抱出十二夜的时候，两只高跟鞋都甩掉了。

车子在大门口停稳，郑肴屿将韩辰绘从车里抱了出来，又一路抱回卧室，抱到床上。

他一将她放在床上，就顺势把她压在身下，二话不说就开始吻。

“你滚开！说好了听我的，你又碰我！我晚上都没吃饭，我肚子饿……”

郑肴屿也不是想做什么惊天的大生意，就是想和自己的老婆亲热一下，怎么比登天还难？

韩辰绘一直喊自己肚子饿，郑肴屿没办法，只能换上家居服，下楼去做饭，否则他可能又要背上一个“虐待”她的罪名。

郑肴屿一走，韩辰绘就跑进浴室，锁上门，泡在浴缸里，放松身体。

这场没有硝烟的战争，她一定不能输！

她一定要让郑肴屿深刻地认识到：她韩辰绘就是“双标”！有些话她能说，他就是不可以说！

想到这，韩辰绘又伤心地嘟起嘴。

她虽然说“他帅但没感觉”之类的话，但是她也从来没有赤裸裸地对他说“我们是没有爱情的婚姻”啊……

她这么一想，觉得他更可恶了。

泡完澡，韩辰绘在床上躺了下来。

十几分钟之后，郑肴屿端着食盘回来了。

韩辰绘开始时背对着郑肴屿，傲娇地不想理他，可没一会儿，她就向美食低头了。

她不情愿地从床上坐了起来，看向郑肴屿那边床头柜上的食盘——大螃蟹！皮皮虾！鲜虾粥！都是她爱吃的！

韩辰绘口水都要流出来了：“大……大半夜的，吃这些好吗？”

郑肴屿斜着眼，微笑地看着韩辰绘：“你先把眼睛从食物上拿开，再说好不好的问题。”

韩辰绘气呼呼地瞪了郑肴屿一眼，又躺了回去，蜷成一团。

郑肴屿只能过去抱她，将她捞进怀中，对准她的脸蛋儿亲了一下，又拿过一只皮皮虾，提着皮皮虾的脑袋在她眼前晃了晃。

韩辰绘的视线跟着皮皮虾移动。

郑肴屿让她坐在他怀里，他圈着她，让她眼睁睁地看着他剥开了皮皮虾，再让她眼睁睁地看着他把虾壳丢进垃圾桶，最后他提着虾肉在她眼前晃。

韩辰绘微微张开嘴，等着对方投喂。

然后，他又让她眼睁睁地看着他微微一笑，将那一整块虾肉放进自己口中。

韩辰绘的小脸都皱成了一团。

什么叫“天生一对”？什么叫“棋逢对手”？

韩辰绘委屈地看着郑肴屿，只能服软地摇了摇他的胳膊：“老公，我也想吃……”

郑肴屿斜眼看着韩辰绘。

“好吧，我这个人向来大仁大义，以德报怨……”郑肴屿微笑起来，“看在你可爱的面子上，就给你吃这一顿，下不为例！”

韩辰绘委屈地看着郑肴屿。

郑肴屿又剥了一只皮皮虾，放到韩辰绘面前。

她张开嘴，一口将那一整只皮皮虾吃掉了。

后来郑肴屿又掰开了螃蟹，用小勺挖出螃蟹肉，配合鲜虾粥一起喂给韩辰绘。

虽然一开始被郑肴屿给耍了一下，但这顿夜宵韩辰绘吃得是非常满意的——有人做、有人端、有人喂……美滋滋呀！

虽然她横看、竖看都是一股黄鼠狼给小鸡拜年没安好心的感觉……

韩辰绘吃饱后，漱了漱口，就躺下睡觉。

郑肴屿把食盘送到楼下的厨房，再回到卧室的时候，韩辰绘已经睡熟了。

郑肴屿没有弄醒韩辰绘，静静地抱着她也睡了。

之后，韩辰绘又连续一周不见人影。

郑肴屿新注册的公司细雨汇川有一个大项目要开发，他大部分的精力投入到了工作中，就算韩辰绘又不见人影，他也没有时间去捉她。

他出差去了一趟迪拜，那边的合作伙伴显然知道他的脾性，自然少不了喝酒。

敬酒的人很多，郑肴屿也不知道自己喝了多少，只知道来了许多迪拜美女，她们每个人都打扮得花枝招展的。

一个看起来像是亚裔的女人坐到郑肴屿身边，给他敬酒。

那个女人一坐过来，郑肴屿就皱了皱眉——刺鼻的香水味扑面而来。

郑肴屿立刻站了起来，说了声“sorry（对不起）”，然后对合作伙伴们做了个打电话的手势。

这家酒店是一栋高层建筑，郑肴屿叼着烟，走到平台上。

清凉的夜风吹过来，吹散了他一半的酒意。

韩辰绘之前把他的微信删了，至今也没加回来。

他的手机里只存了少数电话号码，而排在首位的便是韩辰绘。

那是韩辰绘之前调整的，她故意在她的名字前面加了一个小小的“a”，这样她就可以排在第一位了。

郑肴屿犹豫了一下，戳了那个电话号码。

嘟嘟嘟——几声过后。

对面的声音软软糯糯的：“喂？”

看来她又不知道在哪里喝酒。

“又和小哥哥喝酒呢？”

韩辰绘嘻嘻笑了两声，道：“我以为是谁呢，原来是我们的小郑太子爷。怎么，查岗呀？”

郑肴屿没说话。

“我没和小哥哥喝酒，我在和同事们喝酒……”韩辰绘醉醺醺地说，“反正你说的，我们各玩各的，况且我现在根本没在玩，我在工作……”

郑肴屿轻轻地笑了一声。

他们两个不仅是“棋逢对手”，还“臭味相投”。

“反正你说过的，我们各玩各的，你也不要管我是和小哥哥还是和小姐姐喝酒，反正我们是——”韩辰绘一字一顿欢快地说，“没有爱情的婚姻！”

“你为什么一直纠结我说过什么啊？”夜风吹过，吹起他额间的碎发，他转了个身，背对着风向吸了口烟，“那你也不能总晾着我吧？我也是个正常的男人，你让我怎么办？”

韩辰绘哦了一声，又嘿嘿笑起来，道：“你问我怎么办？有了，我想到办法了！”

然后她回了郑肴屿五个字：“多喝热水吧。”

郑肴屿被她气得一句话都说不出。

“多喝热水”事件没有后续。

郑肴屿全程沉默，直到韩辰绘挂断了电话，他也一句话没说。

韩辰绘当时没想太多，就继续和同事们喝点小酒，谈工作上的事了。

之后的半个月，郑肴屿一直在迪拜，没有回国，也没有再联系韩辰绘，电话、短信、邮件统统没有，两个人好像又回到了刚结婚时的状态——真正的各过各的、各玩各的。

最近半年来慢慢升温的感情也似乎不复存在，她和他又回到了过去。

半个月之后，《火光之恋》开机了。

韩辰绘很少再出去玩了，和郑肴屿一样全身心投入到新的工作中。

她因为之前在《水光之恋》中的人物角色，在网络上几乎成为小三的代名词，大家一边疯狂粉韩辰绘的颜值，一边骂她的演技和人设，网友总是矛盾得很。

韩辰绘在《火光之恋》中扮演的角色叫战茉茉，剧照发出的当天，网友们就疯掉了——几个热搜被《火光之恋》的相关占据，韩辰绘也拿到了两个热搜位。

“#韩辰绘《火光之恋》#韩辰绘颜值这也太美了！我要当她的信徒！我要疯狂‘舔屏’！”

“#韩辰绘《火光之恋》#韩辰绘的颜值还是能打，感觉比她上部剧里更美，就是不知道演技……”

“#韩辰绘《火光之恋》#韩辰绘！我求求了，能看到我吗？你真是神仙颜值，只要出来站着当花瓶就行，别演戏了，真的别演戏了，我求求你！”

“#韩辰绘《火光之恋》#韩辰绘和张润晨太配了！为‘双chen’史上颜值最高CP打call！《我们来恋爱吧》快播出吧，求！”

……

韩辰绘刚拍完一场戏，在旁边休息喝水的时候，接到了一个电话，来自她的可达鸭表妹孟小桔。

韩辰绘这边刚一接起电话，就听到可达鸭在对面疯狂骂街：“傻子傻子傻子！网上一群大傻子！！我‘灰雨CP’才是史上颜值最高CP！我雨雨姐夫光颜值就可以吊打张润晨两个来回！更不要说拼实力了！姐夫的学历、财产、气质、气场……别说提鞋了，张润晨连给我雨雨姐夫擦鞋都没资格！”

韩辰绘一句话都没说。

她就知道……孟小桔这个追星少女满脑子都是怎么在网上为正主开撕。

“还‘双 chen’呢，一群傻子粉 CP 都能粉歪，就算是‘双 chen’那也得是我灰灰姐的初恋情人开晨哥，和张润晨有一毛钱关系？”

韩辰绘赶忙打断孟小桔的话：“喂喂喂！好端端的你提他干什么？平时在家里人面前少提这人。”

“我……”孟小桔顿了下，轻声说，“我就是前天去姑姑家，冬果姐和至期姐夫也在，听至期姐夫提到了他……”

韩辰绘皱了皱眉：“好端端的他们提贺开晨干什么？”

“他们……”孟小桔灵机一动，顺口瞎编，“他们说感谢姓贺的不娶之恩！”

韩辰绘心想他们会这样说才有鬼，贺开晨和冯至期是什么关系她可太清楚了，两个人从小一起长大，任谁说贺开晨的坏话，冯至期都不可能说。

就在这个时候，场记在不远处喊她：“辰绘！第七场第一镜次要开始了。”

“好！”韩辰绘回了一声，便对孟小桔悄声说，“你也少在网上和别人吵架了，就算吵赢了也没什么意义，你开学就要大四了，还是好好想想毕业和实习的事情吧。”

韩辰绘从片场回到红叶名邸，已经是凌晨一点半。

家政人员已经休息。

好在韩辰绘最后和剧组的同事们一起吃了夜宵，就没有去厨房找吃的，直接上楼了。

一推开卧室的门，韩辰绘就愣住了。

和她早晨离开的时候有一些不同——她的梳妆台上堆满了各种各样大大小小的礼盒。

韩辰绘快步走了过去，随便打开一个放在最上面的礼盒，只见一条钻石手链静静地躺在黑丝绒之上。

她再拆掉一个礼盒的包装，从包装就可以轻而易举地知道，是某个国际大牌的私人高定产品。

往常的礼物，她通常只拆一个或两个，而这次她却拆开了第三个。

那是一个手掌大小的粉红色小熊玩偶。

从拿在手中的质感和小熊脖子上缠的丝带，她可以猜到，就连这个小熊一定也是价值不菲的。

谁会进入他们的卧室？又有谁会堆放这么多贵重的礼物？答案只有一个——郑肴屿回来了。

他们有一个多月没有见面了。

韩辰绘将手中的小熊玩偶摆放在梳妆台前，便走向连着卧室的衣帽间，里面没有人。

她又走向卧室，站在门口听了几秒钟，里面也没有人。

难道他在书房？

韩辰绘又噔噔噔地将红叶名邸的所有书房找了一遍，还是空无一人。

郑肴屿竟然不在家！

韩辰绘讪讪地回到卧室，也没心情泡澡，就随便冲了冲，便躺到床上。

韩辰绘躺在床上胡思乱想：他是什么意思？难道是之前她作得太过了？还是对她“多喝热水”的蓄意报复？

不会的吧……郑肴屿不会这么无聊，他原本就喜欢出去玩……

更何况……她算什么，她不过是他没有爱情的联姻对象，如果没有父母之命，他们就是一辈子都不会有交集的两个人。

没有爱情的婚姻，她根本没有资格被他“蓄意报复”吧？

韩辰绘越想脑子越乱，从床头柜上拿起手机，随便戳了几下，便将“郑肴屿”的联系人页面戳了出来。

不行！她绝对不能给他打电话！现在的情况和过去更是不同，她身体里那个很装又骄傲的灵魂绝对不允许她做出主动给他打电话的事情！

头可断，血可流，格调不能掉！就是这样！

韩辰绘又放下了手机，委屈地裹了裹薄被。

这天晚上她睡得很不好。

从“摩天轮”事件发生之后，她的睡眠质量就直线下降，到了“多喝热水”事件，达到了巅峰——她每天都要做各种群魔乱舞的梦，也就出去和小姐姐们喝酒之后，在酒精的帮助下才能安安稳稳地睡个好觉。

之前她不知道郑肴屿回来了也就算了，现在已经知道他回来了，她的心越发沉重，更睡不踏实。

天空微亮，大约早晨四点，卧室的门被人从外面推开。

韩辰绘立刻醒了过来，但没有睁开眼睛。

她能听到对方脱衣服、摘眼镜、摘手表的声音，也能听到对方去浴室里冲澡的声音……

几分钟之后，那个制造声音的人自然地躺到她身边。

之后，世界安静，只剩下他沉稳的呼吸声。

韩辰绘慢慢地睁开眼睛。

破晓的晨光从窗帘的缝隙中钻了进来，不偏不倚正好洒在他的脸上。

他闭着眼，沉睡着。

不戴眼镜的他少了几分斯文，更多了几分来自精致五官的帅气。

就算他已经冲过澡了，她作为枕边人，还是可以闻到烟酒混杂的味道，以及香水味。

韩辰绘咬了咬唇角。

小栀子那些人平日里有多香她是很清楚的，她和她们坐一起喝上两杯酒，身上就会有各种混杂的香水味。

只要是酒吧就少不了香水味，只要进去走一圈，身上总会沾染一些。

过去他身上的香水味比现在重多了，她甚至觉得很香、很好闻，可这一次她却觉得格外刺鼻。

韩辰绘转了个身，背对着郑肴屿。

她慢慢地闭上眼，不知怎的，心中酸酸涩涩的，浑身不舒服。

第二天，郑肴屿又不见人影，韩辰绘早起要去片场都没有和郑肴屿碰上面。

再后来，连续一周，韩辰绘忙工作，郑肴屿也忙工作，两个人基本没机会碰面，有那么两天晚上都在家，韩辰绘或者趴在床上看剧本，提前准备第二天需要拍摄的戏份，或者坐在床上敲键盘写她的“霸总文”，而郑肴屿要么待在书房，要么躺在床上，笔记本电脑、平板电脑、手机来回换。

两个人几乎没什么话，俨然一副冷战的氛围。

越是冷战，越是僵持。韩辰绘几次想主动和郑肴屿说话，可她的格调让她最多只能嘟着嘴瞪他一眼。

过去郑肴屿盯着他的电子产品，韩辰绘理所当然地认为他是在忙工作，根本不会多想，而现在……她几次三番地用余光瞟他，总觉得他面对着屏幕的时候脸上的表情很奇怪，说冷不冷，说笑不笑的。

又过了一个星期，他们足足冷战半个月了。

这个不要脸的臭男人！

韩辰绘根本睡不好，从梦中惊醒的时候，眼角还挂着泪珠。

她二话不说拿起手机，直接给郑肴屿拨了个电话。

嘟嘟——只响了两声，对方便接了起来。

她能听到对方那边乱七八糟的噪声，以及他轻轻的笑声，他道："终于给我打电话了？"

韩辰绘气得呼呼喘气："你现在给我滚回来！"

说完她便恶狠狠地挂断了电话。

十五分钟后，郑肴屿便走进了卧室。

不管是从十二夜、金莎世界、星邦STARBON，或者其他任何一家酒吧回到红叶名邸，这么短的时间都很难回来——估计是郑肴屿拿刀架在司机的脖子上，逼着对方开"云霄飞车"。

韩辰绘坐靠在床头，郑肴屿在她正前方的床边侧坐了下来。

他面无表情地注视着韩辰绘，搭在膝盖上的手还夹着一根点燃的香烟。

"郑肴屿，我问你……"韩辰绘下唇微抖，显然在极力克制自己，顿了几秒钟，她的尾音颤了起来，"你是不是在外面……有别的女人了？"

郑肴屿一直注视着韩辰绘，先将香烟塞入双唇间，微微一低头，不明所以地笑了一声。

他这个态度，让她的心都凉了半截。

"或者……或者你一直都有……"韩辰绘眼眶红了，"一定是这样的，你还信誓旦旦地骗我你在外面没有女人……从一开始我就知道你是什么本性，你真是太坏了……"

"我是喜欢玩，我很喜欢去和小姐姐们喝酒，但我也就是喝酒，只是喝酒、谈笑而已，我从来没做过对不起你的事，可是你呢？"韩辰绘越说越伤心，潸然泪下，"我不想再和你各玩各的了，本来的目的是大家一起在外面喝酒放松，不要因为结婚了就束缚自我，可你在干什么？像白虹姐那样互相戴绿帽子的婚姻究竟有什么意思？好吧，就算你有了女人，你也别让我知道啊！就算我们之间没有爱情、没有感情，也总要有点儿尊重吧！我受不了了！你去找别人过吧，我要和你离婚！”

听到前面郑肴屿还没什么表情，一听到“离婚”这两个字，他立刻站了起来，眉心紧紧地皱到一起：“你说什么？”

“我说——”韩辰绘气得咬牙切齿，一字一顿地道，“我、要、和、你、离、婚！”

“辰绘，”郑肴屿冷漠地吸了口烟，“是你先把我拒之门外的，是你给我下的命令，说我不能碰你。我尊重你，所以我出去待着，来避开你，我哪里做错了？”

韩辰绘往后缩了缩，她当然没有忘……

“那……”韩辰绘挺了挺胸，毫不客气地将郑肴屿唇间的香烟揪出来，两下戳灭在烟灰缸里，瞪着对方，“那你外面到底有没有女人？”

“你今天的重点就在我有没有外遇吧？我今天就实话告诉你——”郑肴屿的嘴唇暧昧地贴在她的耳畔，似吻非吻，然后低笑了一声，斩钉截铁地说了一个字，“有！”

一个“有”字就像一道天雷朝她劈了下来！

韩辰绘立刻头晕了，气血翻涌到头顶，啊啊地大叫起来，然后在郑肴屿怀中疯狂挣扎起来，破口大骂：“果然有！果然有！你这个王八蛋！你这个挨千刀的！你滚！你给我滚得远远的！你去找她！你和她结婚去！”

任凭韩辰绘的蛮力再大，也不可能是郑肴屿的对手，他禁锢住她的身体，在床上一个翻身，将她死死地压在身下。

韩辰绘突然不再闹了，一脸生无可恋地躺在郑肴屿身下，就这么瞪他，几乎是从牙缝儿里挤出来几个字：“她……她是不是长得比我好看？”

郑肴屿眉心微皱，故作冥思苦想的样子：“我觉得你们差不多，可别人说她比你好看。”

韩辰绘紧紧地咬着唇，忍不住哭了出来。别人……竟然连郑肴屿周围的人都知道那个女人的存在了……

“说真的，我确实觉得你们差不多啊……”郑肴屿抬起一只手，又抬起哭哭啼啼的韩辰绘的脸蛋儿，对准她的红唇似笑非笑地亲了下，“我给你看看她的照片。”

“不要看！”韩辰绘又开始奋力挣扎，“我才不要看！而且我是你老婆，她……她就是个小三！要看也得让她看我的照片，我才不看她的！”

就在韩辰绘喊得撕心裂肺的时候，郑肴屿将手机拿到了她面前——大大的黑屏。

韩辰绘像要去法场赴死似的，紧紧地闭着眼睛，死活不睁开：“你拿开！我才不看她！”

“哦？”郑肴屿问她，“你真不看？真的？”

韩辰绘抿了抿唇。

其实……说不好奇是骗人的，这是人类的天性。

她傲娇地半睁开眼睛，偷偷地瞄向郑肴屿的手机屏幕。

郑肴屿见她准备偷看了，便微笑着按亮了自己的手机屏幕。

他的手机桌面非常干净，只有最下方有四个应用软件，屏保照片赫然出现，占据了整个屏幕。

当她看到那张照片的时候，立刻睁大了双眼。

韩辰绘盯着屏保照片看了十几秒钟，眨了眨眼，又一脸呆萌地看向郑肴屿。

“看到了吧？我外面的女人……”郑肴屿用手指敲了敲手机屏幕，“她就是我最近找的女朋友，我为了她花了不少钱呢。怎么样，她是不是和你长得差不多？”

韩辰绘唇角微动，又蒙又萌地看着郑肴屿。

两个人在极近的距离对视着，她的脸颊慢慢地泛起红晕。

那张屏保照片不是别人，正是她在《火光之恋》中所扮演的角色战茉茉的最新剧照。

韩辰绘脑子里好像有一团糨糊，一直很蒙。

她看到郑肴屿微微一笑，下一秒，她腰间的束缚突然消失，他用指甲挑起她睡袍的腰带在她眼前晃了晃，便扔下了床。

小别胜新婚，韩辰绘终于相信了这句话。

当她时隔两个半月，终于又和郑肴屿抱在一起的时候，这种感觉是难以言说的、非常微妙的，但她的心里知道，这种感觉比过去的每一次都好！

韩辰绘懒懒地窝在郑肴屿的臂弯之中，他的胸膛是那么温暖，让她的心灵又安稳又踏实。

她迷迷糊糊地闭着眼，感觉到他不再双手抱她，而是换成单手，下一秒她就听到床头柜方向的响动，然后是他甩响打火机的声音。

轻飘飘的烟味传来，韩辰绘懒洋洋地抬起眼皮，看了一眼旁边的郑肴屿。

她刚和郑肴屿结婚的时候，烟味是她最受不了的味道，没有之一。

她的父亲韩宗琦滴酒不沾，初恋男友贺开晨也从来不抽烟，她周围就从来没出现过抽烟的男人。

在他们洞房花烛夜那晚，她低着头，颇为害羞地坐在床上，郑肴屿直接捏着烟走进屋。

当他坐在床边，用夹着香烟的手轻抚她，她很明显地躲了一下。

那个时候的韩辰绘不知道自己是在躲烟，还是在躲他。

郑肴屿动作明显地一顿，低笑着问她："怎么，讨厌烟味儿？"

总之，小郑太子爷就是如此自信的一个男人，他只会觉得她是讨厌烟味儿，而不是讨厌他。

韩辰绘一直低着头，抿了抿唇，慢慢地点了点头。

"这样啊，"郑肴屿轻笑起来，伸手将她揽进怀中，"习惯就好了。"

后来韩辰绘觉得，可能她和郑肴屿之间的相处模式从一开始就奠定了，换作别的男人，哪怕只是因为洞房花烛夜假意哄哄她，也会说一句"那我以后少抽"，只有郑肴屿这个不要脸的人才会大言不惭地让她"习惯就好"。

事实也是如此，后来她真的习惯了。

他和她在一起之后，虽然看起来对她很好，很宠爱她，实际上他为她改变过什么吗？他依旧烟酒不忌，刚结婚的一年多甚至连夜不归宿都懒得给她打一个电话。

他的态度很明确，我不管你，你也别来管我。

直到最近半年多，两个人的关系缓和了，他才会在家陪陪她，或者主动给她打一个电话。

韩辰绘有点儿难受。

再想到那句“没有爱情的婚姻”，韩辰绘更难受了。

她在郑肴屿怀中懒懒地睁开眼，弱弱地唤他：“老公……”

郑肴屿本来正叼着烟望着天花板，不知道在想些什么，听到韩辰绘叫他，他从唇间拿出香烟，微微垂下眼：“怎么了？”

“我……我最近变得好奇怪……”韩辰绘微微动了下，声音微弱，听起来像在对他撒娇似的，“也不知道为什么，我觉得我越来越贪心、越来越不满足、越来越能作你……我觉得自己的胃口越来越大了，想要得到的东西也越来越多……”

“你想要什么？”郑肴屿将躺着的韩辰绘捞了起来，让她趴在自己胸前，他注视着她，低低地笑了起来，“我可以满足你。”

韩辰绘乖乖地倚靠着他，抬起视线：“真的吗？所有的吗？”

郑肴屿转手拿起烟灰缸，一边将指间的香烟按灭，一边轻笑着说：“只要我能做到的。”

还没等韩辰绘开口，郑肴屿立刻又冷下脸，补充了一句：“给我戴绿帽子不可以！”

韩辰绘赶紧抿住唇，眨了眨眼，黑黑的眼珠骨碌碌一转，装腔作势地说：“那我想要天上的星星！”

“可以啊。”郑肴屿将烟灰缸放回床头柜上，再用手指戳了戳韩辰绘的鼻尖，“我现在就让M国那边找人，等到下一次发现新的小行星，我就砸钱买过来，只要发现者同意，就可以命上你的名——送你一颗星星我还是可以做到的。”

说着，郑肴屿竟真的去拿自己的手机。

韩辰绘无语了。

她……她真的只是说说而已……

她赶忙伸手按住郑肴屿，因为动作有点儿大，她老腰一疼，哎哟了一声，然后坐起来瞪着郑肴屿，气得直噘嘴。

“干什么？你有钱就可以为所欲为啦？”韩辰绘瞪了郑肴屿几眼，又乖乖地躺回他怀里，小声嘟囔，“我还没想好呢，等我想到了再告诉你，就怕到时候你满足不了我。”

“哦？”郑肴屿抱住韩辰绘，一个翻身，轻轻地吻了吻她的唇，似笑非笑地问，“我满足不了你？”

韩辰绘此时后悔死了。

因为她无心的一句话，她又要倒霉了。

《火光之恋》照常开机。

韩辰绘原本白天有一场戏，但她……

在她下不来床，昏睡过去的时候，郑肴屿帮她请了假。

郑肴屿根本不知道帮韩辰绘向剧组请假应该找谁，于是直接让他的秘书去找了君视传媒，一个电话过去，君视传媒的总经理只是看着来电显示就不敢多说一句——春风又绿的董事长秘书。

春风又绿可不只是一个京城的高档小区那么简单，它的背后靠着庞大的郑氏集团，借总经理几个胆子也不敢得罪大秘书。

几句话后，电话被挂断，总经理一脸蒙地看着手机屏幕——韩辰绘不过是他们公司的一个空有颜值、完全没有业务能力的小艺人，怎么能搬动春风又绿的大秘书亲自打电话请假？

当天晚上，郑肴屿给她做了她喜欢的鲜虾粥，她刚吃完，正准备继续睡觉，又被郑肴屿捞进怀中。

后来的一周，韩辰绘和郑肴屿白天出去工作，除了有一次郑肴屿在外开会，其他时候他们两个都会默契地在晚饭时间回到红叶名邸。

如果心情好，郑肴屿还会给家政人员放个假，亲自下厨给韩辰绘做饭吃。

每次一见到郑肴屿亲自下厨，韩辰绘心情就非常好。

多数时间她会陪在厨房里——毕竟这也是夫妻相处之道嘛，总不能让他一个人在厨房里忙东忙西，她在外面当老太爷，就算她在厨房里除了倒忙什么都帮不上，好歹要站在旁边当一个吉祥物。

少数时间她会去驯鸟房把那只鹦鹉领过来，她一边喂它吃食，一边让它唱歌。

但……绿毛是一般的鹦鹉吗？它可是郑肴屿的鹦鹉！

它满嘴顺口溜，每次都把韩辰绘听晕了。

有一天，韩辰绘从厨房端着盘子出来，就听到绿毛在撕心裂肺地叫："打倒史华！打倒史华！打倒史华！"

它又开始骂驯鸟师史华了……

"打倒韩辰绘！"

很好，它又开始骂她了……

韩辰绘刚要叹气，又听到绿毛用它的破锣嗓子开始学《新闻联播》："观众朋友们，晚上好，今天是农历二月初九，公历的三月五日，欢迎收看《新闻联播》节目，首先向您介绍本次节目的主要内容，印度两辆摩托车相撞，70 余人受伤……"

听到这里，韩辰绘蒙了。

郑肴屿也端着一盘烤鸡走了出来，看到韩辰绘愣住的样子，问道："怎么了？"

"它……"韩辰绘一脸蒙地看向郑肴屿，往客厅的方向指了指，"我是说那只鸟……它是不是真的成精了啊？"

郑肴屿微微扬了扬眉梢。

"它是个段子手吗？"韩辰绘现在只想学孟小桔做"可达鸭抱头"的表情图动作，"它会改歌词骂我就算了，还会在那儿改《新闻联播》？'印度两辆摩托车相撞，70 余人受伤'是什么鬼段子啊？"

郑肴屿立刻笑了起来，放下烤盘，拿起桌上的餐巾擦了下手，然后揉了揉韩辰绘的头顶："傻孩子，你以为驯鸟师是干什么的？你知道史华每个月的工资多少吗？他不教它多说话，还想要工作吗？"

韩辰绘小脸皱成一团："原来真的是史华……那他为什么要教它说'打倒史华'啊？"

韩辰绘越说越气，哼了一声，一跺脚："他还教它骂我！得罪老板娘是什么下场他不知道吗？我看史华是不想要工作了！"

郑肴屿先为韩辰绘拉开椅子，又自己坐到了她对面，微笑着说："那下次你见到史华，就亲自把他辞退吧。"

韩辰绘嘟着嘴瞪郑肴屿。

他明知道她只是说说，不会真的辞退掉史华，就故意气她。

韩辰绘和郑肴屿在家里做了半个月的“贤妻贤夫”。

两个人谁都不出去玩了，晚上一起做做饭、逗逗鸟，其他时间，郑肴屿忙工作，韩辰绘看剧本……

开始一周的时候，朋友们都没有找韩辰绘。

一周过去，朋友们就开始陆续给她打电话。

可郑肴屿没出去玩，她就没法出门——山中有老虎，她这只小猴子是称不了大王的。

半个月过去。

那天晚上，郑肴屿在书房开完电话会议，回到卧室，看到韩辰绘像没有人气的僵尸一样半死不活地瘫在床上。

“辰绘。”

韩辰绘一脸生无可恋，懒洋洋地转过脸。

只见郑肴屿从衣帽间取出一件亮片长裙，扔到了床上。

“走。”他只说了一个字。

韩辰绘毫无生机地问道：“走？走去哪里啊？”

郑肴屿坐到床边，将韩辰绘捞了起来，二话不说就开始扒她的衣服：“你想去……不对，是我们想去的地方。”

是的，郑肴屿说得没错！是她想去的地方没错！也是他们想去的地方没错！

十二夜，丁香厅。

郑肴屿刚牵着韩辰绘走进去，包厢里就爆发出掌声。

以郑肴屿的好友唐烜为首的一群人，赶紧从沙发的美人堆里站了起来，一边拍手一边说：“哎哟，这是谁啊？稀客稀客！”

郑肴屿的另一个好友李绍齐也搂着一个美女走了过来，和郑肴屿击了下掌，笑道：“怎么，在家当‘二十四孝’好老公当不下去了？带着弟妹一起来玩啊？”

“别说话了。”郑肴屿一只手牵着韩辰绘，一只手指了指旁边的牌桌。

五分钟之后，原本动感的背景音乐换成了抒情的。

五颜六色的灯光一如既往。

牌桌上四个庄家坐好，旁边站满了人——包厢里的二十几个男男女女都围了过来。

除了四个庄家和坐在郑肴屿旁边的韩辰绘，其他人都站着围观。

李绍齐一边码牌，一边斜着眼睛看郑肴屿："我警告你，上次我翻车纯属意外。"

"真的，我们几个早就想找你报仇了，奈何你一直躲在家里不出来！"

郑肴屿冷笑了一声。

韩辰绘就坐在郑肴屿旁边，微微侧脸便能看到他——昏暗又暧昧的光线轻扫在他的面容上，金丝边眼镜泛着微光，他微挑的唇边叼着一根香烟，又帅又冷，又撩又禁欲，简直完全诠释"斯文败类"和"纸醉金迷"这两个词。

韩辰绘能感觉到自己的心脏咚咚咚跳个不停。

她赶忙垂下眼。

就在这个时候，她听到唐烜叫她，又只能红着脸抬起眼。

幸亏包厢里光线不好，没人注意到她突如其来的羞涩。

"弟妹，我得向你告状了——之前不知道是谁给肴屿吃了炸药，他每天像打了鸡血一样，各种'杀'我们，把我们'杀'得片甲不留之后便拂袖而去，连报仇的机会都不给我们！"

"别告黑状。"郑肴屿将唇边的香烟夹在指间，丢出去一张牌，"我给你们报仇的机会了，只是你们不中用。"

众人无语了。

郑肴屿在老婆面前放的这个"地图炮"真是又帅又霸气又拉风，当然了，更拉仇恨。

"哦！你心情不好，别人喂你吃'炸药'，你就'炸'我们哥儿几个是吧？"

"小郑太子爷，你的小媳妇儿在这儿，我给你留最后一点面子，别逼我认真，否则你从我这'炸'走多少钱，我要拿你双倍！"

郑肴屿又笑了一声，只吐出两个字："奉陪。"

就在他们在牌桌上"厮杀"的时候，有一个人从后面悄悄地拍了拍韩辰绘的肩膀，是韩辰绘每次来十二夜都要点的小栀子。

韩辰绘对小栀子笑了一下，便对郑肴屿说："我要去和她们喝几杯。"

然后她就站起身，从围观的人群中走了出来，和小栀子手拉手来到沙发处坐了下来。

小栀子给韩辰绘倒酒："好久不见啦。"

"其实也没有太久吧。"韩辰绘端起酒杯，"好像有两个月了？"

"对呀对呀，都两个月了。"小栀子突然神神秘秘地凑到韩辰绘耳边，轻声说，"小灰灰，我告诉你一个秘密哦，前一阵子郑总过来喝酒，他过去从来不点陪酒女的，那几次却突然点我，我觉得好意外哦，但是我猜想他可能是觉得你和我关系比较好，你喜欢点我，所以他帮我冲冲业绩。"

韩辰绘不明所以地眨了眨眼。

"郑总心情好差的，每次来都不说话，也不和我喝酒，就和唐总他们打牌，每次都把唐总、李总他们'杀'得嗷嗷叫，嘿嘿，他们贼没面子！他一般只玩两三把，'杀'完就走人了，时间很早，不过他每次离开之前都会管我借一样东西。"

韩辰绘愣了下，看向小栀子："借什么啊？"

"就是这个。"小栀子慢慢地摊开手掌，露出一小瓶香水的分装小样。

韩辰绘皱了皱眉，拿起那瓶香水小样研究了一下。

"我问郑总，是不是想送给你礼物，送香水什么的，他也没回答，后来我猜想，你好久都不来，你们是不是吵架啦？他可能是要提前离开酒吧去其他地方，虽然走的时候身上一定会带香水味，可离开这里用不了多久就会被风吹散，所以他管我借香水应该是回家之前再喷喷自己……"

韩辰绘瞬间好像明白了什么……

第八章　命中的克星

韩辰绘接过小栀子掌中的香水小样，仔细收了起来。

她微笑着和对方碰了个杯，一饮而尽。

韩辰绘和小栀子以及其他几个和韩辰绘关系比较好的陪酒女，如蓝花楹她们，欢快地一起碰了好几杯。

不知道为什么，她的心情突然变好了，甚至有点儿"豁然开朗"……

她现在满脑子都是：或三更半夜、或晨光熹微，郑肴屿或在花园里、或在卧室门前，拿着一瓶小小的香水小样对着自己一通喷，然后一脸冷漠、装模作样地走进卧室。

韩辰绘又喝了一杯酒，忍不住轻轻地笑了起来。

郑肴屿好深的套路。

她无论如何也想不到，原来郑肴屿和她是一路人——头可断，血可流，格调不能掉。

虽然郑肴屿的套路和操作又让她生了好久的气，可此时此刻她的心中只觉得暖暖的、甜甜的，有一股说不清的暖流从她心头缓缓地流向四肢。

毕竟郑肴屿的这些行为就证明他不再把她当成一个可有可无的"工具人"，一个夜不归宿也懒得打电话通知的"塑料老婆"，他开始套路她，开始在乎她。

韩辰绘端着酒杯，透过五颜六色的光线望向牌桌——围观群众将牌桌围了个水泄不通，她只能透过人群的缝隙看到郑肴屿一点点的侧脸。

她想要他越来越在乎她……她想要他对她越来越上心……

韩辰绘轻轻地叹了口气，默默地喝了杯酒。

正如她自己所说，她真的越来越不满足，越来越贪心了！

此时她一直若有所思地盯着郑肴屿，满脑子胡思乱想。

“怎么啦？”小栀子又给韩辰绘倒了一杯酒，“小灰灰好像有心事的样子？你和郑总最近是不是感情有波动？所以你好久不来，他每次一来待一会儿就走，还要管我借香水？”

还没等韩辰绘回答，蓝花楹便在旁边笑嘻嘻地道：“让我来猜猜——是不是因为郑总不听话，不在家陪小灰灰，所以……小灰灰很不满，小灰灰很生气，小灰灰吃醋啦？”

韩辰绘的脸颊唰的一下红了。

“我……我……”韩辰绘故作镇定地端起酒杯饮了一口，“我才没有！”

小栀子和蓝花楹看着韩辰绘的小模样，忍不住偷笑着对视了一眼。

“好好好！”小栀子又给韩辰绘倒酒，“我们小灰灰才没有吃醋呢，小灰灰只是心里酸酸的……”

看到韩辰绘瞪过来的“死亡目光”，小栀子立刻改口，并用手指比了个尺度，食指和大拇指几乎贴在一起：“微酸，微微酸。”

韩辰绘将酒杯放在了茶几上，站起身，双手叉着腰，气得直跺脚：“好哇！连你们也欺负我！不和你们喝酒了！哼！”

说完，韩辰绘便头也不回地走向牌桌，拨开围观的人群，坐回了她之前的座位。

见到韩辰绘回来，郑肴屿扔出一张牌，同时看了看她：“怎么了？憋了那么久没出来，这么快就喝完了？”

韩辰绘嘟了嘟嘴，瞪了郑肴屿一眼。

她越想越觉得罪魁祸首就是他，如果没有他，她才不会被小栀子她们调笑。

莫名其妙地收获一个白眼，郑肴屿扬了扬眉。

他不知道韩辰绘又在闹什么小脾气，不过她闹小脾气是常态，戏精更是常态，来得快去得也快。他只对她微微笑了笑，便不理她，继续打牌。

郑肴屿竟然无视了她！韩辰绘的气顿时泄了一半。

郑肴屿和韩辰绘绝对是“一物降一物”，他太知道怎么治她了，她闹小脾气的时候，只要没人理她，没人给她舞台，她很快就演不下去了……

这个时候，小栀子和蓝花楹端着酒杯来找韩辰绘。

她耳根子软，对方哄了哄，她便又去跟她们喝酒了。

韩辰绘和郑肴屿在家做“贤妻贤夫”太久，某种意义上来说……两个人都憋坏了。

郑肴屿依然在牌桌上把朋友们“杀”得嗷嗷乱叫，唐烜他们几次搬正在旁边喝酒的韩辰绘过去救场。

可韩辰绘对打牌是一窍不通，不管是扑克、麻将，还是其他什么，她只是勉强认识。

她只能乖乖地坐在郑肴屿身边，一边看着他打牌，一边小声嘟囔：“老公，你让着他们点，要不然你这样，以后没人和你玩了……”

唐烜和李绍齐一听到韩辰绘这样说，就对她直竖大拇指。

“对啊对啊，郑肴屿，你听听你媳妇儿的行不？”

“弟妹你真棒！你说的真对！小郑太子爷再这样不讲情面，以后我们就不会和他玩了！”

“关键时刻还得看郑太太的，看看人家多懂事理，再看看你，郑肴屿，生活在一起的两口子，做人的差距怎么就这么大呢！”

韩辰绘微微一抿唇。

只要有人吹她的“彩虹屁”，她就很不好意思，没办法让对方难堪，更不要说对方是郑肴屿的好朋友们。

郑肴屿分完牌之后，点了一根烟，唉了一声，伸手揉了揉韩辰绘的脑袋，语气十分无奈：“你们这几只老狐狸啊，可把我媳妇儿的本性都摸透了，就使劲儿吹她的“彩虹屁”是吧？”

媳妇儿……他就那么不假思索、顺其自然地当众叫她“媳妇儿”……

韩辰绘乖巧地被郑肴屿摸着，偷偷瞟向他，脸颊又泛起红晕，小心脏也忍不住怦怦怦地跳了三下。

他们两个又在十二夜玩了两个小时，便准备提前离开了。

其实韩辰绘并不想走，她前面陪郑肴屿打牌，刚和小栀子、蓝花楹喝上几杯，郑肴屿就强硬地要带她离开。

韩辰绘道："我想喝酒！"

郑肴屿冷漠地道："不行！"

韩辰绘卖萌："老公，让我喝酒。"

郑肴屿继续冷漠地道："不行！"

看着韩辰绘委屈的样子，郑肴屿稍稍放松脸色，补充道："我们换个地方喝。"

换个地方！原来还有第二场呀！

"也可以啊！就换个地方！我们去金莎世界玩吧！坏女人说不定在金莎世界呢！坏女人最近又交上新的男朋友了，我们一起去围观一下，好不好？"

郑肴屿心想韩辰绘的这个好姐妹真是个狠人。

怀揣着对金莎世界的美好憧憬，韩辰绘和郑肴屿手牵手地离开了十二夜。

郑肴屿自然没有带韩辰绘去金莎世界。司机开车沿着原路返回。

当车子驶入红叶名邸的时候，韩辰绘委屈得差点哭出来："不是说好了去喝酒吗？不是说好了去金莎世界的吗？怎么就回家啦？"

郑肴屿牵起韩辰绘的手，对她微微笑了笑。

韩辰绘无奈地深吸一口气，唉，算了，反正今天也出去喝到酒了，就回家过二人世界吧……

然而车子并没有开向他们的别墅，在最后一个路口，原本应该左转的地方，车子竟然右转了。

韩辰绘四处看了看，怎么回事？司机不可能在红叶名邸里走错路吧……

韩辰绘还没搞清楚究竟是怎么回事，车子已经停了下来。

那是一处距离他们的别墅几分钟路程的地方。

"下车。"郑肴屿先下去了。

韩辰绘一脸蒙地跟着下了车。

夏末的夜风微微有些凉，韩辰绘因为喝了酒，身上发热，夜风扑面，她抖了抖。

郑肴屿已经从车后绕了过来，见韩辰绘有些冷，便将她裹进自己怀中，抱了她两分钟，让她稍稍暖和一下，再拥着她走进前方的大门。

大门里一片漆黑，在朦胧的月光下，韩辰绘只能认出来前方是一个巨大的花园。

两个人往里走了几步，啪的一声，整个花园从极黑变成了极亮。

在一片碧绿色的草坪之上，赫然出现于她眼前的是一个巨大的玻璃花房。

房顶爬满了翠绿色的藤蔓，花房正中央是木质长书桌，角落里有饮茶的地方。

四周的玻璃墙壁前放满了各种各样的绿色植物，以及几个时尚花架，高高低低的，上面摆满了小雏菊、风信子、天堂鸟、格桑花等漂亮的小花。

花房里的冰箱“穿”着用银叶菊和小雏菊粘制而成的“外衣”，空调“穿”着点缀小黄花的白纱幔。

韩辰绘惊得立刻捂住了嘴巴。

从小她和韩冬果、朱芷欣在一起做了许许多多的少女梦，其中自然少不了玻璃花房。

“喜欢吗？”郑肴屿微微垂首，在韩辰绘耳边轻声说，“结婚两周年纪念日，我总得为你准备一点特别的东西。”

韩辰绘目不转睛地盯着这个玻璃花房。

是啊，明天就是他们结婚两周年纪念日……

郑肴屿微微笑了笑，牵着韩辰绘慢慢地走了进去。

如果说别人的花房是从诗和画中走出来的，那么他送给她的花房，便是从她的梦中走出来的——他为她编织了一个少女的梦，梦里都是阳光和花的味道。

郑肴屿带着韩辰绘在中间的椅子上坐了下来，从旁边的花架上抱来一盆蓝色风信子放到她面前，又为她斟了一杯茶，一只手搭在她的肩膀上，另一只手撑在桌面上，低笑道：“只闻花香，不谈喜悲；喝茶读书，不争朝夕。辰绘，我希望你未来会是这样，有时候我们也要抛开纸醉金迷的生活，享受自然，你说对吗？”

韩辰绘微微红着脸，抬眼看向郑肴屿。

她没有戏精地叫他“老公”，也没有叫“小郑太子爷”，而是郑重其事地叫了他的名字：“肴屿，谢谢你。”

郑肴屿坐到韩辰绘对面，似笑非笑地看着她：“这个花房离我们住的地方很近，你平时可以在这边画画、贴羽毛画。花房是我亲自设计、监督进度的，本来我以为你要和我冷战到纪念日那天，我想着把花房送给你，你就会原谅我了，没想到……”

韩辰绘真的很无语。

很好，一秒毁掉气氛，不愧是你。

“没想到什么？！”韩辰绘瞪着郑肴屿，“没想到我会给你打电话，没想到我这么不争气，提前一个月就让你如愿了是吧？”

“那倒没有。”郑肴屿挑了挑眉梢，“其实我觉得你这个人挺极端的，要么坚持不了两天就会和我撕，要么会一直坚持到最后，我见你开始几天没有反应，就知道事情要不好了，你可能真的铁了心要晾着我了，所以我只能想办法哄你开心。没想到你会在中途给我打电话，我可能对你的了解还是太少了吧。”

韩辰绘冷着脸说：“那你现在知道我为什么生气了吗？”

之前他们很有默契，都没有再提与冷战相关的事情，他也没有问过她为什么突然就对他意见颇大，不仅不让他碰，还让他多喝热水。

郑肴屿没想到韩辰绘会这样问，先是一愣，然后摇了摇头：“不知道。”

韩辰绘微笑着问：“你还记得你之前和我在游乐场约会的时候说过什么吗？”

郑肴屿认真回想了一番：“我是个丁克？”

韩辰绘微笑：“还有呢？”

郑肴屿歪了歪脑袋：“我一辈子也戒不了烟酒？”

韩辰绘继续微笑。

“哦，我知道了！”郑肴屿恍然大悟，“我说，没有爱情的婚姻才是永恒的。”

他终于说到点子上了！韩辰绘傲娇地哼了一声。

郑肴屿皱了皱眉："所以，这句话有问题吗？有什么值得你生气的呢？"

他在说什么？！

郑肴屿这个神奇的男人！他究竟是怎么做到在"浪漫模式"和"扫兴模式"之间自由切换的？

韩辰绘一口气险些没提上来，差点表演当场去世。

"对啊，你没说错啊。"韩辰绘疯狂微笑，慢慢地站了起来，又娇又羞地冲他抛了个媚眼——微笑脸和媚眼同时出现在一张脸上，简直诡异……

"老公，我也要送你一个结婚纪念日的礼物。"

郑肴屿扬了扬眉。

下一秒，韩辰绘便拿出小栀子送给她的香水小样，对准郑肴屿的脸用力喷了一下。

出于自我保护的本能，郑肴屿闭了下眼，随即立刻睁开，愣愣地盯着韩辰绘手中的香水小样。

"小郑太子爷，"韩辰绘又喷了郑肴屿一下，将香水用力地放到桌面上，她说起话来本来就像撒娇，现在更是故意捏着嗓子，那叫一个矫揉造作，"现在怎么混到连一瓶香水都买不起，还要问别人借小样呀？"

郑肴屿不说话了。

玻璃花房中的花草香顿时染上几分格格不入的香水味。

韩辰绘很装地双臂抱胸，像个女王大人一样居高临下地用眼角的余光瞥着郑肴屿。

郑肴屿发愣地盯着桌面上的香水小样，几秒钟之后，轻轻地笑了下，然后慢慢地摘下眼镜。

他微微上移视线，似笑非笑地看了韩辰绘一眼，从木桌上的抽纸里扯出两张纸巾，手指按着纸巾，仔仔细细、慢慢悠悠地将眼镜片上的香水擦拭掉。

擦个眼镜，郑肴屿足足擦了三分钟。

时间每过去一秒钟，韩辰绘就越得意一分，最后等到郑肴屿放下纸巾的时候，她简直要飘到天上去了。

韩辰绘这只小猴子被郑肴屿镇压在五指山下太久，终于可以飘上天呼吸一下上方的空气——哇！原来天上的空气这么清新！如果现在给她一个杠杆，她觉得自己能撬动地球！

郑肴屿慢条斯理地戴上眼镜，抬起眼，望着快要膨胀成一个球的韩辰绘：“辰绘，希望你明白一个道理。”

韩辰绘傲娇地嗯哼一声。

郑肴屿站了起来，然后慢慢地凑近韩辰绘：“我会问别人借香水，是我觉得那是冤枉钱，要少花，我是要攒钱给你买香水的男人。”

这……这……这……明明知道他在一本正经地胡说八道，可……可韩辰绘就是找不到什么反驳的理由！

好气啊！她好气啊！！！

郑肴屿眼睁睁地看着膨胀成球的韩辰绘变成了气成球的韩辰绘。

“你……你……”韩辰绘又拿起木桌上的香水，对准郑肴屿喷了几下，气呼呼地道，“就你会说！就你会骗人！你明明就是为了套路我，你这个臭不要脸的！”

“对啊。”郑肴屿微笑着绕过木桌，站在了韩辰绘身边，脸凑得更近了，只要他再往前一下，就可以亲到韩辰绘的小脸，“我就是为了套路你，我每天都在想，是不是我喷得还不够多呢？我的傻媳妇儿为什么一直无动于衷？”

傻媳妇儿……韩辰绘气鼓鼓地道：“我才不是傻媳妇儿！是你太狡猾了！是你太坏！竟然还借香水往自己身上喷！你这样，孙女士知道吗？”

郑肴屿猛地抱住韩辰绘，一只手揽住她的腰肢，将她抱上木桌边坐好，另一只手提起她的一条长腿，顺势缠在自己的腰侧。

他凑到她面前，在花草香中，两个人交换着呼吸。

他突然低低地一笑，道：“孙女士知不知道我不清楚，但是你知道……”

韩辰绘的心脏猛地跳动了一下，然后她的唇便被对方狠狠地吻住。

其实他很少吻她，每一次他一吻，她就整个人飘飘然了……

月光轻洒，夜风习习。

在小小的冷战插曲过后，日子恢复了平静。

韩辰绘觉得让郑肴屿深刻认识到自己的错误还需要时间，光是发脾气、冷战、作，是没有用的！

《火光之恋》如期拍摄。

《我们来恋爱吧》也已经录制了四期，定了上线时间。

韩辰绘靠着《火光之恋》中的战茉茉，在网上又掀起了几波浪潮，当然了，哪怕是韩辰绘最死忠的粉丝也不会对她的业务能力抱有任何幻想，大家只是单纯地粉颜值罢了。

其间，《火光之恋》的主要演员上了一个国内非常火爆的综艺节目《快乐江湖》。

君视传媒之前制作的《水光之恋》在网络上火爆，《火光之恋》汇集了之前的主演申莹莹和苏想，一个实力影后，一个人气小生，又有超一线流量明星张润晨加入做男一号，在网上可谓是自带热度，想没有话题都难。

《水光之恋》的主角CP是申莹莹和苏想，到了《火光之恋》就变成了申莹莹和张润晨，再加上张润晨和韩辰绘的《我们来恋爱吧》马上上线，各种CP乱炒，CP粉和唯粉各成一派，跃跃欲试。

在《快乐江湖》的后台，韩辰绘正在化妆，却看见了白虹。

她面对着镜子，对白虹点头示意。

而对方显然也没有任何想要过来说话的意思，也点头示意。

其实韩辰绘疑惑极了，白虹可是真正的人间富贵花，千金名媛，平时去的地方最低级别都是国际大牌的时尚秀，怎么会跑到一个综艺节目的后台来？

但当她见到苏想之后，便恍然大悟……

可真够厉害的，她的意思是……苏想可真够厉害的，这么久了竟然还能讨白虹的欢心……

苏想也注意到韩辰绘在看自己，有些尴尬地和对方点了下头。

韩辰绘不知道白虹有没有告诉过苏想她的真实情况，不过上次在金莎世界他亲眼见到白虹和她打招呼……估计他已经猜到什么了吧……

算了，想这些没什么用，韩辰绘专注于自己的妆容，让造型师稍微调整了一下。

郑家以郑万杰为首就看不上娱乐行业，自然也看不起娱乐圈的从业人员，所以郑肴屿周围的朋友都觉得韩辰绘最好离开娱乐圈，少在这个浮躁的地方抛头露面，否则时间久了，郑家那边一定会不满。

郑肴屿虽然看好娱乐行业的发展前景，但也不想进军娱乐业。

郑家也好，郑肴屿也好，至少五年内和娱乐行业是不会有任何交集的。

在娱乐圈里沉浮的这些人，永远要用仰望的姿态去看郑家，想攀都找不到渠道。

韩辰绘在《快乐江湖》上表现得非常好，毕竟她刚出道的时候就是靠着在各种综艺节目积累的人气，才出道去演戏的。

整个节目中，她大大方方，回答得体。

于是，《火光之恋》还没有播出，韩辰绘就借着《快乐江湖》又在网上火了一把。

神仙颜值、魔鬼身材、可爱性格，谁能不喜欢呢？

当然，只要她别唱歌。

韩辰绘在《火光之恋》里扮演的战茉茉，人设是一位当红歌手，《快乐江湖》的主持人自然少不了让她当场高歌一曲。

韩辰绘也不含糊，拿着麦克风就开始唱。

于是她又成功地让自己上了热搜。

“#韩辰绘唱功#别唱了！！啊啊啊！答应我，别唱歌！别演戏！安静地做个花瓶！！！”

“#韩辰绘唱歌#我好喜欢韩辰绘的性格啊，好可爱，当然，是她不唱歌、不演戏的时候……君视传媒的策划人员可能是个傻子，她演技辣眼睛，唱歌辣耳朵，就让她当个花瓶不好吗？！”

“#韩辰绘唱功#我就没见过几个业务能力像韩辰绘这么差的！但她长得好看，长得真好看啊！”

“#韩辰绘唱功#只要别演戏、别唱歌，绘绘还是一个好宝宝，妈妈爱你！”

“#韩辰绘唱功#闭麦吧！求求你了！隔壁小孩都吓哭了……”

……

除了她的唱功，她和张润晨、申莹莹和张润晨的CP感，在网上也有了很高的讨论度。

总之，韩辰绘的事业如火如荼。

在《快乐江湖》播出的那几天，郑肴屿出差去了 M 国，他的基金会有突发情况，必须要他亲自过去处理。

以前郑肴屿去 M 国都要去很久，少则半个月，多则两三个月，可这一次他却只去了一周。

一周之后，郑肴屿便带着一大堆礼物回国了。

终于有一次是他回国的时候，韩辰绘不是正在化妆臭美，准备出去玩，此时她正在床上写她的“霸总文”。

郑肴屿一回来，韩辰绘赶忙将她的电脑藏了起来，飞快地拿起剧本，假装在研读。

两天之后，《快乐江湖》的热度逐渐退却。

那天晚上，郑肴屿半躺半坐在床上，滑动着平板电脑，处理工作。

韩辰绘则躺在他的旁边看剧本，看到高潮的地方时，还会兴奋地读剧本。

剧本上有需要战茉茉上台演唱的情节，韩辰绘就开始扯着嗓子唱了起来。

郑肴屿瞥了眼韩辰绘，没有说什么。

韩辰绘高歌完一曲，便很丧地看着郑肴屿，像一只八爪鱼一样整个缠上对方的身体，又委屈又可怜地卖起惨来：“老公，你说我唱歌又不要钱，又不收费，他们为什么都让我闭麦……你说我唱歌真的有那么难听吗？你喜欢听我唱歌吗？”

郑肴屿微微笑了一下，不再滑动平板电脑了，看向缠在他身上的韩辰绘，摸了摸对方的脑袋，认真地点头：“我喜欢听啊，所以你以后唱歌还是收费吧。”

韩辰绘顿时美滋滋地笑了起来。

她立刻坐了起来，身子挤进对方的臂弯之中，撒娇地蹭了蹭，眨巴着大眼睛：“老公，你是不是想说，在你心中我的歌声堪比天籁，价值千金！”

郑肴屿很满意韩辰绘的“投怀送抱”，微笑着抱了抱她，又继续看平板电脑。

“我是想说——”就在韩辰绘满脸期待的时候，他又开始不当人了，“你还是收费吧，这样没人听还能有个理由。”

韩辰绘被他气得一句话都说不出来。

后来一连三天，韩辰绘都没有搭理郑肴屿。

她也不知道为什么自己一遇上郑肴屿就变得异常“双标”——其实网上那些网友 diss（不尊重，引申为怼某人）她的话可比郑肴屿厉害、恶毒几百倍，她虽然心里不舒服，但不知道是不是习以为常了她心里也没有太大的波动，而郑肴屿一说她……她就受不了，全方位地受不了。

她也有点儿受不了这样的自己。

韩辰绘独自思索了两天，也没有想明白为什么自己对郑肴屿就很“双标”。

那天晚上，郑肴屿出去玩，没有在家，韩辰绘拿出手机，给时珊珊发微信，开始吐槽。

几分钟之后，微信信息来了。”

时珊珊：“韩辰绘你可能是傻的，到现在都不明白自己为什么会变得‘双标’吗？”

韩辰绘发了张“委屈”的表情图。

时珊珊：“韩辰绘，因为他是你老公，是你最亲近的人，别人 diss 你，那是别人，可你的内心是不想让郑肴屿看不起你的，多么简单的问题，你怎么都想不明白呢？”

韩辰绘：“……好像是这样。”

时珊珊：“不过啊，辰绘，你那天在《快乐江湖》的片段我也看了，是真的……你说说你，又漂亮，又会书法、绘画、根雕，贴羽毛画也是一绝，就不能安安静静地做个美丽的花瓶，或者当一个诗情画意的才女吗？为什么非要唱歌、演戏？为什么！”

韩辰绘：“坏女人！你再这样说，我不和你好了！别人不知道，你还不知道我吗？唱歌是无所谓的，我就喜欢演戏！虽然我的演技差……但我好喜欢演……”

《火光之恋》的拍摄进程已过半。

韩辰绘所扮演的战茉茉连女二号都排不上，最多就是一个戏份中等的女五号，虽然《火光之恋》还有一半没有拍完，但战茉茉的剧情已步入尾声，韩辰绘也进入了杀青倒计时——现在她每隔两三天才有一两场“打酱油”的戏。

其他时间她除了去剧组帮帮忙，或去君视传媒找经纪人 Anemone，都在红叶名邸休息。

偶尔她也会应朋友的邀约去酒吧喝一杯，但大多数时间都会留在她的玻璃花房中。

韩辰绘非常喜欢郑肴屿送给她的少女梦。

白天，她会沏一壶茶，被太阳和花香拥抱，时不时闭眼小憩，轻松惬意，岁月静好。

晚上，她便斜躺下来，透过玻璃花房观看无垠的夜空，月亮高悬，星光坠落。

如果郑肴屿闲下来，会过来陪陪她，两个人或是饮茶作画，或是谈天说地，或是打情骂俏。

夏末的夜晚微凉，可正午时却很热。

韩辰绘躺在木榻上，虽然花房里有恒温空调，她依然装模作样地拿着一把郑肴屿之前送给她的玉扇，懒洋洋的，一边扇着若有若无的小风，一边闭着眼睛吃着冰西瓜。

今天她没有工作，吃完早饭便来了花房，安安静静地贴了一上午羽毛画。

午饭过后，韩辰绘想午睡一会儿。

玉扇越摇越慢，一盘西瓜也不再碰了，她正迷迷糊糊要睡过去的时候，玻璃花房的门被人从外推开了。

“辰绘。”

是他们的家政人员张姨的声音。

“郑太太来了。”

韩辰绘立刻睁开眼睛，脑子转了一秒钟，便飞快地放下手中的叉子和玉扇，并从木榻上一个鲤鱼打挺站了起来。

“妈，”她赶紧唤道，“您来啦……”

是的，来人不是别人，正是郑肴屿的亲妈、韩辰绘的婆婆，郑太太孙蔓宁。

孙蔓宁穿着高定的玫瑰红贴身小礼服，礼服下摆再罩上一层高档黑纱，又低调又性感，根本看不出来已经五十多岁了。

孙蔓宁身后除了家政人员张姨，还有几个黑衣保镖。

孙蔓宁慢慢地摘下架在鼻梁上的时尚墨镜，先是一脸冷漠地看了韩辰绘一眼，又四处打量这个玻璃花房。

没有郑肴屿在身边，韩辰绘对她这个婆婆是从心里发怵。

不过她不是第一次和孙蔓宁打交道了，对方是个不接地气的人物，基本上遵守“伸手不打笑脸人”的原则，她只要大大方方的便可。

韩辰绘走到茶桌前，认真地斟了一杯茶，恭恭敬敬地举到孙蔓宁面前：“妈，您喝茶。”

孙蔓宁又一脸冷漠地瞥了韩辰绘一眼，晾了她几秒钟，还是慢慢地端起她手中的茶杯，优雅地抿了一小口。

这就算敬完茶了，韩辰绘根本不指望孙蔓宁那张高贵的嘴会喜欢喝她泡的茶……孙蔓宁能意思意思抿一下，就算是给她这个儿媳妇天大的面子了。

韩辰绘没有直接将茶杯中的茶水倒掉，而是轻轻地摆放在孙蔓宁前方的木桌边。

孙蔓宁慢慢地抬起长腿，绕着花房中央的木桌走了一圈，似乎在认真观看韩辰绘尚未完成的羽毛画。

“挺不错的。”

韩辰绘露出营业式微笑，看向孙蔓宁：“如果妈喜欢的话，过几天我和肴屿一起回家，送您一幅。”

孙蔓宁冷冷地抬起眼：“上一次你不是送过我们一幅了吗？万杰很喜欢，已经挂在了书房里。”

她一时之间竟听不出来孙蔓宁说的是真的还是假的……

她的羽毛画虽然得到过韩爷爷的真传，但也只是游戏之作，登不上大雅之堂，郑肴屿的父亲郑万杰竟然会喜欢？还挂在书房？

孙蔓宁又抬眼扫视了一圈，意味不明地笑了起来：“这个花房真的不错，肴屿应该花费了不少心血和金钱，看得出来他很宠爱你，你们夫妻的感情也很好。”

韩辰绘心中一抖——她怎么越听越觉得孙蔓宁话中有话？

“妈，这间花房是……”

她刚想说是他们结婚纪念日的礼物，可却被孙蔓宁打断：“无所谓，你用不着紧张，更用不着解释，肴屿已经长大了，早已独当一面，他自己赚来的钱，喜欢怎么花就怎么花，而且你是他的老婆，他给你花多少钱都是应该的。”

“活在天上”的孙女士连阴阳怪气都这么不接地气。

“你们小两口的事情，原本我和你们父亲是不应该过问的……”孙蔓宁轻轻地吹了吹墨镜，优雅地戴了起来，居高临下地看向韩辰绘，“既然你的工作赚不到什么钱，又何必要再去做呢？一个在娱乐圈那种浮躁的环境工作的媳妇儿，并不能给肴屿和郑家带来任何正面影响，之前我一直不过问，是尊重你的选择，至少你的劳动可以获取相应的报酬。

“事实好像并非如此……现在肴屿和你的感情很好，你完全可以做一个豪门太太，每天花钱、打牌、陪伴丈夫、带带孩子，我想这样的生活也许更适合你。

“你可以好好想想我的提议。”

孙蔓宁冷漠地说完，便带着一群保镖离开了玻璃花房。

韩辰绘愣愣地目送孙蔓宁坐上黑色轿车，车子走远。

说实话，刚才孙蔓宁的一席话确实让韩辰绘的内心产生了极大的震动。

孙蔓宁是什么意思？是拐弯抹角地嫌弃郑肴屿给她花钱了吗？还是说“高贵”的郑家嫌弃她在娱乐圈的工作？

韩辰绘脸色铁青，小拳头攥得紧紧的。

她觉得自己受到了莫大的折辱！

自从她嫁给郑肴屿，郑肴屿无数次问她要不要钱、有没有缺钱，她从来没有开口管郑肴屿要过一分钱……就算她在娱乐圈是个十八线小明星，没什么广告代言，谈不上是个小富婆，可她也是拍过几个火爆综艺和大爆剧集的……她赚到的钱足够她自己消费。

还有她的娘家……要房产有房产，要资产有资产，爷爷和父亲还有一门祖上传承下来的手艺……

孙蔓宁为什么说得她像是一只米虫？怎么好像她离了郑肴屿就活不下去？

她一个名牌大学毕业的，虽然演戏业务能力太差，在网友那儿褒贬不一，但靠着自己的特点在娱乐圈也混得风生水起，又会书法、根雕、羽毛画……就算她再不济，也饿不死自己！她也不至于去做一个连吃饭都要靠老公的豪门太太！

韩辰绘在花房里坐了一下午，想了许多。

天色渐晚，韩辰绘从花房气势汹汹地走去他们的别墅。

郑肴屿正坐在餐厅里等她吃晚饭。

韩辰绘看了郑肴屿一眼，没有说什么，而是坐下来默默地端起碗筷。

她注意了下餐桌上的食物——谈不上山珍海味，但也是非常丰盛了……

韩辰绘一声不吭地开始吃饭。

郑肴屿觉得有些奇怪——往常韩辰绘都会在吃饭的时候叽叽喳喳地和他聊天，今天却如此安静。

他给她夹了几筷子菜，问道："怎么了？今天这么安静，有心事？"

韩辰绘摇了摇脑袋，小声嘟囔："没事……下午没睡好，心情不好……"

郑肴屿除了给她夹菜、剥虾，不再烦她。

结束晚餐后，郑肴屿便去二楼的书房处理工作。

韩辰绘坐在一楼的客厅，漫无目的地调着电视台。

那只绿毛鹦鹉站在旁边不停地说着。

她不仅没有和它吵架的心情，甚至连它说了什么都没认真听，她的心中仿佛有千斤重的石头。

一个小时过去，韩辰绘终于坐不住了，将家庭影院关掉，走上楼去，轻轻地敲了敲郑肴屿书房的门。

书房里，郑肴屿在开视频会议，听到敲门声，他暂停了会议，回了声："进来。"

韩辰绘慢慢地推开了书房的门。

郑肴屿放下耳机和文件夹，扬了扬眉，问："怎么了？"

韩辰绘深吸了一口气，轻轻地关上门，站到郑肴屿的书桌前。

郑肴屿背脊直挺地坐着，双臂搭在书桌上，抬眸看她："你的脸色很差，这一晚上都挺反常的，发生了什么事？"

"郑肴屿。"韩辰绘郑重其事地说，"我们两个是夫妻，我觉得夫妻就要有夫妻之间的义务，其中包括经济，我们要共同承担我们的生活。"

郑肴屿微微皱了皱眉——他完全没想到韩辰绘会突然没头没脑地说这些。

"所以……？"他问。

"所以！"韩辰绘一脸严肃，直视着郑肴屿，"我们现在的房子和车子是你出的，那么以后雇家政人员、司机、驯鸟师、水电供暖，还有平时我们去酒吧喝酒什么的，这些费用都要算在我的账上，我来支付。"

郑肴屿惊呆了。

"去我们两家父母那边的话，但凡是送给郑先生和郑太太的礼物，费用也要由我来支付！你平时也少送给我和我们家礼物，如果逢年过节非要送不可，希望你能选择一些便宜的，别那么奢侈。"

郑肴屿顿时笑了起来，对韩辰绘摊了下手："你什么意思？是怕我这么奢侈有一天破产了？在帮你老公省钱？"

韩辰绘本来就生气，见郑肴屿这个态度，又忍不住嘟起嘴巴。

"辰绘，"郑肴屿收回手，双手手指又轻轻交叉，"你知道我有多少钱吗？"

韩辰绘轻轻地哼了一声，小声嘟囔："你有多少钱关我什么事……以后我们就按照我的安排来过日子。"

"我现在还不需要你来为我省这么几个钢镚儿，不对……应该是一辈子都不需要你来省这一点儿钱。"郑肴屿目不转睛地注视着韩辰绘，低低地笑了一声，嗓音低沉又性感，"你随便花不就行了？辰绘，你可以花一辈子。"

你可以随便花一辈子……

如果郑肴屿说的是情话，那这可能是世界上最动人的情话了。

但韩辰绘知道，郑肴屿说的根本不是情话——他只是认真衡量过自己的财产，非常自信地对她说了一个既定的事实。

她确实可以花一辈子，哪怕有朝一日他厌烦了她，他们离婚了，她不再是郑家的儿媳妇儿，以他的实力，也依然可以让她随便花销。

别说她平时能自给自足，就算她真的躺在家里疯狂花钱，当一只米虫，她花再多的钱在他看来也不过是几个钢镚儿而已。

“我为什么要花你的钱？”韩辰绘反问道，“我是米虫吗？只会吃你的大米吗？”

郑肴屿微微皱了皱眉，如实回答：“辰绘，你是我老婆，没人敢说你是米虫，而且你有自己的事业，你也确实不是米虫。”

“好！”韩辰绘郑重其事地点了点头，眼睛一眨不眨地盯着郑肴屿，认真地说，“你知道我不是米虫就可以了。我一定会努力提升业务能力，努力赚钱的！我要证明我不比你差！”

郑肴屿嘴角慢慢地漾开一抹弧度，有些意外又有些玩味地挑了下眉梢。

“我一定要证明——”韩辰绘握了下拳，一脸严肃，无比傲娇地道，“是你离了我活不下去，而不是我离了你活不下去！”

说完，她很装地撩了撩自己的长鬈发，连一个多余的眼神都没给郑肴屿，更加装地转身离去。

韩辰绘头也不回，昂首挺胸地离开郑肴屿的书房，关上房门之后，便捂住胸口，长吁了一口气。

刚才她最后说的那几句话可绝对是她多年装腔作势生涯中里程碑式的作品！

看来最近她“霸总文”写多了，文采提升了不少。她是怎么想到“是你离了我活不下去，而不是我离了你活不下去”这句话的？

霸气！简直就是装腔作势一百分！完全不用吝啬任何赞美！

当然，韩辰绘的膨胀只持续了几分钟，从郑肴屿的书房走回卧室后，她就泄了气，没精打采地瘫在床上。

且不说她离了郑肴屿能不能活……郑肴屿凭什么离了她活不下去？

韩辰绘扪心自问了好久，实在想不出来任何郑肴屿离了她活不下去的理由。

唉……韩辰绘在心里叹了口气。

她在床上瘫了一会儿，便拿起手机，开始查看自己的小金库——毕竟说出去的话就像泼出去的水，以后她要负担家中和两个人的种种开销，应该提前打算起来。

等到韩辰绘看到小金库上的数字，她人都晕了。

在她嫁给郑肴屿之前，她是能攒钱的，实打实地攒了不少钱。可自从她跟郑肴屿结婚后，花钱就开始大手大脚，根本不加考虑，有钱就花，从来不省着……

韩辰绘打开微信，又开始和姐妹们吐槽。

时珊珊："……辰绘，我觉得你发烧了。"

朱芷欣："我看你是烧昏了头！"

时珊珊："辰绘可能对她老公一无所知。"

朱芷欣："是谁给你的勇气对郑肴屿说出以后你们的日常花销由你来支付？不是我看不起你，辰绘，其实你也蛮能赚钱的，至少你一年赚的钱够我赚一辈子了，娱乐圈里有金矿我们知道，但就你一年赚的那几百万元，都不够郑肴屿保养你们家车库里那些车的吧？"

韩辰绘："我说了房子、车子是他出的，我出其他的费用。"

时珊珊："你还说了以后你们出去花天酒地的账也要由你来付——我就是看你说的这句话才觉得你疯了……"

朱芷欣："你老公是什么 level（水平）你心里没有数？"

韩辰绘："……我说的是我们出去啊，他自己出去玩，那还要算我的账？我出去玩也从来没花过他的钱，一家人就是要整整齐齐的，谁也别想逃！"

时珊珊："……辰绘，你可能不知道你家的流水有多夸张……"

朱芷欣："是的，不说别的，就说红叶名邸那个地段，你家那么大，又是泳池又是喷泉，又是露台又是花房的……光是水电费什么的估计就是一大笔数目……"

时珊珊："不过你婆婆真是好奇怪，既然她看不起你在娱乐圈的工作，那你做一只啃老公的米虫她反而看得起了？还是说她根本不关心你干什么，只是因为你在娱乐圈丢了他们郑家的脸？"

韩辰绘："我不管，我不能被她看不起！反正我话都吹出去了，努力赚钱就是了！不然我以后还有什么家庭地位可言？"

朱芷欣："你……加油。"

时珊珊："加油。"

就在韩辰绘和姐妹们疯狂吐槽的时候，郑肴屿也停止了视频会议。

从韩辰绘离开他的书房，他的眉心就一直没松开过。

韩辰绘好端端的为什么突然过来和他说这些？为什么莫名其妙地开始和他扯经济，要和他共同承担生活费用？

而且韩辰绘最后和他说的那几句话分明就是在赌气。

他的老婆有几根花花肠子，有几斤几两重，他再清楚不过了，她虽然是个小戏精外加小作精，但可不是个扭扭捏捏的矫情女生，她从来不管他要钱，可如果他主动送给她礼物，她也没有搞出点事情，比如为了所谓的自尊拒绝，她一直欣然接受，她自己赚了钱花起来也绝不手软……

而今天她会在“钱”这个问题上和他闹这么大的意见，一定是发生了什么事情。

郑肴屿按了下书桌上的座机。

嘟的一声过后，他冷冷地说：“上来。”

两分钟之后，书房的门被敲响。

“进来。”

房门被慢慢地推开。

“郑先生。”进来的正是家政人员张姨。

郑肴屿面无表情地扫了张姨一眼，又冷漠又强势地低声问：“今天太太见过什么人或者接过什么电话吗？”

张姨吞吞吐吐的——两边都是东家，她谁也不敢得罪。

她再一想，自己怎么也是靠郑肴屿吃饭的，他不问的话自己就不主动说了，既然他都问了……

“郑先生，今天下午大太太来过，是去的花房……”

根本不用张姨说太多，只这么几句话，郑肴屿顿时豁然开朗。

他对张姨做了个手势，示意她出去。

如果是孙蔓宁来过，并且看过他送给韩辰绘的玻璃花房，那么所有困扰在他心头的问题便迎刃而解了。

郑肴屿给他的秘书发了封邮件。

十分钟过去，秘书便回了他邮件。

郑肴屿打开邮件快速地读了一遍后，便冷笑了一声。

他想了想，再次拿起书桌上的座机，慢悠悠地按了几个数字。

嘟嘟嘟——电话对面响起一道娇柔的女声，尾音微扬："喂？"

郑肴屿没有立刻回答。

电话对面有一些吵闹，对方似乎是看了来电显示，站起身走到了包厢外稍微安静的地方，问："肴屿吗？什么事？"

"陈小姐。"郑肴屿低声一笑，"好久不见。"

"哎哟，"陈伊心甜甜地笑了起来，"我还以为你最近沉溺在温柔乡里，根本记不得还有我这个人了呢。"

对方名叫陈伊心，是陈家的大小姐。

陈家和郑家关系较远，却和孙家关系颇深——确切地说，是陈伊心的叔叔们和郑肴屿的舅舅们，也就是孙蔓宁的弟弟们很熟。

当初孙蔓宁是非常看好陈伊心的，就像郑万杰娶了她一样，她也希望郑肴屿会娶一位和他门当户对并对他的事业和未来都有助力的妻子，陈伊心显然是那个最好的选择。

和孙蔓宁的心意一样，陈伊心也喜欢郑肴屿，在郑肴屿还在M国大学读书的时候，陈伊心就多次和爷爷提起自己心仪郑肴屿。

可出乎陈伊心意料的是，郑肴屿毕业回国没有两年就突然结婚，娶了韩辰绘。

在陈伊心看来，韩家就是一个每天摆弄木头桩子的小门小户，韩辰绘则是个在娱乐圈混的小演员，韩辰绘凭什么能嫁给郑家的太子爷？

别说陈伊心了，就连郑家自己，乃至韩辰绘本人，都不看好他们这段莫名其妙、门不当户不对的婚姻。

郑肴屿又低笑了一声，道："陈小姐说笑了，温柔乡确实舒服，但不至于让我变成傻子。"

陈伊心顿了下，再也笑不出来了，而是冷冷地问："你都知道了？难道是……"

"陈小姐，"郑肴屿虽然在笑着，可声音里却听不出任何笑意，"查查孙女士在我送给辰绘花房之后都见过什么人，这件事还是很简单的。"

"哦，这样吗？"陈伊心又轻笑起来，"既然你觉得查人很简单，连孙女士的行程你都可以轻而易举地查到，那你为什么不查查你的老婆呢？”

郑肴屿微微皱了皱眉。

“郑肴屿，我是为了你们好，或者说，我是为了给你们郑家留脸面。如果让郑老爷子或者郑万杰知道，韩辰绘作为郑家的儿媳妇儿，在娱乐圈抛头露面还不够，还要去和当红小男生扮演什么情侣，当众给你扣绿帽子，让郑家蒙羞，他们会如何？或者圈内的人会如何想你们郑家？”

“哦，陈小姐，就是这件事吗？”郑肴屿轻轻一笑，反将一军，“抱歉，我老婆在做什么工作我比你清楚，我从来不会过问她工作上的事情，这是我对她的尊重，希望陈小姐以后也给我的太太足够的尊重，再见！”

说完了“再见”，郑肴屿便很没有风度地直接摔了电话。

是的，他的脾气其实一点都不好。

作为“太子爷”长大的他，怎么可能会没有少爷脾气？

他受过最好的教育，他明确地知道，想要做一个成功的上位者，首先就是不能被人读出来任何情绪。

郑肴屿很会控制自己的情绪，很少莫名其妙地发脾气，更很少做没有风度的事情。

他不会摔别人的电话，尤其对方不是他的下属，而是世交的女儿，但刚才那一瞬间，他根本想不起来保持风度。

最后他还能说出那一声“再见”，只能证明他还没有完全失去理智。

他满脑子都是“扮演情侣”“绿帽子”这几个关键词。

郑肴屿也不知道自己胸口是哪里来的那么大的火气。

等稍稍平息了心中的怒火，他拿起自己的手机，又给秘书发了封邮件。

在等待的过程中，郑肴屿双目微闭，指间转动着钢笔，大脑放空。

他最后和陈伊心说的那段话，完全是为了给韩辰绘和自己撑面子，他已经很久不去关注韩辰绘最近在做什么。也可能是他过于小看了她，他一直觉得韩辰绘一个娱乐圈的十八线小明星，工作不外乎就是那些。

在他们结婚的第一年，韩辰绘一开始会向他汇报她的工作内容，其实就算她不主动说，他对她的工作也是了如指掌的，韩辰绘每天见了什么人、拍了什么东西，就算他从来不看，也有人专门向他报告。

最近大半年，郑肴屿和韩辰绘之间的感情越来越好，他便不再像过去那样每天让专人汇报她的工作和行程，毕竟韩辰绘的工作确实挺没有新意的，永远是老三样，连个广告代言什么的都没有……

他自己的生意也越来越忙，他每天有那么多工作要处理，空闲的时间不多。

不知道过了多久，书桌上的笔记本电脑响起了提示音。

郑肴屿立刻停止转动钢笔，打开笔记本电脑，输入密码，接收了秘书发过来的一个视频文件，然后他拿起笔，用尾端轻轻地敲击了一下电脑键盘上的回车键。

笔记本电脑里传出声音，视频开始播放。

"……欢迎大家收看《我们来恋爱吧》第二季！这一季我们邀请了大家非常喜爱的情侣嘉宾，首先是第一组情侣，让我们热烈欢迎超人气小生张润晨！"

"观众朋友们好，我是张润晨。"

"再让我们热烈欢迎他的恋爱搭档，最高颜值担当韩辰绘！"

"大家好，大家好呀，我是韩辰绘。"

笔记本电脑屏幕发出的幽幽蓝光反射在郑肴屿的眼镜片上，他一动不动、面无表情地观看完了整个视频。

直到视频结束了十分钟，郑肴屿才终于动了第一下。

他微微垂下双眼，下一秒，眉头微皱——他可以看到自己拳头紧握，手背和手指上暴起青筋，异常突兀清晰，甚至有一种病态之感。

他慢慢地松开手掌，翻过来一看，指甲陷在肉里留下的痕迹十分明显，正渐渐地泛起血丝。

第九章　两颗红豆

与此同时，韩辰绘正趴在床上，哼着小曲儿，美滋滋地敲击着笔记本电脑的键盘。

之前是吃了孟小桔的激将法，为了和对方比个高低，韩辰绘才开始写“霸总文”的，但这几个月写下来，她竟然找到了一些乐趣。

她就是那小说世界的主宰者，她想让郑肴屿怎么“死”，郑肴屿就要怎么“死”，尤其是每次他惹恼她之后，她就会在小说里报复对方。

当然，韩辰绘不会直接用“郑肴屿”“韩辰绘”这样的大名，她很机智地给他们两个都起了化名。

郑肴屿本来姓“郑”，小说中就化作“盛”,“肴屿”就改成“佳岛”——毕竟“肴屿”可以分成“佳肴”和“岛屿”嘛。

而她自己呢，在战国时期，韩国、魏国和赵国合称三晋，魏姓比赵姓稍微罕见，她就让自己姓“魏”，名字简单一点，根据“绘画”化作“画画”。

韩辰绘特别喜欢自己起的这两个名字，她左看右看、横看竖看，都觉得自己可太有文化了！

总之，怎么傻怎么来，梗怎么老她怎么写……

就像这一次，孟小桔接收到韩辰绘耗时一周才完成的一章，只用了三分钟便读完了，然后韩辰绘的微信便不停地响……

孟小桔："灰灰姐你清醒点！"

韩辰绘："什么？"

孟小桔："你确定你写的这些会有人看？你当初吹的牛皮可别不攻自破了哦！就你写的这些，如果是一部搞笑小说，我可能会拍手叫好，可你在写CP文！知道吗？虽然是'霸总文'，但你是以'灰雨CP'为原型写的，那就是甜甜的CP文，而你写的是什么？"

孟小桔："魏画画为什么会把盛佳岛弄成'砧板上带血的咸鱼'？一个霸道总裁真的会邪魅一笑地被他的女人整成咸鱼吗？还有，'带血的咸鱼'又是什么鬼？你是电锯杀人狂？"

韩辰绘："可达鸭你没有审美！一点都没有！"

孟小桔："是我没有审美还是你写得太傻了，希望你有点儿数，谢谢！不对，我不应该这样说你，你一直没发表，就证明你对自己是很有数的。"

韩辰绘："我又没说这是CP文！"

孟小桔："可是你这分明就是CP文！你连名字都是对应取的你忘了？而且当初你和我装的时候可不是这样说的！你说我写的文不好不是因为题材，是我写得太差！然后笔给你，你来写了！"

韩辰绘："你本来就写得差！不然编辑也不会让你去写'虐文'！"

孟小桔："你还不如我！灰灰姐，你每天被我雨雨姐夫捧在掌心里呵护，你自己就是当事人啊！你就不能好好写写你是怎么和雨雨姐夫恩爱的吗？！就不能好好写写雨雨姐夫是怎么宠爱你的吗？！我'灰雨CP'明明那么甜！你却写得这么傻！呜呜呜！"

韩辰绘嘟了嘟嘴，给孟小桔发了两个表情图，一张是"把委屈藏在小包包里"，一张是"我没办法和你解释，因为我只是一只小猫咪"。

孟小桔："……你哪儿来的这些表情图？"

韩辰绘："你雨雨姐夫那儿呀。"

孟小桔："我不信，雨雨姐夫才不会发这些表情图！雨雨姐夫是宠爱灰灰姐的霸道总裁！人设不能崩啊，啊啊啊！"

韩辰绘从来没有像现在这样，如此后悔删掉了郑肴屿的微信好友！否则她就可以把郑肴屿和她的聊天记录甩对面的可达鸭一脸！她悔啊！她恨啊！

就在韩辰绘抓耳挠腮的时候，卧室的房门被人从外面推开了。

韩辰绘立刻关上笔记本电脑，一个鲤鱼打挺从床上翻坐起来。

果然是郑肴屿，他拿着平板电脑走了进来。

韩辰绘上身端正，双膝并拢侧在一边，双手乖乖地搭在大腿根——淑女坐加乖巧脸。

她抿着唇角，一脸羞涩地对郑肴屿抛了个媚眼，又娇又柔地唤他："老公。"

郑肴屿看了韩辰绘一眼，没什么表情。

韩辰绘见郑肴屿坐到床边，便立刻扑了上去，抱住他的肩膀，一边摇晃一边撒娇："老公，手机手机，把手机给我……"

郑肴屿一直冷着脸，用眼角的余光看着韩辰绘。

韩辰绘显然没发现郑肴屿的异常，依然抱着他撒娇："老公，手机呢？你把手机拿出来，我们把微信好友加回来嘛。"

郑肴屿顿了几秒钟，将手中的平板电脑慢慢地放在床头柜上，依然冷着脸，拿出手机，按开微信，调出二维码，递给韩辰绘。

韩辰绘立刻按亮自己的手机，对准郑肴屿的手机屏幕，扫描了对方的二维码，添加好友，又伸出小手戳了戳郑肴屿的手机屏幕，通过了自己的好友请求。

一加上郑肴屿的微信好友，韩辰绘便戳开和他的聊天框——空空如也。

"对哦！"韩辰绘气呼呼地噘嘴，看向郑肴屿，"删除微信好友也会删除聊天记录的……"

郑肴屿目光微冷，注视着韩辰绘气得又红又鼓的脸蛋儿。

"哎呀！"韩辰绘靠在郑肴屿身上，气得用自己的左手打自己的右手，"我怎么就管不住我这臭手呢！我为什么要把你删了！为什么！为什么！为什么……"

郑肴屿握住韩辰绘的左手，不让她再打自己，微微一侧脸，他的脸颊便贴到她的额头，他低声问道："你这么后悔把我的好友删了吗？"

韩辰绘立刻哭丧着脸道："对啊对啊！我超后悔的！"

郑肴屿微微皱了下眉，声音十分低沉："可是我们很少聊天，几乎没什么值得纪念的聊天记录吧？"

“才不是！”韩辰绘脖子一梗，郑重其事地纠正郑肴屿，“有表情图！”

郑肴屿无语了！

做了两年多夫妻，他就不应该对韩辰绘抱有信心。

韩辰绘坐在床上，从淑女坐变成了两条腿交叉盘在一起，拿起她的手机和郑肴屿的手机，一边一个放在膝盖上，手指不停地戳着郑肴屿的手机屏幕，一张又一张认真地发着表情图。

郑肴屿面无表情地看了韩辰绘两分钟，便径直走进浴室。

哗啦啦的流水声从浴室里传来……

韩辰绘继续一张又一张地戳着表情图，戳到一半的时候，有些莫名其妙地抬起眼，望向浴室的方向——郑肴屿今天晚上……是不是突然有点儿反常？好像对她冷冷淡淡、爱搭不理的……

她有些不明所以地挠了挠头，算了，不管他，继续传表情图。

韩辰绘吭哧吭哧地传了十几分钟，才把郑肴屿的手机里那些表情包传了冰山一角。

郑肴屿穿着睡袍从浴室里走了出来。

韩辰绘偷偷地瞟了郑肴屿一眼——他没有戴眼镜，少了些许斯文感，却让他的五官更加立体，表情很冷，帅得非常具有攻击性。

他走到床边，从床头柜上拿起烟盒和打火机，熟练地敲出一根香烟，塞进唇间，点燃。

在他点烟的过程中，水珠从他的发丝滴落，顺着他线条优美的脖颈慢慢地流入他精壮的胸膛……

韩辰绘赶紧收回视线，偷偷摸摸地咽了下口水。

才没有秀色可餐呢！她才没有想入非非呢！

对！甩锅给荷尔蒙！不是灰灰的错！灰灰什么都不知道！全是荷尔蒙的错！

韩辰绘强忍着怦怦怦加速的心跳和越来越红的脸颊，心不在焉地戳着表情图。

郑肴屿在韩辰绘旁边坐了下来，没有从韩辰绘那儿要回手机，而是拿起自己的平板电脑，懒洋洋地斜靠在床头，唇间叼着烟，手指不停地滑动着平板电脑的屏幕。

韩辰绘觉得自己快要疯了，他沐浴后的清香混着乱七八糟的烟味一起刺激着她的嗅觉。

她竟然连表情包都发串行了！

都……都是荷尔蒙惹的祸！

韩辰绘深深地吸了一口气，表情很装地将手机还给郑肴屿："给你。"

郑肴屿慢悠悠地抬了下眼皮，就那么不阴不阳地看着她。

妈呀！韩辰绘的小心脏又忍不住扑通扑通地跳了两下。

"给……给你……"她竟然还磕巴了！

她还能更丢脸吗？！

"用完了？"郑肴屿将香烟夹在指间，冷冷地问，"查出来问题了吗？"

韩辰绘蒙了，查出来什么问题？

等一下……他不会以为她在查岗吧？

"你！"韩辰绘凑到郑肴屿旁边，悄声说，"我要你的手机才不是为了查岗！你还没有表情图重要呢！"

说完，为了表达她不是口是心非，她傲娇地哼了一声。

郑肴屿用眼角的余光看着韩辰绘，全程冷着脸，根本不想和她撕，伸手接过他的手机。

就在郑肴屿接过手机的那一刻，她的目光突然定了下……

两秒钟之后，韩辰绘猛地握住郑肴屿的那只手，不顾他指间的香烟，直接轻轻地摊开他的手掌——指甲深陷过的痕迹非常明显，之前冒着血丝的地方已经变成了暗红色。

"你干吗？你自己弄的吗？你不疼吗？"韩辰绘抬眼看了郑肴屿一眼，将自己的手指轻轻地覆了上去，一寸寸轻轻地摩挲着。

郑肴屿怔怔地看着韩辰绘抚过的掌心，很快，目光便从掌心慢慢地落到了韩辰绘脸上。

韩辰绘摸了摸郑肴屿的掌心，然后微微俯下身，将嘴巴对准伤口，再往前一点就会直接亲上。

她鼓起嘴巴，呼呼地轻轻吹了上去。

吹了几下后，她抬起身子，对郑肴屿甜甜地笑了起来，眉眼弯弯的："我给你吹吹，痛就飞走啦！"

如果不是他抽了这么多年烟，“夹烟”这件事已经深入骨髓，指间的香烟一定会掉在床上，因为他的整只手都麻了。

郑肴屿面无表情，同时也目不转睛地看着韩辰绘的笑脸。

她真美丽，她真可爱，她真治愈。

一想到她也会对别的男人露出这样的笑脸，他就生气。

郑肴屿将指间的香烟慢慢地戳灭在烟灰缸里。

韩辰绘刚刚歪了下头，双臂便被郑肴屿突如其来地紧紧抓住了。

韩辰绘一脸蒙地看着郑肴屿，大眼睛眨巴着。

郑肴屿二话不说便将韩辰绘捞进怀中。

他对她一点儿都不温柔。

最后，两个人在互相“折磨”中紧紧拥抱到一起。

黑暗的卧室里趋于平静。

虽然过程中郑肴屿一反常态，可结束了之后，他依然保持习惯，从后面轻轻地圈住韩辰绘。

韩辰绘躺在郑肴屿的臂弯中，背对着他，暗暗地流眼泪。

郑肴屿当然听到韩辰绘在哭，但他只是抱着她，却没有安慰她。

等到韩辰绘哭了十几分钟，有些哭不动的时候，郑肴屿才将怀中的她轻轻地翻了过来。

微凉的月光穿过窗帘的缝隙，任性地洒在他们身上。

韩辰绘躺在郑肴屿怀中，眼泪汪汪地看着他。

郑肴屿轻轻地叹了口气，用手指轻抚她的眼角，一边为她擦眼泪，一边低声说：“别哭了，对不起……”

他不道歉哄她还好，他一道歉哄她，韩辰绘的眼泪又止不住地流。

“你……你……”韩辰绘哭得直打嗝儿，“你对我太坏了……”

没想到郑肴屿却不冷不热地轻笑起来。

“我对你太坏了？”郑肴屿反问了一句。

韩辰绘点了点头，认真地嗯了一声。

“是我对你太好了才对吧？”郑肴屿轻轻地捧起韩辰绘的脸颊，在黑暗之中轻而易举地找准了对方的嘴唇，轻轻地吻了一下，微微暗哑的嗓音低沉又性感，“郑太太，你现在都无法无天了，知道吗？”

韩辰绘顿时止了哭声，抽抽搭搭地看着郑肴屿。

月光朦胧，夜色如水，韩辰绘只能隐隐约约地看到郑肴屿的轮廓，感受到他呼出的气息。

“我……我……”韩辰绘抽泣着，刚刚喊哑了的嗓子放得很柔，好像羽毛在轻轻抖动，“我……我最近很乖的……”

韩辰绘那小哭腔、撒娇样，委委屈屈地说自己最近很乖，让郑肴屿真是应了那句歌词：再怎么心如钢铁也成绕指柔。

郑肴屿一直捧着韩辰绘的脸，又在她的唇瓣上轻柔地落下几个吻。

“我……”韩辰绘委屈地道，“我最近都很少出去玩、出去喝酒了……就坏女人叫我好几次，我才去和她喝一杯……我更没有和小哥哥在一起喝酒……我最近工作不是太忙，空闲的时间很多的……我都在家里修身养性，搞书法、绘画了……”

韩辰绘越说越委屈，挥起拳头轻轻地捶了郑肴屿一下：“你却对我这么坏……还说我无法无天……”

郑肴屿静静地凝视了韩辰绘几分钟，慢慢地抚平她的情绪，才拢了下臂弯，将她整个人抱进怀里。

韩辰绘乖乖地枕在郑肴屿的肩窝处，除了偶尔抽泣一下，一声不吭。

“我今天有点儿失态。”郑肴屿低沉的声音缓缓响起，“对不起！”

韩辰绘弱弱地嗯了一声，然后微微仰起脸，嘴唇一下子亲到了对方的下颌处，她只能将脑袋稍稍往外挪动了一下，道：“你刚刚说过一次，我已经接受你的道歉，你不用再说第二遍……”

郑肴屿原本一直努力绷着脸，最后还是忍不住噗的一声笑出来。

他为什么突然笑？

韩辰绘蒙了一会儿，很快便又委屈起来，弱弱地问：“所以，你究竟为什么生那么大的气，对我发那么大的脾气？难道我惹了你吗？”

郑肴屿立刻笑不出来了。

他意味不明地冷笑一声，反问道：“你惹没惹我，自己心里没有数？”

“没有！”

她哼哼几声以示不满，道：“我很乖，我最近真的很乖，谁惹你我都没惹过你！”

不过这话说完，她自己便心虚了一下——她最近好像真的惹过他……

“那个……”韩辰绘微微抬起上半身，呈现一个面对面趴在郑肴屿身上的姿势，她认真地回想，“难道是因为我突然闯进你的书房，和你说了一堆有的没的？我看你放下了笔记本电脑，你当时应该在开会吧？”

“对不起，老公，我当时头昏脑涨，做事有些欠妥当，没有考虑到你。难道是被你的下属们听到了我们的对话？他们听到我和你算经济账了？”韩辰绘越说越觉得问题出在这里，“他们是不是误会你最近经济拮据，沦落到需要老婆养家了？嗯！一定是这样！所以你特别生气，一进来就和我发脾气，是吧？就对我那么不好、那么不温柔，是吧？”

郑肴屿真是无语。

韩辰绘这黑洞一般的神逻辑，他是真的顶不住，关键是她竟然还能摆出前因后果，有理有据，令人信服，且让人无法反驳……

“你不要太放在心上……”韩辰绘又慢慢地躺回郑肴屿怀中，有些失落地说，“其实我……我只是觉得我们是夫妻，很正当、很平等的关系，我们生活在一起，每天一起吃喝拉撒睡，房子、车子你提供，其他花销我来支付很公平、公正……”

“你不要觉得你有钱，就可以看不起我那几个钢镚儿，首先，我的钱那是我努力工作，用我的劳动换来的；其次，你的钱也不是大风刮来的，每一毛、每一分都是你辛苦工作所得。劳动是不分高低贵贱的，所以我们赚来的钱也不分高低贵贱……”韩辰绘不满地哼唧一声，继续道，“总不能你赚来的就是支票，我赚的就是几个钢镚儿吧……”

郑肴屿刚想说话。

“还有哦，”韩辰绘用手指戳了戳郑肴屿的脸蛋儿，“说出去的话那就是泼出去的水，虽然我的小金库……”稍微有些难以启齿，她思考了几秒钟，终于找准了形容词，“虽然我的小金库最近库存不太多，但我这两天会找 Anemone 商量一下，不能再那么‘佛系’了，尽可能多接一些工作，我不想被别人看不起！我会努力赚钱的，一定会和你共同负担我们的生活！”

虽然他没有亲眼所见、亲耳所听，但他足以猜到他母亲孙女士对韩辰绘说的话一定不好听，所以才会刺激得她一晚上神色失常，又跑到他的书房和他在经济问题上划清界限。

韩辰绘在不知道他已经知情的情况下，却绝口没提一句孙女士，想到这儿，郑肴屿心中有些五味杂陈。

即便韩辰绘在孙女士那儿受了天大的委屈，她还是做好了“媳妇儿”和“儿媳妇儿”的角色，默默地承受，绝不在老公面前搬弄婆婆的是非，过去他从来没想过韩辰绘在这样的大事上如此通情达理、是非分明。

“而且嘛，”韩辰绘有些得意扬扬，“最近我工作还是顺利的，马上我参加的一个综艺节目快要上了，感觉我又可以小火一把了，最好是能借着综艺的东风接到一些小的代言什么的，多赚一些钱！”

她竟然还敢主动提？

郑肴屿冷声问：“什么综艺？”

“你怎么突然对我的工作感兴趣了？”韩辰绘犹豫了一下，还是决定实话实说，“一个叫《我们来恋爱吧》的综艺，是真人秀。你应该知道真人秀是什么意思吧？就是需要我在综艺上扮演我自己。”

郑肴屿冷冷地呵了一声，将韩辰绘抱得更紧，然后他伸出一只手狠狠地拧她的脸蛋儿，直到她痛得求饶“老公，好痛好痛，放开我”，他才慢慢地松开手，轻轻地揉了揉她的脸。

“《我们来恋爱吧》这个节目的名字是怎么回事？”

“什么怎么回事？节目组定的就是这个名字啊。”

郑肴屿阴阳怪气地问：“该不会是情侣扮演之类的吧？”

韩辰绘点了点头：“你说对了！”

郑肴屿立刻翻身又将韩辰绘压在身下，声音低沉且带着几分严肃：“韩辰绘，我看你是疯了，或者我现在是不是应该高歌一句‘是我给你自由过了火’？”

韩辰绘一脸蒙地眨了眨眼。

“你不知道自己已经结婚了吗？已婚的你，去参加什么恋爱综艺？你当观众都是傻子？你也不怕‘翻车’身败名裂？！”

“不会啊……”韩辰绘认真地回答，“娱乐圈这种事情可多了，还有两个已经离婚的人跑去演恩爱情侣的呢，这一类的综艺节目其实就是演戏啊，只不过扮演的角色是自己。

“观众也不会什么都知道的，娱乐圈本来就是个八卦新闻满天飞的地方，隐婚、隐恋的比比皆是，我不过是个十几线小明星罢了，没人会关心我的私生活。

“我不是什么人气明星，就算让观众知道我已经结婚了也无所谓啊，当然，前提是我的老公不是你。”

郑肴屿冷冷地道：“我怎么了？丢你的脸？”

“相反，就是因为你太好了，我反而不想让别人知道。网友们现在那么吐槽我的业务能力，到时候让他们知道我有一个像你这么厉害的老公，更不知道要说我什么……”

郑肴屿微微咂了咂嘴——她这个回答听起来还像人话。

韩辰绘突然兴奋地抱住郑肴屿，语气欢快：“老公，我跟你说哦，一开始 Anemone 和我说那个综艺的时候，我也很不想接，是我们公司的老板黄总亲自过来游说我，我一想，就这样吧，反正到时候就是被男方的粉丝骂一顿。没想到最近我的新剧《火光之恋》的前期宣传很不错，粉丝的反响也很好，看来我要火一把啦！”

原本他的想法是，把《我们来恋爱吧》这个该死的综艺节目全版权买下来，然后毁尸灭迹，让它在网络上再也见不到一丝痕迹。

但看到韩辰绘对这个节目如此期待，他又觉得如果他真的将那个该死的节目扼杀在摇篮里，她会不会又失望地哭鼻子呢？毕竟她这么希望靠这个综艺节目火一把，赚一笔钱。

可是如果他不干掉那个节目，万一真的被郑家那边看到……

第二天，两个人到中午才睡醒。

韩辰绘收拾完下楼，立刻找到家政人员张姨。

她非常郑重地告诉对方，以后家里的日常开支由她来支付。

张姨先是愣了下，接着上下打量了一番韩辰绘——好像是用目光做秤砣，目测她有几斤几两重似的。

“辰绘太太，红叶名邸的日常开销每月有专门的银行卡走流水，不需要另外支付。”

韩辰绘心想要不要这么智能？

“银行卡是郑先生的吗？”

“当然。”

“那么，”韩辰绘非常硬气地说，“你想办法把郑先生的卡换成我的卡，以后就由我的账户扣费！”

张姨一脸见了鬼的表情看着韩辰绘：“你……你确定吗？”

“怎么？！”韩辰绘立刻不满了，“你瞧不起我是不是？以为我支付不起是不是？”

“不不不，那我不敢，只是这件事我得先问过先生的意思……”

“不用问了，”韩辰绘很装地撩了撩自己的长鬈发，“我昨天已经通知过他了！”

说完，韩辰绘便挎着那个由国际知名设计师亲自为她设计、世界上独一无二的包包，摇曳生姿地离开了。

韩辰绘前脚离开红叶名邸，郑肴屿后脚便从楼上走了下来。

他微微低着头，慢条斯理地整理着衬衫的袖扣。

张姨立刻走了过去：“先生，太太刚才说……”

“嗯，我知道。”郑肴屿冷冷地抬起眼，十分漫不经心，“她怎么说你就怎么做。”

郑肴屿整理好衬衫的袖口，拿出手机，一刻都没停，一边划动手机屏幕，一边大步往外走。

张姨跟了上去：“可是先生，太太的卡会被透支刷爆的吧……”

郑肴屿微微皱了皱眉，很不满意张姨的不知变通：“你不会表面上刷她的卡，实际上刷我的吗？我就是哄她开心而已，这点道理你不懂吗？”

君视传媒。

韩辰绘刚走进大厅，便被公司的宣传专员叫到了一号会议室。

她推开会议室的大门，顿时愣住了：从君视传媒的老板黄总，到通艺传媒的副总裁，再到两家公司的各部门总监，最后是《我们来恋爱吧》的制片主任、总导演、执行导演以及张润晨，大家坐得整整齐齐。

韩辰绘的经纪人 Anemone 也在其中。

Anemone 向她招了招手，示意她过来坐。

韩辰绘一溜烟儿地跑到 Anemone 旁边，坐了下来。

她伸着脖子望了一圈，凑到 Anemone 耳边悄声问道："发生了什么事？人来得这么全。"

娱乐行业和传统行业有很大的不同，会议的氛围很轻松，接个电话、聊个微信，哪怕是两三人之间小声讨论一下，都无伤大雅。

"还在讨论呢。" Anemone 声音也非常小，"所以我今天没有通知你来公司，想听那些领导商讨出个结果再告诉你，没想到你自己来了。"

韩辰绘皱了皱眉。

她发现张润晨正在看她，对方见她回了目光，朝她微微一笑。

韩辰绘也报以微笑，算是礼貌。

Anemone 轻声说："今天早晨黄总给我打电话，说有特别着急的事，给我吓坏了，还以为谁吸毒被抓了呢，我一来就发现他们坐了一会议室……"

韩辰绘看向 Anemone，眨了下眼，道："我怎么看《我们来恋爱吧》的制片主任和总导演什么的都来了呢？"

Anemone 轻轻哼了一声，阴阳怪气地说："也不知道通艺和《我们来恋爱吧》这个节目组得罪了哪路大佬，都定档了，眼看着要播出，现在非要整改，说要把整个节目的主题都改了。我之前提了一嘴，说改主题不是瞎扯吗？是补拍还是'魔剪'？"

韩辰绘一脸蒙："整改？主题都改了？什么意思？《我们来恋爱吧》不是情侣扮演的恋爱类节目吗？要改成什么？"她顿了下，五官都纠结到了一起，"难道是不够正能量？要改成什么？教育类的吗？"

Anemone 又轻哼了一声，郑重地警告韩辰绘："我说了你千万别笑，听见没？"

韩辰绘认真地点了点头。

"他们说，要把《我们来恋爱吧》改成——" Anemone 停顿了几秒钟，又看了看那几个正吵得焦头烂额的老板、导演，也不知道该笑还是该怎么样，无奈地看向韩辰绘，"《我们来飞翔吧》！"

韩辰绘心态崩坏了，山体滑坡那样地崩，玉石俱焚那样地坏。

比制作经费不足更让人害怕和绝望的是《我们来恋爱吧》改成了《我们来飞翔吧》！

当一个人的情绪积累到一定程度之后，反而会面无表情地面对这个“没有感情”的世界。

虽然韩辰绘的业务能力不行，但她还是很有职业操守的，她依然保持遇事不惊的“明星脸”。

她现在只想知道，是哪位脑袋进水的有才大佬，把《我们来恋爱吧》改成《我们来飞翔吧》这个名字——这种堪比黑洞的脑回路，堪比黑洞的起名能力，不过来和她切磋几招，感觉是屈才了。

“所以……”韩辰绘尽可能地维持情绪，“为什么突然要改名呢？《我们来恋爱吧》第一季不是正常播出，人气很高，反响很好吗？第二季已经定档，前期宣传也做了，突然大改，如此之大的经济损失，谁来负责？”

“这你就别管了。”Anemone 叹了口气，道，“既然是紧急通知，那后面肯定有人承担所有经济损失啊，反正你做好补拍或者‘魔剪’的准备吧。”

韩辰绘惊呆了。

会议持续了四个小时，傍晚时分，几方大佬定下了最终方案。

韩辰绘眼睁睁地看着他们把一部“恋爱节目”改成了“励志节目”。

Anemone 预测得对，但又不对，因为《我们来飞翔吧》这个节目又要补拍又要“魔剪”。

第一期原本的主题是“我们来约会吧”，现在“魔改”成了“我们来闯关吧”——三对 CP 变成了由六个人抽签组成的三支临时小分队，分别去游乐园等地方完成闯关，耗时最短的一支小分队会夺得奖品。

实话实说，韩辰绘的头都是晕的。

她对那些大佬顶礼膜拜！他们是怎么能在耗时最短、补拍最少的情况下，将《我们来恋爱吧》改编成《我们来飞翔吧》？

之后一连三天，韩辰绘都在跟着《我们来恋爱吧》……不，现在应该叫《我们来飞翔吧》的节目组到处补拍前四期的内容。

等到节目组终于补拍完毕，第二天预告片便重新发布，同时开始在微博营销，各大营销号不约而同“没有感情”地宣传正能量励志综艺《我们来飞翔吧》……

#《我们来飞翔吧》# 等话题很快占据微博热搜前几名。

而和“我们来恋爱吧”相关的话题，理所当然地非常火爆，但撤热搜的速度之快，堪称闪电战，令人匪夷所思。

“#《我们来飞翔吧》# 什么情况？老子等了那么久的《我们来恋爱吧》第二季，暴毙了？”

“#《我们来飞翔吧》# 热搜撤得也太快了吧！期待了这么久的恋爱节目，竟然能一夜之间变成正能量励志节目，我看什么呢？你请了张润晨那几个流量明星来搞励志？”

“#《我们来飞翔吧》# 我真的笑死了，这一天天的，情侣扮演类恋爱综艺招谁惹谁了？什么都正能量？飞翔什么呢？”

“#《我们来飞翔吧》# 哈哈哈！太好了！这个烂节目被干掉了！我看这个节目不爽太久了！满意！非常满意！我灰灰姐可以不用和‘小鲜肉’假扮情侣了！‘灰雨 CP’一生推！嘿嘿嘿……”

…………

不只微博上的网友，连韩辰绘自己都忍不住吐槽这件奇葩至极的事情！

一周后，《我们来飞翔吧》正式开播那天。

秋初，晚风微凉。

红叶名邸的露台又大又宽敞，韩辰绘坐在一个缠满了小秋菊的秋千架上，一边晃荡着大长腿，一边看着前方的大投屏。

韩辰绘随手从旁边的木桌上拿起一颗葡萄丢进嘴里。

郑肴屿端着笔记本电脑出来的时候，韩辰绘正不停地摇头晃脑，啧啧不停。

她嘴巴扁扁的，一直重复：“太难看了，一点都不好笑，太难看了……”

郑肴屿坐在秋千架旁边的凉椅上，将笔记本电脑轻轻合上，和韩辰绘一起看着前方的大投屏。

投屏上，韩辰绘为了闯关，正在游乐场里跑得脸红脖子粗。

韩辰绘又吃了一块哈密瓜，继续摇头晃脑：“不雅，非常不雅……”

当然，韩辰绘看着《我们来飞翔吧》这个节目有多少不满和牢骚，郑肴屿就有加倍的满意和痛快。

他觉得这样的节目看着顺眼多了、舒服多了啊——多么励志！

之前的那个节目满是靡靡之音，不可取！非常不可取！

“完了……”韩辰绘唉声叹气。

她看向旁边，郑肴屿正懒洋洋地斜倚着，手指抵在自己的下颌上，似笑非笑地看着大投屏。

“我觉得我完了……这个《我们来飞翔吧》一定火不了，不被骂死就不错了，哪个正常人会看《我们来飞翔吧》这个综艺节目？老公……”韩辰绘开始丧，“我到底是什么体质啊！演电视剧被骂，唱歌被骂，好不容易回归综艺，现在综艺也要被骂了！”

郑肴屿微微扬了扬眉。

韩辰绘越想越气，在秋千上手舞足蹈的，十分不满：“到底是什么人命令节目组改成这样的啊？！我好不容易能红一把，赚一笔钱，又黄了！又黄了！”她挥舞着拳头，气哼哼地做着“挥打”的动作，“让我知道那个罪魁祸首，我一定要和他拼命！拼命！再这样下去，我怎么养家啊，气死我了……”

这个时候，一直站在秋千架旁边的木杆上的绿毛鹦鹉又开始它的表演。

它扯着破锣嗓子，像从老旧收音机里传来的劣质声音，突然开始唱歌：“春天在哪里呀？春天在哪里？春天在那青翠的山林里！这里有红花呀，这里有绿草，还有那会气死你的小黄鹂……”

一秒钟之后，韩辰绘猛地从秋千上跳了下去，瞪着高傲地站在木杆上的绿毛，一副要和对方开撕的架势：“臭鸟！会唱歌你就多唱点！”

万万没想到，绿毛很装地抖了抖长长的尾巴，真的又开始唱了：“我是一只小青蛙！我有一张大嘴巴！两只眼睛长得大！看见辰绘我就上去气死它……”

韩辰绘眼睛瞪大了，抖着手指着绿毛：“你！你！你要气死谁？！我杀了你……”

韩辰绘刚要冲上去，便被从后面走过来的郑肴屿拦腰抱进怀中。

“你放开我！我要去和它拼命！这只臭鸟！它……它……它……”韩辰绘最后气得都结巴了。

绿毛显然从来没把韩辰绘放在眼里，骂街、挑衅两不误：“干吗啊？！

韩辰绘小老弟！我杀了你！讨厌鬼！我杀了你！……”

韩辰绘眼睛都红了，现在她的眼中只有那只鸟，她只想把那只鸟的毛全部拔光！

“好了，”郑肴屿拦腰抱着韩辰绘，像拎小鸡仔似的直接将她捞进屋里，“你和一只鹦鹉吵嘴，丢不丢人啊？更丢人的是，你还吵不过它。”

韩辰绘气得龇牙咧嘴，一秒开启演技模式，她侧过脸，对郑肴屿摆出一张哭脸：“老公，我和它水火不容，我俩必须有一个从这个家消失，你要它还是要我……”

郑肴屿眼角的余光冷冷地落到韩辰绘脸上：“你确定让我二选一？”

韩辰绘立刻收声，演不下去了。

她挣脱开郑肴屿的怀抱，双臂抱在胸前，嘟着嘴巴，眼睛斜看着对方：“那算了，我对自己还是有点儿数的。”

郑肴屿挑了挑眉梢。

韩辰绘很丧地走进客厅，瘫在沙发上。

郑肴屿转过身，回到露台，先教育了绿毛两句，又取回他的笔记本电脑和手机。

坐到韩辰绘身边的时候，郑肴屿刚发完一封邮件。

韩辰绘斜看了郑肴屿一眼，没有说话，满脑子都是她怎么养家糊口的事。

“老公……”韩辰绘拉了拉郑肴屿的胳膊，“在《火光之恋》播出之前，我可能都没什么火的机会了，我准备过两天去我爸那儿一趟。”

郑肴屿翻开笔记本电脑，扬了扬眉，示意他在听。

“我想去把我之前的羽毛画、根雕作品都搬过来，然后放在网上拍卖，应该能卖不少钱，先用来养家用……”

郑肴屿手指在键盘上飞舞，听到韩辰绘的话，立刻轻声一笑，道：“靠你卖艺养家，咱俩怕是要饿死街头。”

她被鄙视了……

几分钟之后，韩辰绘的手机响了起来，是她的经纪人 Anemone 打来的。

韩辰绘一接通电话，Anemone 就非常兴奋地和她讲了起来。

郑肴屿眼角的余光一直往韩辰绘的方向飞。

韩辰绘原本像是一朵即将枯萎的小花，又丧又颓，现在给点阳光又开始灿烂了，脸上的笑意越来越浓，最后直接咧着嘴笑。

“真的吗？”

“我跟你说的，还能有假？”

“太棒啦！ Nene 姐，太感谢你了！”

韩辰绘对 Anemone 吹了一通彩虹屁之后，挂掉了电话。

“你知道吗？”韩辰绘一脸受宠若惊，晃了晃郑肴屿的胳膊，“我们公司投资的，影后申莹莹主演的电影《二次通信》，女三号出了点紧急情况，要让我去救火！”

“哦？”郑肴屿停下敲击键盘的手指，似笑非笑地看了韩辰绘一眼，“你确定不是去纵火？”

韩辰绘无言以对，因为连她本人也说不清楚，《二次通信》找她去顶替女三号，究竟是救火还是纵火……

在韩辰绘两年半的娱乐圈生涯中，参加过几个综艺，成功地打出了名声，之后她参演电视剧基本上是女 n 号龙套，角色性质也非常定性——专门破坏男、女主角关系的小三、花瓶……

每次有她的重头戏份，她的“雷人”演技一定会招来网友的辱骂。

韩辰绘从来没有机会参演电影，哪怕是只露脸的龙套——她的脸让她无法成为一个合格的龙套，她的颜值太高，只要有镜头，观众一定会关注她，她再用她辣眼睛的演技“击退”所有观众……

而这一次却有一部大制作电影《二次通信》找她去演女三号……韩辰绘非常珍惜。

她之前的工作重心之一《我们来恋爱吧》……当然，现在已经变成了《我们来飞翔吧》，基本已经凉透，不被骂死就算不错了，根本没有任何指望，而《火光之恋》的播出，最快也要大半年之后。

本来韩辰绘的口碑就不怎么样，再被《我们来飞翔吧》伤害一下，那么在《火光之恋》播出之前，她很难再得到很好的资源，接到比较重头的工作了……

韩辰绘现在不比过去，以前的工作空窗期，她靠一些小通告和小金库还可以活得比较滋润，而现在她可是要养家糊口的人。

她站在郑肴屿面前狠狠地吹过牛，如果食言，她下辈子都别想在郑肴屿面前抬起头！

韩辰绘第二天便从 Anemone 那里拿到了《二次通信》的剧本。

她刚读了一半，便兴奋得想在卧室里跑圈圈！

《二次通信》的女三号！简直是为她量身定做的角色！

女三号依然是一个靠颜值吃饭的小三，但却是个表演型人格！简单来说，就是个戏精！

对别的演员来说，表演型人格可能是一个挑战，可对于“戏精如风，常伴吾身”的韩辰绘来说，简直太手到擒来了！

甚至她的魔鬼演技都会为角色加分——剧本里那个女三号虽然是表演型人格，可演技是非常辣眼睛的，每天不是在“演戏被拆穿，就是在被拆穿的路上”！

韩辰绘在屋里旋转跳跃，把自己乐晕之前，她拿起手机，给 Anemone 打了个电话。

“Nene 姐！太感谢你了！这个角色好适合我！天啊！我激动得有些语无伦次！我从来没有接到过如此适合我的角色！啊啊啊！ Nene 姐你好棒！谢谢你！”

“哈哈哈……”Anemone 在电话中发出“杠铃”般的笑声，“你先别急着谢我，这块‘好饼’不是我给你找的，是有人直接找到黄总，黄总直接下令把角色分给你的。”

怎么回事?

Anemone 收敛了笑声，突然小声神神秘秘地说：“而且我听小道消息说，《二次通信》的两个编剧特意连夜修改剧本，我发给你的剧本是已经修改过的，而且只修改你这个女三号的人设。原本女三号是一个高贵冷艳的芭蕾舞演员，不知道怎的突然就三百六十度大转变，修改成如此‘魔鬼’的人设了，而且有关女三号的戏份儿也要重拍了。“

韩辰绘：“……”

一方面，她迷惑为什么黄总会突然把角色给她，又让编剧连夜修改剧本，虽然她不敢确定，但有很大的可能是为了她而修改的；另一方面……为什么和她如出一辙的人设是“魔鬼”人设，而和她完全不搭的人设就是

“高贵冷艳的芭蕾舞演员”？所以她是一个低端、搞笑的戏精吗？

韩辰绘嘴巴上依然对 Anemone 表达了感谢。

在韩辰绘接到《二次通信》剧本之后的一个月，《我们来飞翔吧》这个综艺节目，在观众们漫天的骂声中播出了四期。

意料之内的是被差评淹没，意料之外的是热度很高。

炮火主要集中在顶级流量明星张润晨身上，韩辰绘时不时会被飞过来的流弹误伤一下。

《我们来飞翔吧》的参演嘉宾中，张润晨是人气最高的，毫无疑问是 C 位，网友们早就看这些流量明星不顺眼，这次好不容易找准了机会，一天到晚在网上喷。

而顶级流量之所以是顶级流量，粉丝数量是非常恐怖的，她们每天在网上真情实感地写“小作文”。

两边你方唱罢我登场，撕得不亦乐乎，俨然是一场没有硝烟的战争。

而韩辰绘呢……

《我们来飞翔吧》的前身是《我们来恋爱吧》，虽然后期补拍了，也“魔剪”了，但终究是能找到过去恋爱综艺的影子的。

以“非 CP 眼”来看，张润晨和韩辰绘在节目中依然有一些粉红气泡，主要是张润晨的眼神太暧昧。

张润晨的粉丝才不管这些，她们和网友们骂战之余，随手给韩辰绘“洒洒水”——喷她是狐狸精的有，喷她不要脸的有，喷她用眼神勾引男人的有……

反正，粉丝嘛，总是选择性眼瞎的。

可是路人却不瞎，一大批网友涌入，开始回喷：“谁是狐狸精？谁不要脸？是谁一直用眼神勾引谁？”

对于韩辰绘人生中的第一部电影《二次通信》，她已经投入全部的精力。

偶尔时珊珊、朱芷欣、孟小桔会抛给韩辰绘几张截图、几个链接，她每次看完都陷入深深的无语中。

《我们来飞翔吧》是韩辰绘也认为没什么收视率的节目，而如果《我们来恋爱吧》播出，她一定会红一把。

如今见到网络上骂战的“盛况”，她默默地有点儿庆幸，幸亏播出的不是《我们来恋爱吧》，否则她不得被张润晨的粉丝撕掉一层皮？

她明明什么都没做，竟然也能被“流弹”给炸个半死不活。

这种“红”和网友们喷她业务能力差还不同，过于人身攻击，过于网络暴力……

这段时间，郑肴屿又出国处理生意上的事了。

他离开之前对韩辰绘说：“如果没有钱，就给我打电话，别自己硬撑着，别委屈了自己。”

韩辰绘倔强地摇了摇头。

不知道为什么，她总觉得郑肴屿说那段话的时候……非常阴阳怪气！好像他就在等着她没钱，等着她找他要钱似的！

她绝对不屈服！

和以前郑肴屿出国时的情况不同，韩辰绘这段时间一直忙着拍电影，很少去酒吧玩——主要是她现在需要养家糊口，小金库告急，不能再像过去那样随便到处花钱。

晚上没事的时候，韩辰绘就在花房里贴羽毛画，或者在卧室里写盛佳岛和魏画画的魔鬼爱情故事。

韩辰绘之前加回了郑肴屿的微信，她也会和他发发微信。

他们两个聊微信，正经话不过两句，立马开始互甩表情图攻击。

韩辰绘被气到不行的时候，就会一个语音或者视频发过去，看着郑肴屿帅气的脸、迷人的笑，先是小心脏乱跳一下，然后毫无形象地破口大骂。

时光如流沙，一个月转瞬即逝。

秋末，落叶萧萧。

最近韩辰绘非常上火——郑肴屿的生日马上要到了，她要送给他生日礼物，却在礼物的选择上犯了难。

韩辰绘：“姐妹们，你们说，我给郑肴屿买一枚大钻戒好不好？”

韩辰绘：“不行！不行！大钻戒不好，那我买条……买条……大金链子？”

朱芷欣发了张“翻白眼”的表情图。

时珊珊：“太土了啊！”

朱芷欣：“韩辰绘！你老公帅成那样，随便往哪儿一站就是一道风景线，你怎么想到送他大金链子的？”

韩辰绘：“那……那我送什么啊……我总不能穿件情趣内衣，然后把自己罩起来，给他个惊吓吧？”

时珊珊：“韩辰绘你开窍了！我觉得吧，和大钻戒、大金链子相比，郑肴屿一定更喜欢后面这个礼物！”

朱芷欣：“坏女人你怎么回事？情趣内衣什么的平时不能穿？为什么一定要当生日礼物啊？不行！”

韩辰绘：“那怎么办啊？如果是普通的男生，一双球鞋就打发了，可那是郑肴屿！他要什么有什么，到底缺什么啊……”

韩辰绘：“难道要送他手表吗？”

时珊珊：“本来手表是个中规中矩的选项，可你之前说过大金链子之后，手表突然变得土里土气……”

朱芷欣：“大金链子小手表……韩辰绘，我劝你善良！”

韩辰绘：“那我送他什么啊？我总不能买车买房吧？就算买车买房，他看得上吗？”

时珊珊：“是个难题。”

朱芷欣：“就是因为你老公什么都不缺，你反而不能送他用钱买的，你买再贵的东西，在他看来不也就是那么回事儿吗？”

韩辰绘：“好烦，好烦啊，我总不能贴一幅羽毛画送他吧？或者我去我爸那里给他整个根雕？他会喜欢吗？我感觉他对根雕没什么感觉啊……”

时珊珊：“这倒是真把我难住了……我从来没送过男生礼物……”

韩辰绘：“我们两周年结婚纪念日，他送给我一个花房，我那时候和他冷战生气，哪有心情给他准备礼物啊，我直接喷他一脸香水！现在他过生日，我一定得送他，而且要送个好的，把纪念日的也补上。”

朱芷欣：“辰绘，要不你这样吧，既然你送多贵的礼物都没多大意义，那你为什么不送点有意义的，用钱买不到的？你亲手做做看？”

韩辰绘：“……我会做什么？送他书法帖？羽毛画？根雕？”

时珊珊："辰绘，我以前看小说的时候，女主角亲手制作过红豆手链送给了男主角，挺有意义的，要不然你也做一条吧？"

朱芷欣："对对对！韩辰绘！就是红豆手链！正好郑肴屿不是平时不戴手链的人，他之前不是还弄了条白玉手串吗？你就学小说里做红豆手链！"

韩辰绘认真地想了一晚上，觉得时珊珊和朱芷欣的主意不错。

不管她是买大钻戒、大金链子，还是买房子、跑车，对于郑肴屿来说都是普通到不能再普通的玩意儿，那么……她就亲手制作！

韩辰绘十几岁的时候和父亲韩宗琦学过根雕，有根雕的基础，她制作这种红豆手链简直是易如反掌。

说动手就动手，韩辰绘立刻开始在网上查找资料。

她这才知道，那些用来做手链用的红豆并不是他们平时吃的红豆，而是一部分用的是相思子，一部分用的是海红豆。

不过它们都有相思之意。

韩辰绘认真地想了想——她虽然想亲手制作生日礼物给郑肴屿，但并不想表达"相思之情"，尤其是昨天晚上他还用表情图攻击她，气得她差点没睡着觉。

一想到这儿，她就气得直噘嘴。

哼！她才不相思呢！

正好她平时特别喜欢吃红豆，她就买吃的红豆！郑肴屿只配这个！

郑肴屿去 M 国最少要一个月，韩辰绘有好多时间来准备。

她除了去《二次通信》的剧组拍戏，就是在家里制作生日礼物。

韩辰绘特意回了一次娘家，跟着韩宗琦去了韩家在郊区的大院，从那边拿来了制作根雕的上等清漆。

制作手链，自然少不了"链"，韩辰绘买了原材料，又买了货真价实的金丝、银线，自己在家一点点编制。

她的要求很高，耗时三天才编制出满意的细链。

韩辰绘戴上墨镜，亲自去了一趟超市，一颗又一颗，挑选了上千颗红豆。

她每天回家，准备好第二天需要拍的戏，就坐在花房里无限重复挑选、钻眼、舍弃、重新挑选、重新钻眼……的过程。

韩辰绘总是不满意，做了两天才制作出七颗满意的红豆。

郑肴屿今年是过二十七岁生日，她想制作出二十七颗红豆。

她小心翼翼地将那七颗红豆刷上清漆，再放到放置根雕的专业器皿上晒干。

三天后，天阴，瓢泼大雨。

《二次通信》的剧组临时放假，韩辰绘正好留在红叶名邸，加班加点制作她的礼物。

因为暴雨，她没有去花房，而是直接坐在餐厅里，将东西摆放了一餐桌。

午饭过后，韩辰绘困意来袭，迷迷糊糊地回卧室睡觉。

雨天和睡觉无比相配，韩辰绘这一觉就睡到了傍晚。

等到她懒洋洋地睁开眼，窗外的天空已经暗沉，暴雨停歇了。

韩辰绘又在床上赖了几分钟，慢慢腾腾地坐起身。

房间里半明半暗，她一下子就注意到礼盒堆满了她的梳妆台。

韩辰绘飞快跳下床，赤脚跑到梳妆台前，拿起一个礼盒。

不用拆开，她就可以轻而易举地猜到送给她这么多礼物的人是谁。

这是一道送分题！

郑肴屿回来啦！

韩辰绘赶紧穿上拖鞋，噔噔噔地飞奔下楼。

她迈着欢乐的步伐，蹦蹦跳跳地跑进客厅，立刻嗅到了一阵混合着红豆的奶香味。

韩辰绘愣愣地眨了眨眼，红豆？

韩辰绘一脸蒙地走进餐厅。

同一时间，郑肴屿正好从厨房里走出来："你醒了？我回来的时候你睡得正香，我就寻思亲自下个厨给你一个惊喜。"

郑肴屿带着他亲手制作的"惊喜"闪亮登场："快来看看我给你做什么了？是你最喜欢吃的。"

韩辰绘定睛一看："红豆派！"

郑肴屿微笑起来，体贴地补充了一句："老婆，你的最爱。"

韩辰绘愣在原地。

她的人生或遭遇最大的危机！

接下来她和郑肴屿的每一个动作、每一句对话，甚至每一个眼神、每一个停顿，都将决定他们两个人未来的命运，以及……婚姻！

郑肴屿微笑着将他手中一盘热腾腾的红豆派放到餐桌上。

盘子旁边是之前装着红豆的袋子，如今已然空空如也，被他随手丢到了一边。

–50 分，郑肴屿计分板：–50 分。

“你怎么了？”郑肴屿抬眼，看了看小脸煞白的韩辰绘，低声问道，“你身体不舒服吗？我刚才看你睡得那么香、那么沉，以为你最近拍戏什么的很累，难道不是？难道你生病了吗？”

+1 分，郑肴屿计分板：–49 分。

“来来来。”郑肴屿绕过餐桌，走到韩辰绘面前，扶住韩辰绘，“过来，坐下。”

+1 分，郑肴屿计分板：–48 分。

韩辰绘一脸生无可恋，郑肴屿怎么摆弄她，她就怎么做，她被郑肴屿请上椅子，目光呆滞地坐在那儿，直愣愣地注视着面前的红豆派。

郑肴屿坐到韩辰绘的对面，看了看韩辰绘，见对方没有任何要动一下的意思，便贴心地伸出手，将餐桌上的红豆派往前推了推。

+5 分，郑肴屿计分板：–43 分。

如果放在过去，韩辰绘一定原地爆炸、当场气哭，可她现在明白了一个道理，人啊，一旦愤怒、无语到一定程度，就根本哭不出来，她只能双目无神地看着对面那个……一脸笑意，正在向她献宝的“罪魁祸首”。

两个人静静地对视了一分钟。

韩辰绘看向面前造型可爱的红豆派，然后抬起眼，又看了郑肴屿一眼，再慢慢地垂下视线……

这个时候，从落地窗外吹进来一阵风，那阵秋风卷起刚才被郑肴屿丢到一边的空袋子，又好巧不巧地……吧唧一下贴到了韩辰绘脸上。

如果换作过去的她，一定会气呼呼地手撕了那个空袋子，可现在她却愣住了，不知道为什么，她现在就觉得这个袋子是上帝的旨意——来打她的脸！

见韩辰绘没有第一时间取掉那个贴在脸上的空袋子，郑肴屿微微站起身，伸手从她脸上拿下空袋子，又随手丢到了一边。

+1 分，–50 分，郑肴屿计分板：–92 分。

“吃啊……”郑肴屿又将那盘红豆派往前推了推，“你不是最喜欢吃红豆派吗，今天怎么兴致缺缺？身体真的不舒服？”

韩辰绘抿了抿唇，表情越来越委屈。

当她的目光再一次和郑肴屿撞到一起，她终于忍不住，嘴巴一扁，呜呜地开始哭。

郑肴屿有点儿晕——她怎么突然哭起来了？

他这个老婆，别的能力暂且不提，就这个眼泪说来就来的功力，真是不服不行。

郑肴屿站起身，抽了两张纸巾，再次绕过餐桌，一只手自然地搭在韩辰绘的背脊上，微微俯下身，另一只手拿着纸巾轻轻地为她擦拭眼泪。

他低声一笑，道：“怎么？一个多月没见到我，激动了？我没有通知你就突然回来，又给你带礼物，又给你做红豆派，‘惊喜’三连发，让你高兴到哭鼻子了？”

“惊喜”三连发？你可真敢说啊，臭老弟！韩辰绘刚想在“郑肴屿计分板”上加分的，他最后的这段话直接让他获得了史无前例的最低分——–100 分！郑肴屿计分板：–192 分。

好了！成功突破 –100 分！郑肴屿这个傻子，可以被扫进垃圾桶里了！

韩辰绘坐在椅子上，像个吃不到糖球的小孩子，委屈得哇哇大哭。

郑肴屿抽的那两张纸巾早就被泪水打湿了，他只好将整盒抽纸拽了过来，不停地帮韩辰绘擦眼泪。

“怎么了？你到底为什么哭成这样啊？谁欺负你了吗？”

韩辰绘哭得一直打嗝儿，听到郑肴屿这么问，不满地推了推他：“你……你还有脸问！”

郑肴屿又晕了。

“你……”韩辰绘努力克制自己，粗粗地喘了几口气，指了指被郑肴屿丢去一边的空袋子，“那……那里面的红豆呢？”

“啊？”郑肴屿不明白韩辰绘为什么问红豆，指了指面前的红豆派，“都做红豆派了啊……"

韩辰绘又指向放在餐桌另一端的器皿——那是她用来晒涂过清漆的红豆的东西——她打了几下哭嗝儿，委屈地问："那上面的几颗红豆呢？"

郑肴屿轻轻地笑了起来，道："我没注意，刚才我一直在和秘书打电话呢，就把桌子上的红豆都倒到一个袋子里，然后去给你做红豆派了啊……"

听到这儿，韩辰绘的哭声突然暂停了，她一脸要死的表情，一口气差点没喘上来，几秒钟之后，又放声大哭起来，哭得那叫一个弱小、无助又可怜！

"那些红豆……那些红豆是我一颗一颗挑出来，为了做红豆手链的……袋子里的红豆是我挑出来，还没开始加工的……器皿上的是加工好了的，你竟然把它们都做成……红豆派了……"韩辰绘边哭边委屈地看着郑肴屿，"你说……你把红豆做成红豆派也行……至少我还能吃……可是你把加工过、涂满清漆的红豆也给一起煮了……这下好了……红豆没了，红豆派也不能吃……"

本来前面听到这些红豆是韩辰绘一颗一颗挑选出来做红豆手链的，郑肴屿已经完全傻了眼，意识到自己好心办坏事，捅了大娄子，但听到后面韩辰绘可怜巴巴地说着"红豆没了，红豆派也不能吃"的时候，他还是忍不住非常可耻地笑了出来——她这也太萌了吧？

听到郑肴屿低沉的笑声，韩辰绘彻底奓毛了！

"你还笑！你还笑得出来！"韩辰绘"揭竿而起"，疯狂地撕打郑肴屿，"你这个王八蛋！那是我精心准备了好久，准备送给你做生日礼物的，我的一片心意……"

"你这个浑球儿！"韩辰绘哭哭啼啼的，手指戳着郑肴屿的鼻尖，"你不配！你根本不配拥有我亲手制作的礼物！你……你……我和你过不下去了……从今天开始，你没有礼物，也没有老婆了！"

前面听到韩辰绘说是精心准备给他的生日礼物，郑肴屿一方面觉得对不起她，另一方面也确实有些遗憾，但听到"没有老婆"这四个字时，郑肴屿诧异地扬了扬眉，立刻伸手要去抱韩辰绘："你说什么？"

"我说你快滚！我再也不要理你了！"韩辰绘拒绝了郑肴屿的搂抱，奋力推开他，二话不说便哭着飞奔上楼。

正常的流程下，郑肴屿一定要追上去，不管韩辰绘如何拒绝他，他都要强硬地抱住她。

可是郑肴屿却没有这样做，他在韩辰绘刚刚坐过的椅子上慢慢地坐了下来。

韩辰绘一冲进卧室便锁上了门——她知道这个行为很幼稚，又没什么用，对方一定有备用钥匙的，可她就是想要这么做。

她韩辰绘，对郑肴屿上了锁！

韩辰绘又噔噔噔地跳上床，被子一蒙，就开始伤心地哭。

该死的郑肴屿！讨厌的郑肴屿！

一开始的时候，她完全奓毛、发疯，根本无法接受眼前的一切——自己累死累活，精心准备了那么久的红豆，竟然被煮了，变成了一盘红豆派……这么魔鬼的事情，谁顶得住啊？

不过当她回到卧室，稍微冷静下来一些，她知道这件事其实也不能说完全是郑肴屿的错……

如果他知道那些红豆的用途还给煮了，那就是罪大恶极、不可饶恕之人！可是他不知道……所以，他算是“不可原谅”中的“情有可原”。

但是，她可以“情有可原”他煮了她的红豆，却无法“情有可原”他在了解事情的来龙去脉之后，竟然不过来追她，不过来抱她，不过来哄她！

郑肴屿就是罪不可恕！韩辰绘越想越委屈。

她拿出手机，按开屏幕，盯着时钟——她只给他五分钟的时间，如果他五分钟之内不来哄她，她就再也不理他了！

餐厅，夕阳最后的余晖从落地窗照射进来，秋风阵阵，落寞萧瑟。

郑肴屿独自坐在餐厅里，熟练地燃起一根香烟。

他目不转睛地注视着面前那盘红豆派。

一分钟之后，郑肴屿换了一只手夹香烟，再用之前夹烟的手轻轻地拿起一块红豆派。

他微微一用力，酥脆的红豆派便成了两半，断开的红豆派掉在了桌面上，而里面的红豆馅则黏在了他的手指上。

红豆，这些红豆竟然是韩辰绘一颗一颗精心挑选出来，要制作成红豆手链送给他的生日礼物。

结果……他知道她喜欢吃红豆，一个多月没见面，为了给她一个惊喜，他把她的红豆全部做成了红豆派……

这算什么？欧·亨利的《麦琪的礼物》吗？

老天爷当真是和他们开了一个巨大的玩笑！

郑肴屿一想到那些红豆，甚至有点儿受宠若惊的感觉——韩辰绘竟然没有随便买点什么东西，糊弄一下就把他给打发了，而是精雕细琢，亲手为他准备礼物。

是从什么时候开始，他们的婚姻变成了现在的样子？

又是从什么时候开始，他喜欢逗她，逗得她笑呵呵，逗得她气哼哼，逗得她哭哭啼啼？

每次他一看到她像一只愤怒的小鸟在他面前奓毛、噘嘴，一会儿哭，一会儿笑，他的心情就会莫名地好，嘴角也会止不住地上扬……

郑肴屿深深地吸了一口烟。

按照韩辰绘的脾气，她不和他原地离婚就不错了，他是别指望她会再送给他一份生日礼物，更不要指望她再为他耗费心血亲手制作了。

郑肴屿又吸了一口烟，突然轻笑了一声。

二十七岁，人生中唯一的二十七岁，他收到了最好的生日礼物，同时，也收到了最坏的生日礼物。

一分钟，两分钟，三分钟……

韩辰绘盯着手机屏幕，委屈地咬着被角。

不来，不来，他还不来……

四分钟，郑肴屿还不来！

韩辰绘眼中又蓄满了泪水，眼泪顺着眼角悄悄地滑落……

她过去其实不是这样的人。

一个和坏女人做好姐妹，会没事去酒吧喝一杯的“江湖女侠”，她一直大大方方、风风火火的，才不是一个动不动就委屈到哭晕在厕所里的“泪人”。

就算过去和贺开晨在一起，那时候他们都是第一次谈恋爱，她也没有动不动就想哭，也只在最后他离开她的时候，她崩溃地大哭了一场。

可自从她嫁给郑肴屿之后，她就觉得自己在往乱七八糟的方向进化着……

她觉得自己每天就像个受气包一样，因为郑肴屿乐此不疲地在各种方面、用各种方式惹她生气。而且郑肴屿动不动就把她气哭才算完。

韩辰绘眼泪汪汪地盯着手机屏幕，忍不住呜呜地哭了起来——他把她精心准备的红豆给煮了……她都准备原谅他了，可是他却不来抱她、哄她……

不管怎么说，她给他五分钟也足够了！

现在已经过去四分半钟！

29 秒，28 秒，27 秒……10 秒，9 秒，8 秒……4 秒，3 秒，2 秒……

韩辰绘失望地关掉了手机屏幕，哭晕在枕头上。

他失去她了！她宣布他失去她了！她宣布她的宣布有效！

同一时间，从卧室的房门处传来了转动把手的声音。

韩辰绘立刻停止哭声，并竖起了耳朵。

郑肴屿在餐厅里吸了两根香烟，才慢慢地站起身。

他发现自己无论怎么思考，他和韩辰绘之间的关系都僵持在原地。

至少目前是这样，因为她非常生气地指着他说："你没有老婆了！"

郑肴屿认真地想了想，他活了二十几年，没有什么事情是他没见过的，更没有什么事情是他接受不来的——如果非要说一个，那只有"离婚"这一个吧。

可现在，韩辰绘明显又动了"离婚"的心思。

他们结婚两年多，她只在上一次和他冷战的时候明确地说过"离婚"二字，那一次她是误会他在外面有女人。

而这一次，"没有老婆"算是"离婚"的另一种说法，这一次的情节虽然没有上一次严重，但他确确实实把她的心血做成了一盘根本不能吃的红豆派……

不管未来如何，他总要去哄哄她吧……

他的老婆是个什么样的人，他还是比较了解的，总而言之，她是个比较吃软不吃硬、外强中干的女人……

郑肴屿来到卧室门前，他可以轻而易举地听到屋内伤心的哭声。

唉……一腔心血付诸东流……难怪她哭。

郑肴屿将手指搭在把手上，轻轻一拧。

咔嗒——房门被上了锁。

而屋内的哭声也戛然而止。

很好，韩辰绘又开始装了！为了让自己别笑出声，郑肴屿抿起唇，嘴角微扬。

郑肴屿走到储物间，轻车熟路地拿到卧室的备用钥匙。

咔嗒——又一声，却是房锁被打开的声音。

郑肴屿走了进去。

卧室里没有开灯，只有微凉的月光，光影斑驳。

他又往里走了几步，便看到韩辰绘像个小受气包一样委屈地在床角蜷成一团。

她的身体一抽一抽的，明显是刚刚哭完，还没缓过来。

郑肴屿坐在床边，伸出胳膊，将那个“委屈的大球”揽进怀里。

他抱着她，她则抱着被子——被角遮在她的脸上，她只露出一双水汪汪的大眼睛。

月光如水，卧室内静悄悄的。

韩辰绘乖乖地躺在郑肴屿的怀里，大眼睛一边眨巴，一边瞪他。

两个人对视了一分钟。

“对不起……”郑肴屿低声道歉，“这次真的对不起……我不知道那些红豆的用处，你想想，我要是知道的话，怎么可能把它们煮了？”

韩辰绘在被子里闷闷地哼了一声。

“害你流了这么多眼泪……”郑肴屿顿了下，其实她每次气呼呼、哭哭啼啼的时候，他就觉得她好可爱，各种恶趣味地想让她哭得更厉害，不过他现在绝对不敢这样说，除非他是真的不想要老婆了……

他又重复了一遍：“对不起。”

还行，他赶在最后一秒钟来哄她，道歉的态度也挺诚恳的，这次表现得还可以。

“你……”韩辰绘闷闷地说，“你知道错了？”

郑肴屿又想笑了，立刻抿住唇，似笑非笑地点了点头。

韩辰绘眉头皱了起来，很明显她那藏在被子之下的小嘴又噘起来了：

“那万一以后再出现这样的事情，怎么办吗？”

郑肴屿也不知道应该怎么办，问道：“那你说呢？”

“你！”韩辰绘眨了下眼，语气严肃，“你以后无论做什么事，都要先问过我，我说可以，你才能做……”

郑肴屿几乎是秒回答：“好！”

韩辰绘立刻从郑肴屿怀中坐了起来，将被子丢到一边，气呼呼地指着郑肴屿：“你骗人！”

郑肴屿是什么人？他管着那么多公司、那么多产业、那么多股份……他要是真的以后无论做什么事都要问过她，那她还不如干脆升天算了！

可是郑肴屿却秒回答！

真不是她矫情，而是他根本没走心！

虽然他本来就是“只走肾，不走心”的，但这也太不走心了啊！

无脑哄妻，最为致命！

“我没骗你。”郑肴屿又将韩辰绘捞回怀里。

不知道为什么，只要不离婚，他愿意忍受韩辰绘的小毛病、小脾气，甚至这个范围越来越大，已经慢慢地往“无底线”发展了……

“事业上的事情我用不着问你，生活上的事情……君子坦荡荡，我没做过对不起你的事情，自然也没什么好对你隐瞒的。”

韩辰绘瞪大眼睛：“真的吗？”

郑肴屿再也忍不住了，轻轻地笑了起来，学着韩辰绘的口气回答道：“真的！”

韩辰绘眉心一皱：“哼！”

“你别哼了。”郑肴屿用手指捏了捏韩辰绘的脸蛋儿，“你像个小韩猪崽儿似的……”

韩辰绘一下子愣住了。

“小郑太子爷，小韩猪崽儿——也挺好，听起来就是夫妻档。”郑肴屿低笑道，在韩辰绘听来简直不能更阴阳怪气了！

韩辰绘刚要骂人，郑肴屿便俯下身——她的嘴巴立刻被堵住了。

等到韩辰绘苏醒的时候，早过了“太阳晒屁股”的时间。

她懒洋洋地拿起手机看了一眼，已经临近晚饭时分……

她身旁没有郑肴屿的身影。

韩辰绘闭上眼睛，懒懒地在床上伸了几个懒腰，赖了一会儿床，再次拿起手机，进入微信。

韩辰绘发了张“打哈欠”的表情图。

十分钟之后，她们才陆续回她消息。

时珊珊：“马上开始夜生活了，你跑出来打哈欠，看来又是一夜春宵苦短呀！”

韩辰绘发了张“嘘”的表情图。

朱芷欣：“小郑太子爷回来了？”

不知道为什么，韩辰绘现在一听到“小郑太子爷”，总能联想到“小韩猪崽儿”……

时珊珊：“那肯定是了啊，小别胜新婚，两人昨晚肯定恩恩爱爱的。”

朱芷欣：“有伤风化，有伤风化啊！”

时珊珊：“小郑太子爷怎么突然就回来了？你给他的生日礼物准备好了吗？这还有三天了啊，他回来了，你还怎么做？偷偷摸摸的也会被他发现吧？”

韩辰绘：“呵呵……他不配拥有生日礼物！他不配！”

时珊珊：“韩辰绘！做事不能半途而废！否则你会被我们看不起！”

朱芷欣：“我来认真说两句，辰绘啊，你们两周年纪念日的时候你因为和郑肴屿冷战，就什么礼物都没送，现在他过生日，你又什么都不送，真的不太好，哪怕是他做错了什么事，婚姻是需要经营的，除非你不想和他好好过了，你未来准备离婚吗？”

韩辰绘：“离婚这种事呢，不是我一个人说了算的，要郑肴屿也不想离才行啊。”

朱芷欣：“这么悲观的吗？”

韩辰绘：“真不是我悲观，唉，走一步看一步吧。”

韩辰绘虽然嘴上说郑肴屿不配拥有生日礼物，但不会真的什么都不送给他。

好在她一开始制作好的七颗红豆还放在花房里。

韩辰绘简直佩服自己的“危机意识”！她好像知道郑肴屿要搞事情一样，她从头到尾，没有动过最开始的七颗红豆，让它们安安静静地在花房里晒着太阳。

但也只剩下七颗。

现在再继续制作的话，她就算三天三夜不吃不睡，也做不出来二十颗红豆——光是晒清漆都来不及。

韩辰绘坐在花房里，一只手拿着她亲自编制的线，一只手捧着她制作好的红豆。

她认真思考了好久，最后决定只在手链上穿两颗红豆。

两天后。

韩辰绘白天去《二次通信》的剧组拍摄，一直拍到晚上十点才离开剧组，回到红叶名邸已经晚上十一点。

郑肴屿却不在家。

韩辰绘不知道他是在忙工作，还是又跑去什么地方玩了。

毕竟明天是他的生日，郑家惯例要举办宴会，朋友们提前在跨生日的这天给他举办个生日 party（派对）太正常了——那些含着金汤匙出生的公子哥儿，平时没事都要搞个 party，现在遇到郑肴屿的生日，自然不会放过。

韩辰绘看着手中的红豆手链，连吃饭的胃口都没有，去浴室洗完澡，便躺在床上开始委屈了。

哄她的时候说得真好听，这才过去两三天，他就原形毕露！

韩辰绘叹了口气，不再想郑肴屿，睡觉！

明天她白天要拍戏，晚上又要参加郑家的聚会——郑肴屿的生日宴会，作为“郑太太”的她怎么可以缺席？

不知道睡了多久，韩辰绘一直处在浅度睡眠，能感觉到有人走进屋里，又能听到浴室里水流的声音，然后那人躺进被窝里，从后面轻轻地抱住她。

“嗯……”韩辰绘迷迷糊糊地睁开眼。

她微微侧过身，半明半暗中，隐隐约约地看到郑肴屿完美的下颌线、颈线……

韩辰绘能闻到来自男人身上沐浴后的清香，却意外地没有闻到熟悉的烟酒和香水味。

她迷迷糊糊地问：“老公，你回来啦？”

“嗯，我回来了。”郑肴屿抱住她，眼神和声音都有些温柔，“新公司要出一个开发案，很多事情都要由我亲自处理。”

“哦，是这样啊……”

原来她误会了他，他竟然在生日的前一天晚上还在工作，没有出去花天酒地。

韩辰绘深深地吸了一口气，迷迷糊糊地在床头柜上摸索了一下，用手指勾住那条红豆手链。

她蹭了蹭他的身子，微微坐起，自然地靠在郑肴屿怀中，握住他的左手，将那条红豆手链慢条斯理地系了上去。

稍稍转了转那条手链，韩辰绘扭过脸，撒娇地用额头蹭了蹭对方的下颌：“老公，生日快乐！”

郑肴屿一时之间愣住了。

他万万没想到，自己竟然还会收到生日礼物，而且是她亲手制作的红豆手链！

郑肴屿一边圈着韩辰绘，一边用手指轻轻地触碰了一下那条手链，只摸到两颗红豆……

“为什么是两颗红豆？”郑肴屿在韩辰绘耳边低声一笑，“难道是时间不够，只够做两颗了吗？”

韩辰绘摇了摇脑袋：“才不是……”

郑肴屿表示疑惑。

“我本来想做二十七颗的，你今年二十七岁嘛！可是……”韩辰绘不满地哼了一声，又道，“能用的、不能用的全部被你煮掉了，就只剩下放在花房里的七颗红豆……”

郑肴屿轻声问：“所以？”

“我想了想，如果把七颗都放上去，也可以，看起来更漂亮一些，但是没什么意义呀……”韩辰绘眯着眼睛，又看了看郑肴屿，“两颗就完全不一样了！”她用手指轻轻地拨动那两颗红豆，声音软软糯糯的，“两颗红豆，一颗是你，一颗是我。”

第十章　肴屿生日会

两颗红豆，郑肴屿完全没想到其中竟有如此含义。

他有些发愣，注视着靠在他怀中的韩辰绘。

淡淡的月光在她的面容上形成几道暗影，却使得她的表情异常柔软。

她是那么美、那么乖……

韩辰绘歪了下脑袋，眼皮合上，迷迷糊糊地道：“大家都说红豆是寄相思的，我先说好哦——”她立刻半睁开眼睛，小嘴一撇，表情看起来又傲娇又装，可没睡醒的声音更像是在撒娇，“我才没有给你寄相思呢！你不在家，我不知道多快活呢，我一点都不想你！我知道你也不想我，像你之前说的，我们就各玩各的，将丁克进行到底，这是个没有爱情的婚姻！”

说到这儿，韩辰绘回想起当初郑肴屿和她说这些话时的情形，心中突如其来一阵隐隐的刺痛，让她气冲脑壳，越想越委屈、难受。

韩辰绘声音软软糯糯，却越说越来劲：“我知道，你们郑家全家都认为我配不上你，认为我们随时随地要离婚！他们当初不同意你娶我，虽然我也不知道你究竟为什么要把我娶回家，可能就是因为你不喜欢我——毕竟你说过的，没有爱情的婚姻才是永恒的！”

“可没有爱情的婚姻也是最脆弱的！”韩辰绘隔空报复，“不仅仅是你们郑家，连我也是这样想！说不定什么时候我就觉得你配不上我了！那样我们就离婚，桥归桥，路归路……”

话音未落，郑肴屿便将怀中的韩辰绘圈得更紧，抱着她一个翻身，非常熟练地将她压在身下。

韩辰绘不满地哼了一声。

“我又没有说你送我红豆是表相思，你干吗说那么多绝情的话？婚不是随便结的，当然也不是随便离的。”郑肴屿轻轻地将韩辰绘脸上凌乱的发丝拂开，捧起她的脸，轻轻一笑，“你啊，可真是我的小作精……”

他不费吹灰之力便找准她的嘴唇，轻柔地吻了上去。

韩辰绘最怕郑肴屿这样吻她，不带任何欲望，只是单纯的接吻，又甜又软。

谁说男人没有温柔乡？郑肴屿的“温柔乡”简直可以把她化成一汪水。

吻着吻着，韩辰绘的两只手自然地攀上对方的身躯，和对方拥吻在一起。

两个人吻了几分钟，郑肴屿放开韩辰绘的时候，她才慢悠悠地睁开眼睛。

“辰绘。”郑肴屿叫她的名字，嗓音好似在丝绸上滑过，“你刚刚说这两颗红豆分别代表了你和我，你知道这是什么意思吗？”

韩辰绘抿了抿唇。

郑肴屿离她是这样近，她全身上下的皮肤感受着他的体温，而她的口中、鼻息都弥漫着他的味道，她能明显地感觉到自己的心跳越来越快。

她闭上了眼睛，无法回答他的问题。

“辰绘。”郑肴屿又唤了一声她的名字，举起手，在韩辰绘的眼前轻轻地摇晃手腕，红豆手链上的两颗红豆发出轻微的碰撞声。

“这两颗红豆不管是从左边走，还是从右边走，都要见面的，无论它们今天是开心、是悲伤还是气愤，一定都会碰撞。就像我们两个。”他微笑道，“碰第一下，是我在亲你；碰第二下，是你在打我。”

韩辰绘再次睁开眼，轻声问：“那碰第三下呢？”

郑肴屿低声笑起来，反问道：“第三下？”

“嗯。”韩辰绘点了点头。

下一秒，她便全明白了。

次日清晨，韩辰绘竟然很早便醒了。

她舒舒服服地伸了个懒腰。

几秒钟之后，韩辰绘才慢慢地找回触感。

她能感觉到郑肴屿的一只胳膊正横行霸道地压在她的腰上，而他的另一只胳膊，正被她压在脖颈之下。

而对方平稳的呼吸喷在她的颈后，又轻又柔，好像一根羽毛在她的肌肤上轻扫。

韩辰绘感到很意外。

她竟然比他先醒过来！

韩辰绘觉得昨夜睡得很甜、很香，身体不乏也不累，显然是休息够了。

这个时候韩辰绘又回想起昨天晚上在黑暗之中发生的那些事情……

身旁郑肴屿的呼吸声依然平稳，韩辰绘不敢乱动，怕把他吵醒了——现在时间还早，距离她去剧组的时间还有四个小时，而他昨天处理公事到大半夜，她想让他多休息一下。

韩辰绘轻轻地从床头柜上拿起手机，竟然有好几条未读的微信消息。

她打开一看，全是孟小桔发的。

孟小桔："灰灰姐，我昨天晚上看完都没睡着觉，为什么要这么对我啊！不应当啊！我只是个孩子！"

孟小桔："我只眯了三个小时就醒了，又把你发过来的五万字小说看了一遍……我劝你善良，真的。"

孟小桔："你已经不再是过去那个思想纯洁的灰灰姐了！自从你嫁给雨雨姐夫之后，整个人从萌变得污了！"

孟小桔："你为什么要让盛佳岛在床边倒立？还有，你为什么要让盛佳岛躺在床上，然后魏画画在他身上'蹦迪'？"

孟小桔："盛佳岛和魏画画是两个魔鬼？他们到底是在睡觉，还是在做难度系数 5.0 的转体 360° 自由体操？"

孟小桔："灰灰姐，我就要你一句实话，你是不是和雨雨姐夫在家实练过那些？一定是的！否则你哪来的经验？别告诉我你真是凭空开的脑洞！"

韩辰绘认真地读完孟小桔发来的微信，不由得抿了下唇——孟小桔太菜了！

她认认真真地回复对方："你连这点发散思维都没有，还写小说呢？你趁早封笔，别丢人现眼了！”

两分钟之内，孟小桔连续发来了好几条语音消息。

韩辰绘从床头柜上拿过耳机，戴上一只耳机，听了起来。

“韩辰绘！会发散你就多发散点！就算是看在雨雨姐夫的面子上，我也得骂你了，OK？你简直是魔鬼写作，求求你放过我们广大‘霸总文’的读者吧，真的求求你了，给您砰砰砰磕头！

“灰灰姐！你真的是个宝藏！真的！我觉得雨雨姐夫一定是上辈子积了大德，今生上天才赐给他像你这样的宝藏老婆！你演戏辣眼睛，唱歌辣耳朵，写小说辣思想！”

听到这里，韩辰绘气了个半死，高高噘起的嘴巴上都能挂酱油瓶了。

不过孟小桔就是孟小桔，这个“灰雨 CP”最忠实的 CP 粉，就算再 diss 韩辰绘，还是爱她的，孟小桔立刻话锋一转，彩虹屁吹起来：“那些全都不重要！虽然你业务能力全部不行，可是你漂亮！你可爱！我就是这么肤浅，雨雨姐夫也是！咱们都肤浅，你就是全世界和雨雨姐夫最配的灰灰姐！”

韩辰绘表面上不好意思地笑了笑，实际上心情激动，连文字都来不及发了，直接发了条语音过去，为了不吵醒郑肴屿，声音非常轻：“算你识货！”

下一秒，她与孟小桔的聊天框上方便显示“对方正在语音输入”。

“既然你知道我们爱你，就更应该知道盛佳岛就是雨雨姐夫啊！”十几秒之后，孟小桔又发来新的语音消息。

韩辰绘整个人沉浸在孟小桔的彩虹屁里，完全没注意到身后的郑肴屿已经睁开了眼睛。

孟小桔破口大骂，分贝直穿云霄：“呵呵！你是不是被盛佳岛给收拾得神志不清了啊！好吧！韩辰绘！从你每天容光焕发的样子，我知道你对他非常满意！我请求你对盛佳岛好一点！我现在都心疼他，真的！他做错了什么！他哪里对不起你？！”

韩辰绘长按语音键，正准备喷回去，便听到耳边传来一声若有若无的冷笑。

韩辰绘立刻手一哆嗦，秒关手机屏幕。

她在郑肴屿怀中缩成一个球，小心翼翼地转过脸。

只见郑肴屿微微撑起上身，强势地将她罩在自己的身躯之下，眼神阴冷。

“我……”

房间里如此安静，刚才孟小桔的嗓门那么大，哪怕只是耳机里泄出的声音，郑肴屿一定也能听清楚。

韩辰绘万万没想到，自己的人生中竟然能遭遇“耳机门 2.0”！

郑肴屿看着躺在自己怀中的韩辰绘，手指从她的耳畔轻轻地抚到她的鼻梁、唇瓣，道：“我对你还不够好吗？我还不能满足你吗？”

韩辰绘眨了眨眼，摆出乖巧脸，轻声问：“怎么了？”

郑肴屿面无表情地看着她：“为什么要背叛我？”

郑肴屿这说的是哪儿跟哪儿啊，她一脸蒙：“我有点儿听不懂了……”

“告诉我，盛佳岛是谁？”

放在五分钟之前，打死韩辰绘也绝对想不到，她的人生竟然会第二次栽在耳机上，短短半年，就爆发了“耳机门 2.0”事件！

果然是“没有最尴尬，只有更尴尬”！论尴尬程度，“耳机门 2.0”比“耳机门 1.0”高出不知道多少个档次！直线飙升！突破极限！

而且其中不仅包含了“耳机门”，更有“小说门”啊！

韩辰绘身体僵硬，目光呆滞。

她口中含着郑肴屿的手指，直愣愣地看着眼神阴冷的他，一动不敢动。

怎么办？怎么办？她的脑袋里如果有一个评论区，那现在正以火箭发射的速度疯狂刷着屏，电光石火，噼里啪啦。

盛佳岛是谁？这个问题可真是把她卡在石头缝儿里了！她进不去、出不来，难受得要死……

她、她、她……她总不能实话实说吧？

告诉郑肴屿她在写“霸总文”，并且以他为原型，盛佳岛就是他本人？

其实到这里都没什么太大的问题，她又没杀人放火，就是写个“霸总文”怎么了？

现在主要是……若是被郑肴屿知道她写的小说的内容……

她在小说里把盛佳岛折磨得有多惨，她现在简直不敢回想，“床头蹦迪”已经是最仁慈善良的情节了……

那些魔鬼剧情，可是让孟小桔看了之后睡不着觉，砰砰砰给她磕头的！

韩辰绘发誓，郑肴屿要是真的看到，他内心衰老的速度绝对比她现在脑内刷屏的速度快上几千万倍——如果说她脑内刷屏的速度是火箭发射，那郑肴屿内心衰老的速度就是宇宙大爆炸级别！

不行！绝对不行！绝对不能让郑肴屿知道她写的那本魔鬼“霸总文”……否则他们两个要么立刻“白头偕老”，要么立刻“同归于尽”……

“我……”韩辰绘发挥她最完美的演技，尽可能地让自己的表情看起来又无辜又可怜，红唇含着他的手指，眨巴着大眼睛，一副楚楚可怜的样子。

郑肴屿：“……”

她又开始了。

不过这一次和过去不同，他冷冷地盯着她，没有一丝一毫心软的意思。

“老公。”韩辰绘软软地叫了声，又故意吸吮了一下郑肴屿的手指。

郑肴屿皱起眉心，飞快地将自己的手指从她口中抽了出来。

很好！她成功反将一军！

韩辰绘抱住郑肴屿的身体，一边往对方的怀中拱，一边捏着嗓子用自己最软萌的声音撒娇：“老公，你误会人家了。”

郑肴屿面无表情地接受了韩辰绘的“投怀送抱”，但绝对不会放过她——别的事情，她一生气、一撒娇，打个马虎眼，他也就懒得计较了，可这件事，他是绝对不会放任她糊弄过去的！

郑肴屿抬起韩辰绘的脸，强迫她和他对视，冷冷地道：“说人话！”

见撒娇、耍赖过不了关，韩辰绘大眼睛骨碌碌一转，立马换了另一种画风开始演，她噘起嘴巴，眼睛里含了泪，委屈地道：“老公，你真的误会我了……我有几斤几两你还不知道吗？我怎么可能出轨给你戴绿帽子呢？虽然我嘴上说过要给你戴绿帽子，但我也只是说说嘛，我哪儿敢呀！”

“再说，我就算想出轨，也得能找到出轨对象啊……”眼角的泪珠慢慢滑落，韩辰绘又往郑肴屿怀中拱了拱，哭哭啼啼地道，“小郑太子爷，我去哪里找一个比你有钱、比你帅气、比你能容忍我、比你对我好的男人呀？呜呜呜，这也太难为我了吧，杀父之仇不过如此了啊，呜呜……”韩辰绘突然收了眼泪，一脸严肃地盯着郑肴屿的眼睛，郑重其事地摇了摇头，“找不到！老公！我找不到！”

这么一大串彩虹屁吹完，韩辰绘都暗暗佩服自己，这求生欲也太足了吧！简直是彩虹屁学院溜须拍马专业的头号优秀毕业生！盖个小红花不过分吧？！

郑肴屿微微扬了扬眉，眼神瞬间软了一些，但语气依然冷硬：“你以为我会相信一个戏精的话？你表妹连对方的名字都能说出来！我现在只想知道盛佳岛是谁！”

韩辰绘内心崩溃。

她就是不想让他知道盛佳岛是谁啊！

大眼睛又转了一下，她立刻嘟嘴、瞪眼，开始疯狂甩锅：“老公！是可达鸭！就是我表妹孟小桔！是她最近在写小说！盛佳岛是她写的男主角！然后她……她……”韩辰绘磕磕巴巴地道，“她……她把我代入女主角，然后她在念她……念她小说里的描写呢！”

她抱着郑肴屿，一脸乖巧：“都是可达鸭的错！不关我的事！”

归根结底，是因为孟小桔对她使用激将法，她才去写“霸总文”的！

所以为了“保住性命”，她只能让孟小桔出来背锅，出来挨打！

“哦？”郑肴屿不阴不阳地笑了一声，道，“韩辰绘，你当我是傻子呢？我会相信你的鬼话？小说人物？你可真会演！”

人吧，平时不能太能演了！她就是日常戏太多，现在她说实话，郑肴屿这个傻男人根本不相信她！

“真的！”韩辰绘委屈地抽了抽鼻子，“老公，盛佳岛真的是小说人物！是可达鸭写的！如果你不信的话，我给她打电话，当面对质！”

韩辰绘觉得，以郑肴屿的格调，肯定不会让她去当面对质的，毕竟对方是她的表妹，疑似被戴绿帽子这种事，去自己的小姨子面前对质？

郑肴屿不相信盛佳岛是小说人物，冷哼了一声，说了两个让韩辰绘险些当场死亡的字：“好啊。”

啊啊啊！天啊！

在郑肴屿冷酷目光的注视下，韩辰绘缩成一个球，小心翼翼地拿起手机，按开手机屏幕，立马飞快地退出微信——她怕郑肴屿看到她和孟小桔的聊天记录。

她按开通信录。

郑肴屿已经凑到她旁边，几乎和她脸贴脸，一直注视着她的手机屏幕。

韩辰绘颤抖着手指，戳了两下才给孟小桔打了电话过去。

嘟——

韩辰绘绝望地眯起眼角——她之前没有和孟小桔串供！

嘟——

天灵灵，地灵灵！希望可达鸭有点儿灵性啊！否则无论是被郑肴屿误会她出轨，还是让他看到那本“霸总文”，她绝对“难逃一死”……

嘟的声音停止，孟小桔接起了电话：“喂？灰灰姐？你……”

孟小桔刚说了一句话，韩辰绘便赶紧打断对方，她特怕对方说漏嘴，先疯狂暗示：“小桔！我的好表妹！你是世界上最棒、最甜的小桔！全世界的花儿都因为你而灿烂！你现在快告诉你姐夫盛佳岛是谁。”

说完之后，韩辰绘狗腿地向郑肴屿抛了个媚眼。

郑肴屿冷冷地瞪着韩辰绘。

电话对面沉默了。

孟小桔这个追星少女，每天在网上和各路人马撕，脑洞简直是韩辰绘的翻版，也和黑洞差不多。

几秒钟之内，孟小桔脑子高速运转——韩辰绘平时动不动就喷她，怎么可能用彩虹屁开场？事出反常必有妖！

尤其是听到郑肴屿也在身边，孟小桔决定暂且静观其变。

孟小桔清了清嗓子，道：“盛佳岛？他是小说人物啊。”

韩辰绘差点跳起来为孟小桔打 call！

可达鸭是电！可达鸭是光！可达鸭也太给力了吧！

她秒从“狗腿”变成“装”，脖子一梗，嘴一撇，拍了拍郑肴屿的肩膀，一脸“大佬”的表情指了指手机。

“好样的！小桔！明天我去看你，奖励你三箱蜜橘！”

孟小桔又清了清嗓子：“姐夫，你在吗？”

郑肴屿瞥了眼韩辰绘，冷冷地嗯了一声。

“姐夫。”孟小桔语重心长、苦口婆心地道，“我代表广大人民群众向您请命——您好好管管灰灰姐吧！现在生活压力这么大，环境破坏得厉害，空气质量也不好，大家能活这么大都挺不容易的，不要再让灰灰姐为祸人间了！

“你闭嘴！”韩辰绘咬牙切齿地喷了孟小桔一句，便飞快地挂断了电话。

她是打心眼儿里害怕孟小桔再多说点就把她泄了底。

韩辰绘一个翻身坐起，面对着郑肴屿，双手叉腰，很装地清了清嗓子：“小郑太子爷！我刚才已经和你说过了吧！盛佳岛就是可达鸭写的小说里的人物！我可是清白的！我没有做过对不起你的事情！不许冤枉我！”

郑肴屿也慢慢地坐了起来，伸手从床头柜上拿过烟盒，抽出一根香烟，点燃。

“你不相信我！刚才还质问我呢！你以为我出轨，以为我背叛了你！在你心里，我就是那么糟糕的女人吗？”韩辰绘眼里含了眼泪，开始恶人先告状，“你就这样质疑我的人格和人品吗？”

郑肴屿手指贴在唇瓣上，轻轻地咬着香烟，意味深长地注视着韩辰绘。

其实他冷静下来之后想一下，韩辰绘刚才给孟小桔打电话的一系列操作根本就漏洞百出。

他之所以选择相信“小说人物”的说辞，不外乎他们做了两年多的夫妻，他是相信她的……

当然了，对于郑肴屿来说，他绝对不是因为相信韩辰绘的人品之类的，正如韩辰绘所说，小郑太子爷是一个自信的男人，是发自内心的自信。

就算韩辰绘身处浮华的娱乐圈，形形色色的帅哥、美女遍地，那又怎样？有一个人配和他相提并论吗？作为郑肴屿的老婆，他相信韩辰绘不会出轨，至少目前为止，她根本找不到出轨的目标。

如果放在过去，郑肴屿连生气的想法都不会有，可这一次……当他听到孟小桔说的那些乱七八糟的话，一股怒火直接冲到他的脑门，他的第一反应竟然不再是自信，而是生气，和一个他连听都没听说过，不知道哪里跑出来的垃圾男人生气。

郑肴屿微微转过身，将香烟压在烟灰缸上，轻轻地弹了弹烟灰。

从上一次见到那个该死的《我们来恋爱吧》开始，他因为韩辰绘生气的频率变得越来越高，这究竟是怎么回事？

一场莫名其妙的闹剧过后，韩辰绘和郑肴屿又在床上躺了半个小时。

这半个小时里，韩辰绘偷偷摸摸地给孟小桔发微信，郑肴屿则一根接一根地抽着烟，两个人没有交流过一句话。

时间到了，韩辰绘便起床，去浴室里沐浴一番，和郑肴屿去餐厅简单地吃了早饭，又回到卧室化了个精致的妆容，便出门了。

韩辰绘要去电影《二次通信》的剧组。

她到剧组会重新化妆的，但她依然要做最精致的女孩，绝对不允许自己不化最美的妆、不穿最靓的衣服就出门！

白天，韩辰绘一直在剧组里拍戏。

“表演型人格”的角色非常适合韩辰绘，她也指望能靠电影《二次通信》改善口碑，好好火一把，多赚些钱养家糊口。

在片场，韩辰绘积极地和导演、副导演交流演技上的事。

尽管她的演技依然没有什么太大的提升，好在角色适合，本来这个女三号的角色就是每天喜欢演戏却演不好的人设，和韩辰绘完全符合，她只要能做好本色出演，就可以顺利完成这个角色，且完成度会很高。

午饭时分，韩辰绘偷偷地和导演请了个假。

晚上原本有一场夜戏，但今天是郑肴屿二十七岁的生日，郑家照例会举办宴会，作为名正言顺的“郑太太”，韩辰绘绝对不能缺席。

韩辰绘提前回到红叶名邸。

她不是第一次出席这样的场合，去年郑肴屿的生日宴会她已经是“郑太太”。

去年生日宴会的地点设在华清园老宅，今年直接设在郑肴屿和韩辰绘居住的红叶名邸。

几个国际知名的造型师和化妆师比韩辰绘更早到达红叶名邸，她们仔仔细细地为她重新化妆、穿戴。

家中的礼裙、饰品、化妆品数不胜数，全是郑肴屿从世界各地带回来的高定款。

哪怕是常年与奢侈品为伍的造型师和化妆师，见到韩辰绘的小宝库也傻了眼。

她们为韩辰绘挑选了一套浅紫色镶钻的礼裙，完美展现她的玲珑曲线，再配上同样紫色系的妆容，神秘又性感，冷艳又奢华，无论谁见了她都会停一下眼，然后忍不住在心中感叹，怪不得韩辰绘业务能力如此堪忧，却可以在娱乐圈里混得风生水起……真不愧是娱乐圈的“颜霸”！

粉丝根本不在乎她有没有业务能力啊？有颜任性！不服憋着！

韩辰绘全部准备好后，天色已晚，客人陆续到来。

“花房”事件之后，孙蔓宁第二次来红叶名邸。

韩辰绘在楼梯的转角处遇到孙蔓宁，毕恭毕敬地唤了一声：“妈。”

孙蔓宁瞥了韩辰绘一眼，微微点头。

不得不说，她这个儿媳妇儿颜值真是一等一的，是难得在外表上能和她儿子般配的。

可惜……她这个儿媳妇儿除了外表，其他一无所有。

“妈。”韩辰绘走到孙蔓宁身边，体贴地扶住她的一只胳膊——这是去年她第一次参加郑肴屿生日宴会的时候，孙蔓宁亲自教她的规矩。

“最近工作忙，没时间去探望您和爸，我们太不孝顺，实在对不起。”

这是故意提工作？孙蔓宁又用眼角的余光冷冷地扫了韩辰绘一眼。

婆媳二人走出别墅。

在当地的圈子里，上一代“颜霸”是孙蔓宁，这一代“颜霸”自然是韩辰绘，她们分别代表了两个时代的最美之人。

客人们只来了一部分，他们分散在草坪、露台、花园里，还有个别的在远处的泳池旁边谈事情。

见到孙蔓宁和韩辰绘，大家立刻走了过来——向主人家打招呼是最基本的礼貌。

打过招呼，客人们又四散而去。

几辆豪车慢慢地停在大门外，走下来三个名媛，其中有韩辰绘认识的白虹，也有两个她不认识的。

白虹和两个名媛有说有笑地走过来。

韩辰绘先和白虹打了个招呼。

随后站在白虹身边的女人便对韩辰绘伸出手：“郑太太，你好，我是陈伊心。”

陈家的小姐？韩辰绘有一点印象，似乎听唐烜他们提到过。

陈家是什么地位她是知道的，更何况今天她又是郑家的客人，她不敢怠慢。

韩辰绘打量着对方，对方当然也在打量着她。

她微微一笑，礼貌地伸出手，和对方握了握："你好，我叫韩辰绘。"

"嗯？"陈伊心扬起一侧的眉梢，唇角微挑，"韩辰绘？有点儿耳熟，是那个之前在网上和张润晨炒 CP 的韩辰绘吗？"

陈伊心这句话说出来，别说韩辰绘本人，就连旁边的白虹都觉得无比尴尬。

孙蔓宁和一群贵妇正在不远处，陈伊心的音量足以让她们听到。

这……太尴尬了吧……

谁不知道权贵圈根本看不起娱乐圈啊……可就算再看不起，韩辰绘好歹是小郑太子爷"八抬大轿"娶进门的，如今是郑家名正言顺的"太子妃"啊……怎么能当面戳破呢？不给韩辰绘脸，就等于不给郑家、不给郑肴屿脸。

也只有陈家大小姐陈伊心敢这样做了……

白虹和郑肴屿是多年的好友，自然要帮韩辰绘解围，她看着陈伊心，笑道："怎么，伊心，你不知道最近我看上张润晨啦？他马上就是我的囊中之物，你再敢提刚才那件事，我和你没完！"

韩辰绘感激地看了白虹一眼。

韩辰绘和陈伊心之间发生的小插曲很快过去。

孙蔓宁陪那几个贵妇说了几句话，便来到韩辰绘旁边，看了她一眼，转身便走。

韩辰绘这点眼力见儿还是有的，立马跟上。

孙蔓宁和韩辰绘一前一后地远离了客人们，往花园的入口处走去，来到樱桃树前，停住了脚步。

韩辰绘乖乖地站着——她知道孙女士一定是又要训她了。

孙蔓宁优雅地转过身，冷冷地看着韩辰绘，尽管已经非常生气，依然极具教养地轻声细语："我上一次给你的建议，你考虑得怎么样了？"

韩辰绘回想起上次在花房里孙蔓宁对她说过的那些……在她看来就是在羞辱她的话。

"我……"韩辰绘抿了抿唇，微微垂下眼，"我还没想好……"

"你的工作——"孙蔓宁冷声道，"还有进行下去的必要吗？赚不到什么钱，又没有名声！你也看到刚才陈小姐和大家的态度了，你在娱乐圈那种浮躁之地，只会自降身份，给肴屿和我们郑家带来负面影响。”

韩辰绘一直垂着脑袋。

“我是为了你着想，只要你和肴屿的感情好，你当一个豪门太太有什么不好？每天陪伴丈夫、孩子，想做什么就做什么。”孙蔓宁上下打量韩辰绘身上的衣饰，微微一笑，“我想这样的生活更适合你。”

说完，孙蔓宁便转身而去。

韩辰绘小拳头又攥得紧紧的。

做一只没有尊严、离了丈夫就生活不下去的米虫，到底有什么意义？

难道过去努力学习，现在积极工作……自力更生，不想依附丈夫吃饭的女人，是错误的吗？

还是因为她嫁给了郑肴屿，名义上是豪门太太，就只能做一只没有自我的米虫？

韩辰绘紧紧地咬着唇瓣，实在接受不了孙蔓宁给她计划的未来。

韩辰绘努力让自己不哭出来——弄花了妆，她可就不精致了。

她稳定了几分钟情绪，回到宴会。

远远地，韩辰绘就看到郑肴屿端着酒杯站在人群中，灯火之下，他身姿挺拔、气度非凡，无人可敌他的风姿。

似乎是感觉到韩辰绘的目光，郑肴屿转过身，看到她，推了推鼻梁上的金丝边眼镜，在光芒中央冲她轻轻一笑。

他的笑容瞬间引爆了她的心跳。她深深地吸了一口气，脸颊越来越热。

韩辰绘走向郑肴屿。

她离他还有两米的距离时，他已经伸出了手。

她也伸出手，自然而然地和他的手握到一起。

“弟妹！今天好美啊！”

“乱说话！我们小郑太子妃哪天不美？”

“你俩简直了，郎才女貌！赶紧生个小小太子爷，让我们好好见识一下什么叫作‘颜值毁灭世界’！”

郑肴屿的朋友们对着韩辰绘就是一顿彩虹屁。

韩辰绘觉得自己的脸蛋儿越来越热了，现在一定红得不行！

那些朋友吹了会儿彩虹屁，又有客人进来，都是一个圈子里的熟人，他们过去和新来的客人打招呼。

郑肴屿歪头看了看韩辰绘——她脸蛋儿红红的，表情却有些凝重，眼眶泛红，一副要哭不哭的模样，显然是有心事。

他轻声问："怎么了？"

韩辰绘抿了抿唇，湿漉漉的大眼睛看向郑肴屿，也不管现在的场合是不是应该说这些话，小声嘟囔："郑肴屿，我……我不想和绿毛那只臭鸟一个档次，我不想做你的小金丝雀……"

郑肴屿端起酒杯正要喝酒，听到韩辰绘的话动作一停，顿时明白她发生了什么事——一定是孙蔓宁又和她说什么了。

郑肴屿慢慢地饮了一口酒，认真地看了看韩辰绘，突然一笑，道："你根本做不了我的小金丝雀啊，谁家的金丝雀像你这样的？你可能是对自己有什么误解……"

韩辰绘吸了吸鼻子，不停地点头：对对对，她就是做不了金丝雀嘛！

"你要做也是——"郑肴屿微微俯下身，抬起一只手，在众目睽睽之下用手指捏了捏韩辰绘红嘟嘟的脸颊，"我的小金丝猴啊。"

深秋时分，夜晚的风轻轻吹过，灯火交错。

韩辰绘和郑肴屿对视着。

她的长发与裙摆和他的额发与衣角，阵阵飞扬。

"肴屿？干什么呢？"远处传来唐烜等人的叫喊声，"你和弟妹什么时候不能腻歪，非要现在给我们派发'狗粮'？段恪怎么还没来啊，你给他打个电话。"

"知道了。"郑肴屿应了一声，又捏了一下韩辰绘的脸蛋儿，才松开她。

韩辰绘嘟着嘴、沉着脸，气呼呼地瞪着郑肴屿。

好一个"小金丝猴"，郑肴屿的思维怎么就那么优秀呢！在他心中，她连当小金丝雀的资格都没有，只能做一只小金丝猴是吗？

见到韩辰绘气得两颊鼓鼓的，现在谁给她点上一把火，她绝对能原地爆炸的小模样，郑肴屿就忍不住嘴角微扬，低声笑了起来，继续逗她："怎么，生气啦？觉得我给你的定位不对？难道你真的认为自己像一只小金丝雀？"

韩辰绘嘴巴噘得更高了，气得喘粗气，眼看着就要哭出来了："我当然不是小金丝雀了！许我说我不是小金丝雀，不许你说我没有资格做……”韩辰绘气得用拳头捶了下郑肴屿的胸膛，“你养的鸟就像绿毛那么傻，我才不要和它在一个水平线上呢！我比它高端了不知道多少个档次！可是你说我是因为对自己有误解才是小金丝雀，你还说我是小金丝猴……”

最后说到“小金丝猴”四个字的时候，韩辰绘哭腔很重，眼看着就要委屈得掉眼泪。

郑肴屿招呼了一个家政人员过来，将手中的空酒杯放到家政人员手中的托盘上，然后伸出两只手轻轻地揉了揉韩辰绘的脸蛋儿：“对啊，你当然比绿毛高好多个档次！不对，绿毛怎么能和你比？就像……金丝雀虽然也是保护动物，可金丝猴是国家一级保护动物！金丝雀和金丝猴相比，根本不是一个级别、一个档次的，懂吗？”郑肴屿扯了扯韩辰绘粉嘟嘟的脸蛋儿，似笑非笑地道，“你就是我的一级保护动物！”

韩辰绘有些发愣地眨了眨眼。

郑肴屿那张帅到发光的面容就在她眼前，距离非常近。

“小金丝猴”“是我的一级保护动物”，郑肴屿这个臭男人居然变得如此有求生欲，简直不可思议！

一开始韩辰绘听到“小金丝猴”有多么生气，如今她的心中就有多么软、多么甜……

她好像对“小金丝猴”这个称呼没有那么气愤了，甚至觉得有点儿可爱……

“不过！”韩辰绘瞪着郑肴屿，非常装地撩了撩自己的长鬈发，“就算是小金丝猴，我也不要做你的小金丝猴！等我出人头地，赚到大钱了——”韩辰绘突然笑了起来，调皮地指了指郑肴屿，“小郑太子爷，我要让你做我的小金丝猴！”

说完，韩辰绘微微歪头，得意扬扬地看着郑肴屿。

郑肴屿轻轻一笑，伸手牵过韩辰绘，用手指戳了戳她的鼻尖：“又是鸟又是猴的，我们家里开动物园呢？”

韩辰绘被戳了鼻尖，不满地瞪了郑肴屿一眼，用只有他们两个能听清楚的音量叽叽歪歪地道：“你不要一直弄我的脸，妆都要被你擦掉了……”

“没事，”郑肴屿牵着韩辰绘往朋友们的方向走去，“你素颜比化妆好看。”

韩辰绘心想，很好，不愧是你，“直男”发言可能会迟到，但绝不会缺席。

虽然是自己二十七岁的生日宴会，郑肴屿本人的兴致却不太高。

正如他的丁克思维，郑肴屿本质上是一个非常放飞自我的人。

过去他在 M 国读大学的时候，每年的生日都会和段恪等几个好哥们儿在各大酒吧和赌场穿梭。

对于郑肴屿来说，与其搞一个目的性很强、所有流程按部就班的宴会，不如带上老婆和朋友，在酒吧里放肆地喝酒、打牌。

然而……就算郑肴屿再不喜欢，他还是要举办，而且要面带笑容地参加，一切只因为他是郑家不可或缺的代表人物，他不仅仅是“郑肴屿”，更是“郑家的太子爷”，他只能做这些他不喜欢的事情。

写着“27”的巨大生日蛋糕被推了出来。

跟在蛋糕之后的，便是堆积成山的礼物，用来抽奖送给现场宾客。

主人家只有郑肴屿、韩辰绘、孙蔓宁。

郑肴屿的父亲郑万杰去中东谈生意了，没有回来，派秘书送给郑肴屿一辆定制豪车。

去年郑万杰也没有来郑肴屿的生日宴会。

那时候韩辰绘真的以为他是有事耽搁了，如今她不是去年的“新司机”了，她心里知道，就算郑万杰在国内，也不会过来的。

首先，如今郑肴屿羽翼丰满，早已长大，根本不需要郑万杰来帮他撑场面。其次，以郑家的档次，太子爷就够别人巴结的了，郑家真正的掌舵人郑万杰现身，只会屈郑万杰的尊，掉郑家的价。

唉……身处豪门，除了要演技精湛，更要明白其中复杂的关系。

灯光璀璨，烟火冲天。

一直萦绕在上空的背景音乐停止，客人们围在草坪中央。

站在蛋糕最前方的，是主角郑肴屿和他的妻子韩辰绘，稍微在旁边一点的，是他的母亲孙蔓宁。

“祝你生日快乐，祝你生日快乐，祝你生日快乐……”客人们一起给郑肴屿唱《生日歌》。

韩辰绘虽然因为唱功太差上过热搜，但郑肴屿过生日，大家都唱，她怎么可能不给他祝贺？

夜空中烟花绽放。

韩辰绘看向郑肴屿，当烟火从天而降时，五颜六色、忽明忽暗的光芒在他的面容上闪烁。

她微微笑了起来，大声唱着《生日歌》。

郑肴屿唇角微微翘起，似有笑意，眼角的余光时不时往身边的韩辰绘身上扫一下。

“……祝你生日快乐！”最后一声唱完，客人们一起欢呼起来，夜空中的烟花正好全部绽放完毕，背景音乐重新响起。

“祝肴屿生日快乐！”

“切蛋糕啊！快点切蛋糕……”

郑肴屿微微一笑，拿起切刀，在蛋糕正中间先是竖着划了一道，又横着划了一道，然后对准右下方的一大块蛋糕又划了好几下，分了十几个小块出来。

家政人员立刻递上盛放蛋糕的碟子。

郑肴屿将切出来的第一块蛋糕盛给了身边的孙蔓宁。

韩辰绘一直保持着微笑——今天孙蔓宁在场，于情于理，第一块蛋糕都是要给孙女士的。

郑肴屿又切出第二块蛋糕。

韩辰绘眨了一下眼，第二块蛋糕，当然就是作为“郑太太”的她的啦！

韩辰绘刚要伸手去接，郑肴屿手中的碟子旁便出现了另外一只手。

免得大家都尴尬，她手疾眼快地将抬到一半的手收了回去。

韩辰绘和郑肴屿一起望了过去——伸手的正是陈家大小姐陈伊心。

陈伊心脸上挂着人畜无害的笑容，睁着无辜的大眼睛，明知故问：“怎么啦？我记得十多年前参加肴屿的十五岁生日宴，第一块蛋糕给孙姑姑，第二块给夏夏，第三块就给我呀，如今当然要给我啦！”

陈伊心的话音刚落，别说孙蔓宁和郑肴屿顿时眉心紧皱，就连唐烜、李绍齐和白虹等人也面色紧张。

韩辰绘稍有些蒙地左看看、右看看——这些人刚才还有说有笑，端着架子，怎么现在瞬间全部垮掉？

陈伊心突然转向韩辰绘："哦，对了，我忘了还有韩小姐在。"

韩辰绘轻微地笑了笑。

在这种场合，如果和她认识，就会叫她"弟妹""嫂子""辰绘"，不认识的客人会称呼一声"郑太太"，也有开玩笑叫"太子妃"的，但从来没人会叫她"韩小姐"……

对方可真是有意思，"韩小姐"这个称呼也足够微妙。

陈伊心追问："韩小姐看着就深明大义啊，肯定不会介意吧？"

白虹走上前，拉了下陈伊心，用眼神警告了对方一下，又笑了起来，直接伸出手从郑肴屿手中接过装蛋糕的碟子，塞进陈伊心手中："陈小姐，分个蛋糕而已，你快点拿走，我们这么多人还等着肴屿切蛋糕呢，我要流口水了！"然后白虹看向郑肴屿，催促道，"小郑太子爷，大寿星，你快点切啊！"

郑肴屿面无表情地看了陈伊心一眼，又从家政人员手中接过一个碟子，继续切蛋糕。

第三块蛋糕自然而然地交给了韩辰绘。

韩辰绘甜甜地说："谢谢老公。"

然后她叉了一大口蛋糕吃进嘴里。

她眼角的余光注意到，那位陈伊心小姐正目光阴狠地瞪着她。

韩辰绘心里纳闷。

她根本就不认识对方啊，她哪里惹到过对方吗？

还有……对方口中的夏夏又是谁？

韩辰绘这边正欢快地吃蛋糕，那边白虹将陈伊心悄悄地拽到一旁。

"伊心！你疯了啊？"白虹小声责备对方，"好端端的，你在孙蔓宁和郑肴屿面前提初夏干什么？"

陈伊心好像听到什么笑话一样，冷笑道："怎么？不让提？小时候孙姑姑确实总带初夏去我们家啊，我和初夏还蛮熟的呢，她才死了几年啊，现在名字都不配提了？"

白虹无奈地瞪了陈伊心一眼："不是不让你提……之前郑家因为初夏搞出那么大的事情，你是真不知道还是假不知道？今天是肴屿的生日，你提她不是故意添堵？你啊，真是一点都不懂男人，你这样只会让肴屿越来越不喜欢你。”

陈伊心注视着白虹，眨着眼，突然笑了一声，道：“白虹，你在和我说什么？我是不懂男人，至少我没有韩辰绘懂，所以肴屿娶了她，没有娶我。但你就懂男人了？你和你老公两个人简直是把婚姻当成玩笑！”

白虹无语地举了举手，做了个投降的手势。

“好好好，我和我老公确实经营不好婚姻，让陈小姐看笑话了，我真是多余和你浪费口舌，你就这样继续下去，让肴屿以后看到你就想绕路吧……”说着，白虹便转身走了。

白虹刚走了两步，陈伊心就追了上来，抱住白虹的胳膊，软声哄白虹：“哎哟，虹虹姐，别和我一般见识了！我是被那个韩辰绘给气得口不择言啦。”

白虹眼睛斜看着陈伊心，实话实说：“人家韩辰绘可没气你，是你上赶着找气受。”

“你当她想和郑肴屿结婚呢？他们是父母之命，本来要嫁到郑家的是她姐姐，她姐姐为了拒嫁差点儿都跳楼了，这事当时闹得也挺大的，别告诉我你没听说过？人家妹子是顶着多大的压力‘代姐出嫁’的？大家都是女人，包括我自己的婚姻也是联姻来的，咱们不互相同情，还要互相攻击，真的搞不懂你。”白虹说道。

陈伊心不屑一顾。

切蛋糕时发生的小插曲，不会影响韩辰绘的好心情。

虽然她的心中一直有一个疑影——那个让郑肴屿和孙蔓宁以及在场熟知的朋友们闻之色变的“夏夏”，究竟是何方神圣？为什么她嫁给郑肴屿两年多，从来没听任何人提起过这个名字呢？

不对……她似乎在郑老爷子那里听到过？

韩辰绘思来想去，发现自己也记不太清楚了。

郑肴屿的生日聚会，缺了什么也不能缺烟酒和牌桌。

客人们四散在花园的各个角落。

他们名义上是来参加宴会的，实际上更多是来维持社交、拓展人脉的。

只有几个平时总和郑肴屿在一起玩的朋友，才会忽略这个社交的绝好机会，陪他在牌桌上“厮杀”！

秋末夜深，凉风刺骨，韩辰绘回别墅加了一件外套，再像往常在酒吧里一样坐在郑肴屿身边，陪他打牌。

郑肴屿“杀”得朋友们惨叫连连之后，让韩辰绘上场。

那些朋友可不会因为韩辰绘是个菜鸟就放过她，他们可以放过韩辰绘，但绝不能放过“郑太太”，更不能放过“郑肴屿的老婆”。

韩辰绘被他们杀得“屁滚尿流”，两把过后，她可怜巴巴地望向郑肴屿——他正看着她的烂牌，指间夹着香烟搭在唇边，似乎在遮笑，不想让她看出来他在笑她。

她疯狂地飞眼，寻求帮助。

郑肴屿凑了过来，一只手从身后环绕，搭在她的腰肢处，似无意地将她半圈在怀中，另一只手指点她出牌。

“哎哎哎！怎么回事？别以为今天你是寿星就可以为所欲为！”

眼看着就要把“郑太太”给杀个片甲不留，郑肴屿一出手，又要风水轮流转，换他们“屁滚尿流”了！

“对啊！我们和弟妹打个牌，有你什么事？”

“小郑太子爷，观棋不语真君子，你给我们去一边待着去！”

“就是！你们喝酒夫妻档就很过分了，打牌还夫妻档呢？贼公、贼婆二人组，给我们留个活路吧！”

陈伊心站在唐烜身后，正在看唐烜的牌，也帮腔道：“肴屿，不是吧？韩小姐最多就是给你多输点钱，你还在乎这一点？自己出手，多掉价呀！”

郑肴屿懒洋洋地撩起眼皮。

陈伊心顿时感受到他阴冷的目光！

他突然不阴不阳地笑了起来：“掉价就掉价吧。”

韩辰绘看着他那只又白又长、骨节分明的手，一边夹着香烟，一边在她面前的牌上游走。

然后他微微侧过脸，猝不及防地在她脸颊上亲了一口。

韩辰绘愣住了。

下一秒，她便听到他那低沉性感的嗓音自她耳畔响起：“谁让你们欺负我老婆呢？”

他的那句“谁让你们欺负我老婆呢”对于韩辰绘而言，就好像万千烟花炸开在耳边，那么耀眼，那么绚烂，像一场盛大的演绎，在诉说古老的故事：当皮格马利翁遇到他的雕像，当艺术家遇到他们的缪斯……当韩辰绘遇到她的郑肴屿。

韩辰绘能感觉到郑肴屿搭在她腰间的手，不知不觉中她的身体已然落入对方怀中，她的背脊轻轻地贴着对方温暖的胸膛。

郑肴屿平日里动不动就夜不归宿，动不动就怼她、气她，把她气得眼泪汪汪……即便如此，她依然喜欢他的怀抱，只要依靠着他的胸膛和肩膀，她心中就非常踏实。

郑肴屿就是这样一个神奇的男人，他给她的安全感超越这世上的所有人，远胜于她曾经的最爱贺开晨。

韩辰绘的心脏扑通扑通地狂跳起来，她故作镇定地坐在那里，眼睛里只有郑肴屿那只正在帮她出牌的手，以及在他的白衬衫袖口中若隐若现的红豆手链。

周围的朋友在不停地说话，但她已经听不进一个字，全世界的声音只剩下她的心跳声：咚！咚！咚！……

韩辰绘深深地吸了一口气，恨不得能自己控制血液循环——拜托，千万不要让她的脸看起来太红了……拜托……

咚咚咚……她的心跳越来越快。

“辰绘——”他在她耳畔轻轻地叫她的名字，“放轻松，你输的那点钱根本不算什么，我马上就能为你‘杀’回来！”

为你——他说“为你。”韩辰绘的心跳更快了，她点了点头。

周围的朋友们有笑的、有调侃的、有啧郑肴屿的，他们和郑肴屿一样，都认为韩辰绘是输了不少钱，心里紧张。

只有她自己知道，她根本不是因为输钱而紧张，别说那些钱对于郑肴屿根本不值一提，就算她自己的收入也足可以承担。

韩辰绘会紧张，是因为她的心跳越来越猛烈！

她知道，这不仅仅是“心跳”那么简单，换而言之，这是——心动。

她不是第一次对一个男人心动，所以她非常明白心动的感觉。

心动……她对郑肴屿心动了……

韩辰绘有些绝望地闭了闭眼——或许她对郑肴屿心动不在今天，并不是因为“谁让你们欺负我老婆呢”那句简单的话……或许她早就对他心动了。

她也记不得从什么时候开始，她的心脏会为他而跳，也许是从她第一次见到他，也许是从他们第一次“坦诚相见”，也许是从他们第一次约会，也许是从他送给她一个少女的梦开始……有千千万万个也许，不过对于韩辰绘来说，那些已经不重要了，她只需要知道，现在她的心脏在为他而跳动。

这种感觉可真是微妙，又甜、又酸……又涩。

韩辰绘突然回想起很久之前，坏女人时珊珊对她千叮咛万嘱咐的话：“……先爱的就先输了……你喜欢他也正常，但你不能让他知道，要让他先对你低头……”

是的！坏女人见过那么多男人，交往过的男人比她吃过的米都多，坏女人是不会骗她的！

韩辰绘的感情经历并不丰富，却也不是没有恋爱过的。

她只交往过贺开晨和郑肴屿。

她和贺开晨那一段……他们当时的感情十分真挚纯粹，现在回想起来，说好听的是“小清新”，实际上就是两个“小学生”在玩“恋爱游戏”，不好意思亲、不好意思摸，就连牵个手，两个人都会害羞脸红，扭扭捏捏老半天。

郑肴屿却是完全相反的！尤其是她和郑肴屿结婚之后，两个人就完全是红尘中的饮食男女……

两段感情的对比那叫一个血腥惨烈、不忍直视！

她现在的目标如果是当初的贺开晨，可能还有一些胜算，可如今目标是郑肴屿……

男女之间的情感世界就是一场“斗法”，她凭什么和老狐狸郑肴屿“斗法”？她有什么筹码和郑肴屿“斗法”呢？

如果他不喜欢她的话……她会一败涂地！连现在的地位都保不住！

像时珊珊她们告诫她的——如果她被郑肴屿抱到秤上按斤卖，她都能一边帮郑肴屿磨刀，一边美滋滋地数钱。

对！她不能喜欢他！哼！她才不能先喜欢他呢！

在牌桌上，郑肴屿一出手，战况就会很快扭转。

郑肴屿三下五除二，只用了两把，刚才那些被“杀”的筹码，就被“杀”回来了！

韩辰绘乖乖地接回刚才她输掉的筹码。

又玩了两把，韩辰绘面前已经堆满了花花绿绿的筹码，全是郑肴屿给她赢回来的。

韩辰绘护住前方的筹码，郑肴屿则在身后护住她。

“郑肴屿！你不要以为今天是你过生日，我们就……哎，你！”

“小郑太子爷，干什么啊？过去你还能讲讲朋友情面呢，如今是怎么回事？”

“肴屿，就算我们欺负了弟妹，‘杀’了她几个子儿，你也不至于发这么大的威吧！”李绍齐用手指敲了敲郑肴屿前方的桌面，“你看看，现在我们都没有筹码了，那还怎么玩下去？”

“没有筹码了吗？”郑肴屿目光扫视一圈，果然，大家的筹码几乎都堆到韩辰绘面前了

“那行吧——”他微微一笑，“既然没有筹码了，那你们就给我老婆结账吧。”

韩辰绘难以置信地睁大了眼睛。

其他人则高声大骂、哀号不断……

“郑肴屿！以前还以为你不近女色呢！”

“错了！错了！大错特错！小郑太子爷才是那个最‘有异性没人性’的！”

韩辰绘看了郑肴屿一眼，有些害羞地低下头。

郑肴屿将手中的香烟按灭在手边的烟灰缸里，一直圈着韩辰绘的手臂收紧，直接将她捞进怀里，凑近她，嘴唇几乎是贴在她的耳畔，低声细语：“你数一数这些筹码，都是你的钱。”

韩辰绘觉得自己的脸蛋儿像火烧一样，她深吸一口气，努力压抑住自己的羞涩，伸出手，小心翼翼地拨动筹码，一个一个地数了起来。

见到韩辰绘和郑肴屿甜蜜恩爱的模样，在场的朋友都见怪不怪。

人家二人是有结婚证的夫妻。

他们都是“身在其中”的人，就算白虹偶尔和老公出席各个场合，也会

认真飙戏，扮演一对恩爱夫妻的。

道理很简单，他们代表的不仅仅是自己，更是身后的家族的利益。

至于关上房门后夫妻的感情如何，那和他们这些外人也毫无关系了。

当然也有一个人是无论如何也看不惯韩辰绘和郑肴屿的“恩爱”的，那就是陈家的大小姐陈伊心。

那个被郑肴屿圈在怀中、脸颊粉红、正认真地数着筹码的韩辰绘，简直是陈伊心的眼中钉、肉中刺！

陈伊心突然怪里怪气地笑了下，道：“肴屿，怎么没见韩小姐送你生日礼物？难道昨天已经送了吗？她送了你什么礼物啊？”

韩辰绘数着筹码的手一顿——她的礼物……只是她的心意，和今天朋友们以及郑万杰、孙蔓宁送的价值连城的礼物比起来，根本微不足道……

韩辰绘抿了抿唇，看向陈伊心，又看向郑肴屿。

郑肴屿冷着脸，视线微转，目光自下而上地盯着陈伊心。

那是一个充满了警告和恐吓的眼神。

气氛尴尬。

既然陈伊心带了头，在场的各位没必要得罪陈家大小姐，都在一个圈子里，长辈之间的关系更是复杂，没必要让陈伊心下不来台，便顺着陈伊心，开始起哄。

“对哦！我都没注意弟妹送了什么礼物！”

“人家两人是夫妻，睡在一张床上的，送礼物能让你看到啊？”

朋友们打趣了几句。

郑肴屿轻轻地冷笑一声，大大方方地将手腕上的“红豆手链”亮给大家看：“她送了我一条红豆手链，我很喜欢。”

朋友们谁也没想到韩辰绘会送一条红豆手链，尤其是上面只有两颗红豆，实在过于寒酸……

但郑肴屿亲口说了“我很喜欢”，他们外人又不能说什么，便没什么灵魂地、假惺惺地夸赞了几句。

“很有纪念意义。”

“红豆表相思，又是一碗‘狗粮’！”

韩辰绘停止数筹码，背脊挺直，礼貌地一笑，道：“我送的礼物不值什么钱，不过是我亲手制作的，我和肴屿之间还是心意比较重要。”

“哇！”陈伊心笑了起来，“韩小姐好厉害哦，为了送肴屿一个生日礼物，竟然亲自种红豆吗？”

韩辰绘微皱起眉，抬眼望向陈伊心——这个女人是怎么回事？是个正常人就知道，红豆不可能是她种的。

她认识这个女人吗？这个女人为什么故意和她抬杠？

郑肴屿慢慢地站起身，眼神阴冷：“没有人能让我老婆亲自种红豆！”

唐烜见状不妙，立刻转移话题：“哎，不对啊，段恪怎么还没过来？肴屿，你给他打电话了吗？他早就应该下飞机了吧，是太多年没回京，找不到来红叶名邸的路了吗？”

“对！”李绍齐帮腔，“我们蛋糕吃完了，牌也打完了，一会儿喝点酒，说不定就散会了，段恪还不过来？他是来捡酒瓶子的？”

郑肴屿冷冷地瞪了陈伊心一眼，不再看她了。

刚才他确实生气，想都没想就直接怼了陈伊心，是唐烜他们让他冷静下来。

陈伊心在他心中什么都不是，但他终究是要给陈家留些脸面的。

他坐了回去，又将韩辰绘圈入怀中，道：“我之前给他打过电话，他说去接两个朋友，可能是路上耽搁了，我再给他打个电话吧。”

郑肴屿拿起手机，刚要拨号，一个车队忽然驶入，几秒钟之内便吸引了所有宾客的注意力。

有几个在远处泳池旁边的客人，开始往前走，想要看清楚是谁。

郑肴屿放下手机，道：“来了。”

韩辰绘刚好数完筹码，家政人员端着存放筹码的盒子走了过来，她一个一个地摆进去。

段恪这个男人，她没有见过，但听说过。

段恪是郑肴屿的大学同学，原本也是京城的一个公子哥儿，和家中闹崩了，大学毕业后没有回国，独自一人留在 M 国打拼，也白手起家做出了一番事业。

段恪这一次回国，主要是为了生意。

车队之中，打头阵的轿车慢慢地停了下来。

车门打开，走下来一个高挑的男人，正是段恪。

段恪和郑肴屿拥抱了一下，笑着捶了下郑肴屿的肩膀：“老伙计，生日快乐啊！”

郑肴屿也笑了起来，道：“看在我们才刚在M国分手的面子上，我就不说‘好久不见’了。”

两个人聊了两句，郑肴屿便回身呼唤韩辰绘：“辰绘。”

韩辰绘正在摆筹码，听到郑肴屿叫她，抬起脸。

“那是我老婆，辰绘。辰绘，这是我的大学同学，好兄弟，段恪。”

韩辰绘和段恪互相点头示意。

段恪对郑肴屿的这个老婆好奇极了，如今一睹其貌，也不禁在心中暗叹——怪不得能俘获郑肴屿，真是美丽不可方物。

“哦，对了，肴屿，我带了两个朋友来，他们是我在M国的生意伙伴，你可能不认识，这次我们一起回国的，你在M国也有生意，以后说不定会和他们有合作的机会……”

段恪回身对车队的尾部招了招手。

几个黑衣保镖走过去，打开车门。

一男一女从车上走了下来。

“我来介绍一下，这位就是大名鼎鼎的小郑太子爷，郑肴屿。这两位——”段恪介绍其中的女人，“她叫朱莉·宋，中文名是宋曼曼。”

郑肴屿和宋曼曼握了下手：“你好。”

“你好。”

“这位——”

韩辰绘正好摆完了筹码，端起筹码盒子，猛地注意到郑肴屿那边的一群人。

当她看清楚站在郑肴屿对面的男人……那一瞬间，她觉得地动山摇。

哗啦啦——她手中的筹码盒子掉在了牌桌上，里面摆放整齐的筹码四处飞落。

过了两秒钟，韩辰绘回过神来，开始捡牌桌上的筹码，只捡了十几个，忍不住再次抬起眼……

她直愣愣地盯着那个正和郑肴屿握手的眉清目秀、气质卓越的男人。

“他叫亚姆·贺，中文名是贺开晨。”